KB072544

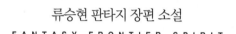

FANATICISM
HUNTER
광신사냥꾼

류승현 판타지 장편 소설

FANTASY FRONTIER SPIRIT

광신사냥꾼 3

류승현 판타지 장편 소설

초판 1쇄 찍은 날 § 2014년 7월 10일
초판 1쇄 펴낸 날 § 2014년 7월 17일

지은이 § 류승현
펴낸이 § 서경석

편집부장 § 권태완
편집책임 § 박은정

펴낸곳 § 도서출판 청어람
등록번호 § 제387-1999-000006호
등록일자 § 1999. 5. 31
어람번호 § 제1-1892호

주소 § 경기도 부천시 원미구 부일로 483번길 40 서경B/D 3F (우) 420-822
전화 § 032-656-4452 팩스 § 032-656-4453
http://www.chungeoram.com
E-mail § chungeorambook@daum.net

ISBN 979-11-316-9114-4 04810
ISBN 979-11-316-9067-3 (세트)

FANATICISM HUNTER

광신사냥꾼

류승현 판타지 장편 소설

FANTASY FRONTIER SPIRIT

3

도서출판 청어람

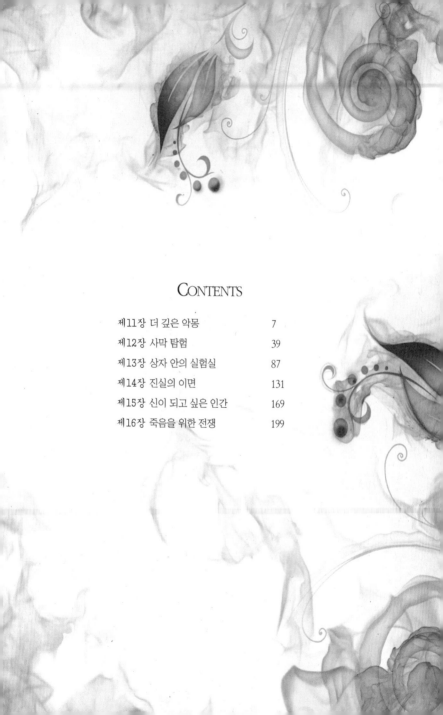

CONTENTS

제11장 더 깊은 악몽   7

제12장 사막 탐험   39

제13장 상자 안의 실험실   87

제14장 진실의 이면   131

제15장 신이 되고 싶은 인간   169

제16장 죽음을 위한 전쟁   199

11장

더 깊은 악몽

"상당히 깊군."

"캄캄하니 발밑을 조심하십시오."

먼저 착지한 로슨이 손바닥 위에 커다란 불덩어리를 만들어 주위를 밝혔다. 로슨의 옆으로 내려온 다리우스는 흥미롭다는 표정으로 주위를 둘러보며 앞으로 걸음을 옮겼다.

"척 봐도 규모가 상당한 것 같군. 알바스 산맥의 땅 속에 이런 시설이 있을 줄이야……."

"이 통로는 거대한 고리 모양으로 이어져 있습니다. 계속 걷다 보면 다시 시작점으로 돌아오게 됩니다."

"그거 재미있군. 어째서 그런 식으로 되어 있지?"

"아마도 내부의 시설을 보호하기 위한 것 같습니다."

"보호?"

"통로에서 수십 개의 골렘을 발견했습니다. 통로 자체가 외부의 적을 막아내기 위한 일차 방어선이 아닐까 생각됩니다."

"골렘이라……. 그렇다면 선발대의 피해가 있는 건가?"

"그렇진 않습니다. 대부분은 동력을 잃은 듯 멈춰 있고, 일부는 외부의 공격을 받은 듯 파괴되어… 아, 마침 보이는군요."

로슨은 통로 앞쪽의 벽에 기대 있는 골렘을 가리켰다. 다리우스는 경계심을 드러내며 검게 탄 골렘의 표면을 손으로 훑었다.

"꽤 오래됐는데… 마법에 당한 것 같군."

"조사 결과 안티매직 골렘인 것 같습니다."

"메이크 골렘(Make golem)인가. 보기 드문 마법이지."

다리우스는 눈을 가늘게 뜨며 입가에 미소를 지었다. 일반적인 골렘이라면 격토계의 속성을 가진 평범한 마법사와 기술자의 협력으로 제작이 가능하지만, 특정한 속성을 가진 골렘은 오직 격토계 8등급 마법인 메이크 골렘을 사용해야 만들 수 있었다.

"메이크 골렘을 쓸 수 있는 마법사는 흔하지 않지. 물론 매우 특별한 사람의 이름이 가장 먼저 머릿속에 떠오르지만……."

"매직 아카데미의 총장을 의심하시는 겁니까? 하지만 총장은 아직 서른도 되지 않았습니다. 이 시설은 적어도 50년 이상 전에 완성된 것 같고 말입니다."

로슨은 통로를 따라 벽에 기대 있는 검게 탄 골렘들을 바라보았다. 다리우스는 걸음을 옮기며 그런 골렘들의 표면을 하나씩 손으로 만지며 말했다.

"시설은 오래되었어도 골렘들까지 오래되었으리란 법은 없지 않겠나?"

"물론 그렇습니다만… 그렇다면 매직 아카데미의 숨겨진 연구소일까요?"

"어쩌면 그럴지도 모르지. 그런데 이 골렘들은 처음부터 이렇게 벽에 기대어져 있었나?"

"선발대가 처음 조사할 때부터 이런 상태였습니다."

"그런가? 그거 재미있군."

다리우스는 바닥에 흩어져 있는 작은 돌 부스러기를 유심히 바라보았다. 그리고는 다시 정면으로 걸음을 옮기며 말했다.

"혹시 이 시설을 공격한 자가 제온이라는 증거는 발견하지 못했나?"

"아직까지는 그렇습니다. 검게 탄 흔적은 많이 발견했습니다만… 시간이 꽤 지났기 때문에 뇌전계 마법의 흔적인지, 아니면 화염계 마법의 흔적인지 확신하기 어렵습니다."

"난 뇌전계 마법이라고 생각하네. 다른 건 몰라도 화염계 마법으로 안티매직 골렘의 코어를 파괴하려면 표면이 새카맣게 타버렸을 테니까."

"아……."

로슨은 놀란 눈으로 추기경의 뒷모습을 바라보았다. 다리우스의 마력은 겨우 레비테이션을 쓸 수 있을 정도로 보잘것없었지만, 그가 보여주는 통찰력은 아랫사람들을 심심치 않게 놀라게 만드는 예리함이 있었다.

"거기까지는 미처 생각하지 못했습니다. 과연 추기경님이십니다."

"원래 긴장하면 쉬운 것도 놓치는 법이지. 그런데 시설 안쪽에 사람의 흔적이 없다고 했던가?"

"사람이 있었던 건 확실합니다. 하지만 저희들이 도착했을 때는 단 한 명도, 아니, 단 한 구의 시체도 발견하지 못했습니다."

"우리보다 먼저 누군가 다녀간 모양이다. 그들이 시체도 치우고, 여기 쓰러져 있던 골렘들도 일으켜 벽에 세워놓았겠지."

다리우스는 바닥에 흩어져 있던 돌 부스러기를 떠올리며 말했다. 로슨은 과연 하며 고개를 끄덕이다 이내 종종걸음으로 다리우스를 추월한 다음 통로의 안쪽 벽을 가리켰다.

"이쪽이 시설의 안쪽으로 내려가는 통로입니다. 통로로 내려올 때처럼 깊이가 상당하기 때문에 레비테이션을 쓰셔야 합니다."

"구조가 정말… 특이하군."

로슨이 가리킨 벽면은 돌과 흙으로 되어 있는 지금까지의 벽면과는 달리 금속으로 만들어진 격벽으로 되어 있었다. 다리우스는 사람 하나가 들어갈 수 있을 정도로 뻥 뚫린 격벽의 중심부를 바라보며 물었다.

"계단이라든가, 아무튼 정상적인 방법으로 이동할 수 있는 통로는 아예 없는 건가?"

"지금까지의 조사로는 그렇습니다."

"그렇다면 이곳에 살던 사람들은 모두 마법사였다는 말인데… 그런 것치고는 쓸데없는 것들이 좀 보이는군."

"쓸데없는 거라니, 무엇을 말씀하시는 겁니까?"

"예를 들면 저런 것 말이네."

다리우스는 통로의 천장을 가리키며 말했다.

"오면서 봤는데, 천장에 일정 간격으로 라이트 스톤이 박혀 있더군. 지금은 동력원이 끊겼는지 빛을 내지 않고 있지만, 한때는 이 통로를 밝혀주고 있었겠지."

"라이트 스톤이라니… 정말이군요."

로슨은 손바닥 위의 불덩어리를 천장 쪽으로 상승시킨 다음, 거기에 박혀 있는 하얀 돌을 바라보며 고개를 끄덕였다.

"모두가 마법사라면 저런 건 필요가 없지. 자네처럼 불꽃을 만들어내면 되니까 말이야. 그리고 통로가 상당히 넓을 텐데, 그 모든 통로에 라이트 스톤을 박을 정도면 대단한 수고가 아닌가?"

"물론 그렇습니다만, 전 그보다도 라이트 스톤의 숫자가 더 의심스럽군요."

전투용으로 사용되는 다양한 성법기와는 달리 일상생활에 사용되는 라이트 스톤 같은 성법기는 특별 주문을 받지 않는 이상 제작하지 않는 것이 관례였다. 주로 왕실이나 고위 귀족들이 궁전이나 저택을 꾸미기 위해 의뢰하는 것이 일반적이었는데, 이 정도로 많은 라이트 스톤이라면 신수교단에 기록이 남아 있을 것이 분명했다.

"나중에 돌아가면 장부를 확인해 봐야겠군. 그럼 앞장서게. 이쯤 되니 안쪽에 뭐가 있는지 궁금해 죽겠군."

"분명 놀라실 겁니다. 물론 저희들도 무엇을 위한 시설인지는 알아내지 못했지만 말입니다."

로슨은 구멍 난 격벽 안쪽으로 날아 내려가기 시작했다. 다리우스는 로슨을 따라 내려가며 물었다.

"그런데 저 구멍은 자네들이 뚫은 건가?"

"아닙니다. 처음 발견했을 때부터 뚫려 있었습니다. 분명 시설을 공격한 자가 그랬을 테죠."

"그런가? 그렇다면……."

다리우스는 무언가를 더 말하려다 입을 다물었다. 눈앞에 펼쳐진 거대한 공간이 다리우스의 시선을 한눈에 사로잡았기 때문이었다.

"대단하군."

일단 그렇게밖에는 말할 수 없었다. 선발대가 설치해 놓은 여러 개의 횃불이 그곳을 밝게 비추고 있었다.

천장으로부터 지면까지의 높이가 10미터쯤 되는 넓은 강당 같은 느낌의 공간.

그리고 그렇게 높은 천장으로부터 수백 개의 가느다란 쇠사슬이 지면을 향해 길게 이어져 있었다.

"뭐하는 건진 몰라도 정말 대단해."

지면에 착지한 다리우스는 길게 늘어진 쇠사슬을 손으로 움켜쥔 다음, 반대로 지면에 고정된 채 솟아 있는 정체불명의 금속 기구를 경이로운 눈으로 바라보았다.

"이 방에만 이런 기구가 40개가 있습니다. 물론 어떤 용도의 기구인지는 알 수 없습니다만……."

"이건 속박구라네."

"네?"

"사람을 묶어놓는 기구란 말이네. 자네 이단 심문관에 들어가 본 적 없는가?"

"아……."

로슨은 나지막한 신음 소리와 함께 어깨를 움츠렸다. 이단

행위로 붙잡혀 온 사람들을 취조하는 이단 심문관 안에서 분명히 이와 비슷한 고문 기구를 본 기억이 있다.

정확히는 고문을 하기 위해 선 채로 묶어놓는 틀이라고 할 수 있었지만, 로슨은 그것만으로도 정체불명의 신비한 공간이 순식간에 공포의 도가니로 변하는 것을 느낄 수 있었다. 로슨은 천장에서부터 이어져 있는 쇠사슬을 노려보며 떨리는 목소리로 중얼거렸다.

"그렇다면 이 쇠사슬이… 어쩐지 끝이 뾰족하다 싶더니… 그렇다면 이 방 전체가… 설마…….."

"고문실이었냐고? 그렇지만 이상한 점이 있네."

다리우스는 만면에 웃음을 띠며 쇠사슬의 끝을 들어 올렸다.

"여기 끝이 뾰족하긴 하네만, 실제로 이런 형태는 사람을 고문하기 적합지 않아."

"네, 네?"

"바늘 끝이 너무 가늘고 짧아. 이래 가지고는 사람에게 효과적으로 고통을 줄 수 없다네. 그저 따끔하고 마는 정도지. 물론 방법을 고민하면 다양한 효과를 볼 수도 있겠지만…….."

다리우스는 말끝을 흐리며 고민하기 시작했다. 로슨은 어떻게 그런 걸 알고 계시냐는 질문이 목구멍까지 올라오는 것을 참으며 입술을 깨물었다.

"…비효율적이라 이 말이네. 고작 그런 장난 같은 고문을 하려고 이런 대규모의 시설을 만드는 건 지극히 비효율적이야."

"그, 그렇군요."

"아무튼 흥미롭기 이를 데 없군. 여기에 사람을 묶어놓은 것만큼은 확실해. 하지만 모두 동일한 사이즈에 크기도 작군. 어른을 묶어놓기엔 확실히 작아. 목표는 어린아이였던 건가?"

"저, 그럼 일단 다른 방도 가보시는 게 어떨까요?"

로슨은 쇠사슬 방의 입구를 향해 급히 앞장서며 걸어가기 시작했다. 다리우스는 느긋한 걸음으로 로슨의 뒤를 따르며 말했다.

"다른 방이라면 이곳에 이런 공간이 몇 개나 된다는 건가?"

"아, 네. 물론 용도는 다른 것 같습니다만, 여기 말고도 방이 세 개 더 있습니다."

"멋지군. 어서 안내하게."

다리우스의 재촉에 로슨은 방문이 있는 곳으로 거의 뜀박질하듯이 달렸다. 활짝 열린 채 고정되어 있는 방문 너머엔 여러 개의 방과 이어진 중앙 구역이 자리 잡고 있었다.

"어서 오십시오, 추기경님!"

다리우스가 중앙 구역에 몸을 들이밀자 그곳에서 대기하

고 있던 십여 명의 남자가 일제히 경례를 붙이며 인사를 건넸다. 모두가 다리우스의 개인 사병 중에서도 손에 꼽는 엘리트 친위대로, 문제의 시설을 탐사하기 위해 보낸 선발대의 일원이었다.

"모두 수고가 많군. 다친 사람이 없는 것 같아서 다행이야."

다리우스는 선발대 한 사람, 한 사람의 얼굴을 모두 살피며 웃었다. 이곳에 있는 열 명만 이단토벌단에 합류시켰어도 제온과의 전투 양상이 크게 변했을 테지만, 다리우스에게 있어 중요한 것은 혼란을 수습하는 게 아니라 가중시키는 것이었다.

"그런데 여기서부터 냄새가… 역겨운 냄새가 나는군. 어디 시체라도 썩고 있는 건가?"

다리우스는 눈살을 찌푸리며 주위를 둘러보았다. 로슨은 급히 다른 친위대를 바라보았고, 친위대는 모두 눈을 껌뻑이며 고개를 저어 보였다.

"그렇게 심한 냄새는… 아무튼 시체는 발견되지 않았습니다."

"정말 모르겠나? 내가 좀 예민한 것 같군. 하지만 여기서 분명히 대량의 시체가 썩고 있었어. 확실하네."

"바로 여기서 말입니까?"

로슨은 어깨를 들썩이며 몇 차례 깊이 심호흡을 했다. 하지만 그가 맡을 수 있는 것은 오래된 웅덩이의 냄새나 막 연삭된 금속의 쇠 비린내 정도였다. 다리우스의 후각은 다른 사람들이 잡아내지 못한 미세한 잔향을 느끼는 듯했다.

"그렇다네. 그러면 습격을 받았을 때 전멸한 것 같군. 누군가 살아남았다면 시체가 썩을 때까지 내버려 두지는 않았겠지. 아니면 소수의 생존자가 있었지만 도저히 자신들의 힘으로 시체를 다 치울 수가 없었거나……."

다리우스는 당시의 상황을 상상하는 게 즐거운 듯 중앙 구역을 이리저리 걸으며 중얼거렸다. 로슨은 그런 다리우스의 뒤를 따르며 자신의 생각을 말했다.

"이 정도 규모의 시설이라면 안에 있던 사람도 많았을 겁니다. 그 모두를 전멸시킬 정도라면… 정말로 이단자의 습격을 받았던 걸까요?"

"가능성은 충분하네. 그럼 이쪽 방도 안내해 주겠나?"

다리우스는 2라는 숫자가 새겨진 커다란 문 앞에서 걸음을 멈췄다. 로슨은 즉시 방문을 열며 먼저 안쪽으로 걸어 들어갔다.

"2번 구역은 방금 전에 나온 3번 구역보다도 훨씬 넓습니다. 그다지 볼 건 없지만 말입니다."

"볼 게 없다고? 흠……."

로슨을 따라 안쪽으로 들어온 다리우스의 표정이 순간적으로 일그러졌다. 로슨은 불안한 표정으로 다리우스를 돌아보며 물었다.

"왜 그러십니까, 추기경님? 혹시 여기도?"

"여긴 한층 더 심하군. 정말로 이 썩은 내가 느껴지지 않는
건가?"

"그러고 보니… 확실히 그런 것 같기도 하군요."

퀴퀴한 흙냄새 속에 살과 내장이 썩는 악취가 희미하게 남
아 있었다. 다리우스는 손수건을 꺼내 코와 입을 막으며 웅얼
거리는 목소리로 말했다.

"여기는 바닥이 흙으로 되어 있어서 부패가 훨씬 빠르게
진행된 것 같군. 그런데 대체 뭐하는 곳이지? 바닥에 웬 구멍
이 파여 있고……."

"이 구역에는 각기 다른 크기와 깊이의 구덩이 서른세 개
가 파여 있습니다. 어떤 구덩이는 안쪽에서 서로 연결되어 있
기도 합니다. 용도는 짐작도 가지 않습니다만… 3번 구역이
정말로 고문실이었다고 생각하면 여기는 사람을 가둬놓는 감
옥이었을지도 모르겠군요."

"감옥이라……. 정말 그랬을지도 모르겠군."

다리우스는 몇 개의 구덩이를 들여다보다 이내 참을 수 없
다는 듯 고개를 저으며 문 쪽으로 걸음을 돌렸다.

"더 이상 못 있겠어. 특별한 게 없으면 여기는 이만 나가는
게 좋겠네."

"확실히 구덩이를 빼면 특별한 건 없는 구역입니다. 안쪽

으로 깊이 들어가면 창고 같은 공간이 따로 있습니다만, 지금은 텅 비어 있습니다."

"아마도 식량 창고겠지. 죄수들을 먹이기 위한 식량 말이네."

중앙 구역으로 돌아온 다리우스는 지긋지긋하다는 표정으로 심호흡을 했다.

"후, 여기 냄새는 저쪽에 비하면 천상의 향기나 다름없군. 대체 얼마나 많은 시체가 썩어야 그런 냄새가 나는지……. 구덩이 안쪽에 정말로 시체가 한 구도 없었나?"

"없었습니다. 서른세 개의 구덩이 전부 조사했습니다만… 확실히 구덩이 안쪽에서 악취가 좀 더 심하게 났던 것 같기도 하군요."

"이해가 가질 않는군. 여긴 대체 뭘 하던 시설이지? 사람들을 납치해서 가둬두고 고문을 자행하는 조직의 비밀기지인가? 우리 교단 말고도 그런 짓을 즐기는 자들이 또 있을 줄이야……."

마지막은 거의 혼잣말처럼 나지막하게 중얼거려 들리지 않았다. 로슨은 중앙 구역의 반대편에 있는 1이라고 새겨진 커다란 문으로 앞장서 걸으며 말했다.

"저로서는 도무지 상상이 가지 않습니다만, 그래도 하나를 꼽으라면 무언가 실험을 하던 시설이 아닐까 생각합니다."

"실험 시설? 어째서 그렇게 생각하나?"

"1번 구역에 들어가 보시면 알게 되실 겁니다."

로슨은 반쯤 열려 있는 철문을 밀고 1번 구역 안으로 들어갔다. 그곳은 처음 들어갔던 3번 구역보다 넓고 2번 구역보다는 약간 작은 곳으로, 사방에 깨진 유리 파편이 어지럽게 널려 있었다.

"…교단에서 성법기를 제작할 때 이런 유리관을 사용하는 것을 봤습니다. 그래서 실험실이라고 말씀드린 겁니다."

로슨이 앞에 선 것은 일부 형체가 남아 있는 유리관이었다. 절반 이상이 깨져 나가 내용물은 텅 비어 있었지만, 온전했다면 작은 아이 한 명이 쏙 들어가고도 남을 만큼의 크기였다.

"그렇지 않습니까, 추기경님? 이런 유리관 안에 성법기를 집어넣고 연결된 마력선으로 마력을 공급해서……."

"물론 알고 있네. 내가 바로 우리 교단의 성법기 제작을 총괄하고 있지 않은가?"

다리우스는 커다란 눈으로 깨진 유리관을 노려보았다. 그것은 분명 자신이 알고 있는 성법기 제작구와 비슷한 모양을 하고 있었다.

"정말로 비슷해. 설마 기술이 외부로 유출된 건가? 절대로 그럴 리가 없는데……."

성법기를 제작하는 기술은 신수교단만이 가진 특권이자 비밀이었다. 제작에 관여하는 신관들은 비밀 서약을 맹세하며 죽을 때까지 교단의 관리를 받게 된다. 덕분에 외부로 기술이 유출되는 일은 사실상 불가능했다.

"정말로 실험관과 마력선이 연결되어 있군. 마력선은 바닥 안쪽으로 이어져 있는데… 로슨?"

"네, 추기경님."

"이 마력선이 어디로 이어져 있는지 혹시 알고 있나?"

다리우스는 유리관과 연결되어 있는 두꺼운 금속관을 가리켰다. 로슨은 몸을 숙여 금속관과 바닥이 연결된 지점을 살피며 말했다.

"거기까지는 아직 조사하지 못했습니다. 아무래도 시설의 바닥을 전부 들어내야 하는 일이라 이 정도 인원으로는……."

"그런가? 알겠네. 돌아가면 곧바로 인력을 충원하도록 하지."

"역시 성법기와 관련된 실험 시설이었던 것 같습니까?"

로슨이 불안한 표정으로 물었다. 다리우스는 깨진 금속관의 안쪽으로 보이는 수십 가닥의 마력선을 노려보며 고개를 끄덕였다.

"그런 것… 같네. 하지만 이건… 놀랍군. 더 앞서 있어, 아직까지 확신할 수는 없지만……."

"앞서 있다니, 그게 무슨 말씀이십니까?"

"교단의 기술보다 더 앞서 있다 이 말이네. 게다가 이렇게 대규모로… 대체 무슨 성법기를 만들고 있던 거지? 그렇게 대량의 성법기가 유출되었다면 교단에서 눈치채지 못할 리가……. 그리고 제온은 어째서 이곳을……."

다리우스는 깨진 유리관을 아슬아슬하게 쓰다듬으며 깊은 생각에 잠겼다. 한참 동안 말없이 기다리던 로슨은 문득 생각이 난 듯 문 쪽으로 몸을 돌리며 물었다.

"일단 남은 구역도 가보시겠습니까?"

"남은 구역? 아, 아직 문 하나가 남아 있지."

다리우스는 중앙 구역에서 보았던, 커다란 X 자가 새겨져 있는 철문을 기억해 내며 물었다.

"혹시 그곳도 여기처럼 실험관이 있나?"

"그렇지는 않습니다. X구역은 책장이나 선반이 잔뜩 있는 넓은 집무실 같은 구역입니다."

"책장? 그럼 책도 남아 있나?"

"안타깝게도 한 권도 없습니다. 분명히 많이 있을 것 같았습니다만… 아무래도 시체를 치운 누군가가 책도 모조리 처분한 것 같습니다."

"그건 아쉽군. 분명 책이 남아 있다면 이 시설에 대해 자세히 알 수 있었을 텐데. 물론 그걸 바라지 않았을 테니 모두 태워 버렸을 테고… 음?"

다리우스는 순간 눈을 크게 뜨며 자신의 말을 곱씹었다.

"태워 버렸다……. 그러고 보니 확실히……."

"X구역에 책을 태운 흔적은 전혀 없습니다. 아무래도 챙겨서 돌아간 게 아닐까요?"

"아니야. 저들은 분명 책을 태웠어. 왜냐하면……."

다리우스는 몸을 돌려 문 쪽으로 걸어가며 말했다.

"탄 냄새가 났다네. 희미하지만 맞아. 역시 무언가를 태운 냄새였어."

"태운 냄새라니, 저는 전혀……."

"썩은 냄새에 가려서 정확히 가려내질 못했네. 하지만 그건 확실히 탄내였어."

밖으로 나온 다리우스는 코를 킁킁거리며 벽을 따라 걷기 시작했다. 중앙 구역에 대기 중이던 선발대원들은 이상하다는 얼굴로 추기경과 뒤따라 나온 로슨을 번갈아 바라보았다. 로슨은 자신도 모르겠다는 듯 어깨를 으쓱여 보이며 추기경의 옆으로 따라붙었다.

"사실 처음부터 이상했어. 우리보다 먼저 온 손님, 그러니까 여기서 썩어가던 시체를 처리한 손님들에겐 시간이 별로 없었거든."

다리우스는 점점 이해가 간다는 듯 입가에 미소를 지었다. 로슨은 전혀 이해가 가지 않는 얼굴로 물었다.

"시간이 없었다니, 그게 무슨 말씀이십니까?"

"모르겠나? 골렘 말이네."

"골렘이요?"

"골렘은 대단히 유력한 증거야. 특히 안티매직 골렘이라면 세밀하게 조사하면 언제 제작되었는지, 제작한 사람의 특징까지 알아낼 수 있다네. 그런데 저들은 그것을 처리하지 못하고 그냥 내버려 뒀어. 쓰러진 골렘을 일으켜 벽에 기대놓기까진 했지만, 그걸 들고 시설을 빠져나갈 시간적 여유는 없었다는 말이지."

"그건… 확실히 그렇군요."

"그런데 과연 여기 널브러져 있었을 수십 구의 시체를 밖으로 들고 나갈 수 있었을까? 난 아니라고 보네. 수십… 아니, 백 구는 훨씬 넘을 거야. 특히 구덩이가 파인 방에는 엄청난 양의 시체가 쌓여 있었을 테지."

벽을 따라 한참을 걷던 다리우스는 1번 구역과 X구역의 중간쯤 되는 지점에서 걸음을 멈췄다.

"흐음, 이 냄새. 바로 여기야."

그리고는 벽에 코를 대고 숨을 크게 들이마시며 미소를 지었다.

"이 안쪽에 소각장이 있네. 분명히 어딘가에 비밀 문이 있겠지만… 찾고 있을 시간이 없으니 부숴주게."

"네? 이 벽을 부수라는 말씀이십니까?"

"그렇다네. 여기서는 내 성법기를 쓸 수 없으니 말이야."

다리우스는 허리에 차고 있는 가느다란 칼집을 툭툭 건드리며 웃었다. 로슨은 그 칼집에 들어 있는 것이 바로 초신수의 성법기인 '아프레온의 뿔'이란 것을 떠올리며 마른침을 삼켰다.

"알겠습니다. 옆으로 물러나 주십시오."

로슨은 그렇게 말하고는 뒤로 몇 걸음 물러났다. 그리고는 다리우스가 가리킨 벽을 향해 역장처럼 투명한 힘의 덩어리를 쏘아 날렸다.

콰과광!

두꺼운 벽이 일순간 박살 나며 사방으로 흙먼지를 날렸다. 다리우스는 다시 손수건을 꺼내 코와 입을 막았고, 로슨은 자신이 만든 커다란 구멍을 바라보며 나지막한 목소리로 중얼거렸다.

"정말로 벽 안에 공간이……."

"뭐하고 있나? 캄캄하니 앞장서 들어가게. 아마 위험한 건 없을 거야."

다리우스는 마음이 급한 듯 재촉했다. 로슨은 고개를 끄덕이며 손바닥 위에 작은 불덩어리를 만들어냈다.

"그럼 들어가겠습니다."

로슨은 조심스레 주위를 살피며 구멍 안으로 들어갔다.

"읍……."

발을 들이 넣자마자 매캐한 탄내가 코를 자극했다. 로슨은 뿌연 연기를 손으로 해치며 몇 발 더 안으로 걸음을 옮겼다. 그리고는 이내 비명을 지르며 아래로 추락했다.

"으아아아아아악!"

"로슨! 괜찮은가, 로슨?"

다리우스는 깜짝 놀라며 구멍 안을 들여다보았다. 로슨이 추락한 곳은 안쪽 방의 중심부에 있는 거대한 구덩이였다.

"괘, 괜찮습니다! 뭔가 나뭇가지 같은 게 잔뜩 있어서 다치지 않았습니다!"

3미터쯤 아래로 떨어진 로슨은 고개를 치켜들고 위쪽을 향해 소리쳤다. 그리고는 갑작스런 충격에 꺼져 버린 불꽃을 다시 만들어 주위를 비췄다.

그리고 로슨은 다시 한 번 비명을 질렀다.

"흐어어어어억!"

이번엔 좀 더 본능에 가까운 꾸밈없는 비명이었다. 구덩이의 안쪽에 잔뜩 쌓여 있는 것은 바로 검게 탄 뼈였다.

"히, 히익!"

로슨은 소름 끼치는 뼈 무더기에서 빠져나오기 위해 사지를 퍼덕이며 몸부림쳤다. 레비테이션을 쓰면 바로 나올 수 있었지만, 패닉에 빠져 그런 판단을 할 겨를조차 없는 상태였다.

"로슨! 정신 차리게!"

구덩인 안쪽의 상황을 확인한 다리우스는 즉시 아래로 뛰어내려 로슨의 어깨를 움켜쥐었다. 눈을 질끈 감은 로슨은 마치 뼈다귀가 자신의 몸을 붙잡기라도 하는 듯 거칠게 몸부림치며 뒤쪽으로 몸을 빼기 시작했다.

"우악! 우아악! 비켜! 저리 가!"

"정신 차리라고!"

다리우스는 즉시 커다란 손바닥으로 따귀를 날렸다. 로슨은 목이 돌아갈 만큼 강렬한 충격에 눈을 번쩍 뜨며 다리우스를 바라보았다.

"추, 추기경님?"

"이 무슨 추태인가! 정신 차리라고! 고작해야 해골이 아닌가!"

"하, 하지만……."

로슨은 여전히 공포에 질린 얼굴로 주위를 바라보았다. 물론 다리우스의 말처럼 고작 해골에 불과했다. 하지만 그런 해골의 무더기에 허리까지 담그고 있는 상황에 평상심을 유지하는 것은 대단히 어려운 일이었다.

"죄송합니다, 추기경님. 너무 갑작스러운 일이라……."

로슨은 온몸을 부르르 떨며 레비테이션 마법으로 공중에 떠오르기 시작했다. 다리우스는 한심하다는 표정으로 로슨을 올려다보며 말했다.

"기껏 친위대로 뽑아놨더니 고작 해골에 놀라서 정신줄을 놓는 건가?"

"면목 없습니다. 인간이나 마물을 상대라면 얼마든지 싸우겠지만……."

"해골쯤이야 전장에 가면 발에 차이는 돌처럼 굴러다니는 거야. 힘보다도 정신력을 먼저 키우는 게 좋겠군."

"경험이 부족해서… 죄송합니다. 그런데 추기경님은 안 올
라오십니까?"

"거기서 불을 좀 비추고 있게. 좀 살피다가 올라갈 테니."

다리우스는 해골의 무덤에 허리까지 빠진 상태로 주위를
둘러보았다. 수십, 아니, 백 구는 넘어 보이는 해골이 어지럽
게 뒤섞여 있었지만, 다리우스의 눈은 거기에서도 어떤 공통
점을 찾아내고 있었다.

"가끔 큰 것도 있지만… 대부분이 어린아이의 해골이군."

다리우스는 작은 해골 두 개를 양손에 움켜쥔 채 들어 비교
하기 시작했다. 공중에 떠서 지켜보던 로슨은 그런 다리우스
의 행동에 등골이 오싹해지는 것을 느꼈다.

"저… 추기경님?"

"흠, 그렇다면… 설마… 그런 것이었나?"

다리우스는 머릿속에 번뜩이는 것을 느끼며 해골을 내려
놓았다. 그리고 레비테이션으로 공중에 떠올라 구덩이 밖으
로 빠져나왔다. 로슨은 검은 재가 잔뜩 묻은 다리우스의 옷을
보며 송구한 듯 고개를 낮췄다.

"죄송합니다, 추기경님. 저 때문에 의복이……."

"옷이야 아무래도 상관없네. 그보다 불을 좀 더 키워주지
않겠나? 한눈에 방 구조를 확인하고 싶군."

로슨은 즉시 손바닥 위의 불꽃을 불덩어리 수준으로 키워

공중에 떠올랐다. 환하게 드러난 방은 처음 발을 들여놓은 3번 구역의 절반 정도 크기의 공간으로, 그중 대부분의 바닥이 구덩이로 파여 있는 상태였다.

"이곳은 소각로였던 모양이네. 죽은 시체를 모조리 이곳으로 옮겨서 불태운 거야. 역시 시체를 밖으로 옮길 시간은 없었던 모양이네."

"시체가 이렇게 많았다면… 모두 밖으로 옮기는 건 무리였겠죠. 게다가 추기경님 말씀대로라면 썩고 있었을 테고요."

"그렇지. 아마도 X구역에 있던 책도 모조리 여기서 태웠을 것 같군. 자신들의 정체가 드러날 수 있는 건 모조리 태우고 돌아간 거야."

다리우스는 이해가 간다는 듯 고개를 끄덕였다. 로슨은 다시 한 번 거대한 뼈 무더기를 내려다보며 소름 끼친다는 듯 말했다.

"그런 상황을 대비해서 이런 소각로까지 미리 준비하다니… 어떤 조직인지는 모르지만 준비가 철두철미하군요."

"그보다는 이 시설 자체가 기본적으로 소각로를 필요로 했다고 하는 편이 옳을 걸세."

"네?"

"처음부터 대량의 시체가 발생하고, 그걸 처리할 필요가 있는 시설이었다 이 말이네."

다리우스는 소각장의 가장자리를 따라 걸으며 금속으로

만들어진 벽면을 바라보았다. 그리고 처음 구멍을 뚫었던 벽면에서 조금 떨어진 곳에 유리로 만들어진 둥근 구슬이 빽빽하게 박혀 있는 것을 발견했다.

"게다가 그냥 소각장도 아니었던 모양이야. 하긴 소각장이라면 이런 식으로 감춰놓을 필요가 없지."

"이건… 구슬로 벽을 장식한 걸까요?"

"그럴 리 있겠나? 이건 아마도……."

다리우스는 구슬이 빽빽이 박혀 있는 벽면을 이리저리 살피다가 순간 움푹 파인 구멍을 발견하고 그 안에 손을 집어넣었다.

"추기경님, 그렇게 막 손을 집어넣으시면!"

로슨이 깜짝 놀라며 소리쳤다. 다리우스는 입가에 미소를 지으며 고개를 저어 보였다.

"괜찮네. 이건 그냥 충전기일 뿐이야."

"충, 충전기요?"

"마력을 충전하는 도구지. 이 벽 안쪽의 어딘가에 마력을 저장하는 충전지가 있을 거야. 자, 자네가 손을 집어넣어 보게."

다리우스는 구멍에서 손을 뺀 다음 로슨을 바라보았다. 로슨은 대단히 미심쩍은 표정으로 구멍을 들여다보다 이내 한숨을 내쉬며 오른손을 쑥 집어넣었다.

"안쪽에 돌출된 손잡이가 있지? 그걸 잡고 마력을 부어 넣어보게."

"이것… 말이군요."

구멍의 가장 안쪽에는 금속으로 만들어진 레버가 있었다. 로슨은 그것을 움켜쥔 다음 다리우스의 말대로 마력을 부어 넣기 시작했다.

"이거… 밑도 끝도 없이 들어가는데요?"

10초 정도 마력을 넣자 로슨의 이마에 땀방울이 맺히기 시작했다. 다리우스는 무언가 변화가 없는지 주위를 살피다 이번에는 밖에 있는 선발대를 불러 한 명씩 똑같은 방법으로 마력을 부어 넣게 만들었다.

그리고 네 번째 선발대가 자신이 가진 마력의 대부분을 충전기에 쏟아부은 순간,

쿵! 쿵! 쿵!

갑작스런 진동과 함께 사방이 환해지기 시작했다. 마력충전지가 작동하며 시설 내부에 있는 모든 라이트 스톤이 작동하기 시작한 것이다.

"…여기도 라이트 스톤이 박혀 있었군요."

로슨이 멍한 표정으로 천장을 올려다보았다. 소각장의 천장에만 50여 개가 넘는 라이트 스톤이 빛을 발하고 있었다.

덕분에 대낮처럼 환하게 밝혀진 구덩이 속의 검은 해골들이 적나라하게 모습을 드러냈고, 애써 시선을 피하고 있던 다른 선발대의 표정이 급격히 창백해지기 시작했다. 하지만 정

작 다리우스는 그런 건 아무래도 상관없다는 듯 다시 벽에 박혀 있는 투명한 구슬들을 살피며 손으로 쓰다듬기 시작했다.

"중요한 건 그게 아니야. 로슨, 자네 이거 보이나?"

"네, 구슬 말이죠."

"충전기를 중심으로 왼쪽에 120개, 오른쪽에 40개가 박혀 있어. 서로 크기가 다르고 말이야."

"그러고 보니 오른쪽의 구슬들이 약간 더 크군요."

"바로 그 오른쪽 구슬의 숫자가 40개라네. 무언가 떠오르지 않는가?"

다리우스는 흥미롭다는 듯 미소 지었다. 그때까지도 전혀 눈치를 채지 못하던 로슨은 순간 눈을 크게 뜨며 소리쳤다.

"3번 구역!"

"맞아. 자네가 말했지. 거기 있는 속박구의 숫자가 모두 40개라고 말이야. 그리고 난 이게 정확히 무슨 역할을 하는 장치인지 슬슬 알 것 같다네."

다리우스는 손바닥에 미세하게 마력을 띄운 다음 벽에 박힌 구슬들을 가볍게 훑어 내렸다. 그러자 다리우스의 손에 스친 구슬들이 마치 라이트 스톤처럼 투명한 빛을 발하기 시작했다.

"이것도 라이트 스톤의 일종인가요?"

로슨이 신기하다는 얼굴로 물었다. 다리우스는 천천히 고개를 젓다가 갑자기 소각장 밖으로 달려나가며 소리쳤다.

"이건 스위치야!"

"추기경님! 어디 가십니까!"

로슨도 급히 다리우스를 따라 밖으로 뛰어나갔다. 다리우스는 중앙 구역을 지나 곧바로 3번 구역에 들어간 다음, 가장 가까운 곳에 있는 속박구 위에 내려와 있는 쇠사슬을 움켜쥐었다.

"내 생각이 맞는다면……."

다리우스는 쇠사슬의 끝에 박혀 있는 작은 바늘을 자신의 팔에 꽂아 넣으려 했다. 하지만 아슬아슬한 순간에 흥분을 참아냈고, 대신 바늘을 손가락으로 잡아 거기에 느껴지는 마력을 감지하기 시작했다.

"그래, 역시… 내 생각이 맞았어!"

"추기경님, 무슨 일이십니까?"

로슨이 가쁜 숨을 몰아쉬며 다리우스의 옆으로 다가왔다. 그리고는 깜짝 놀라며 한 발 뒤로 물러났다.

"추, 추기경님?"

"이건 말이야, 로슨. 마력 주입기라네. 후후……."

그것은 로슨이 지금까지 한 번도 본 적 없는 소름 끼치는 미소였다. 언제나 사람들 앞에서 온화한 표정과 웃음으로 자신을 감추던 다리우스였지만, 지금 이 순간만큼은 자신의 내면을 차마 감추지 못한 채 순수하게 즐거워하며 자신의 본모습을 드러내고 있었다.

"모두 알았어. 이 시설이 무엇을 하던 곳인지. 유리관 안에서 뭘 만들고 있었는지, 구덩이 안에서 뭘 키우고 있었는지. 큭큭, 이것 참 유쾌하군. 어디의 누군지는 모르지만 이렇게 유쾌한 발상을 현실로 만들어낼 줄이야. 그래, 그리고 그것도 바로 그랬던 거야!"

"추기경님? 무슨 말씀을 하고 계시는 겁니까?"

로슨이 두근거리는 가슴을 진정시키며 물었다. 다리우스는 순간 고개를 돌리며 로슨을 향해 마치 가면을 쓴 것처럼 온화한 표정을 지어 보였다.

"제온 말이네. 어째서 제온이 이 시설을 공격했는지도 알 것 같다 이 말이야."

"하지만 아직… 이단자가 이 시설을 공격한 것인지는 확실하지 않은 것 아닙니까?"

"아니야. 난 이제 확신하네. 제온은 여기를 박살 낼 수밖에 없었던 거야. 왜냐하면, 후후, 이거 유쾌해서 참을 수가 없구만. 제온 스태틱, 과연 그래서 그랬어. 아무리 집요하게 과거를 파도 결코 알아낼 수 없는 이유가 있었어."

"저… 추기경님?"

"아, 그런데 말이야, 로슨."

다리우스는 마치 자신만의 세계에 있는 듯 로슨의 반응과는 상관없이 손에 쥔 쇠사슬을 흔들어 보였다.

"자네 혹시 지금보다 훨씬 강해질 생각 없나?"

"네? 대체 그게 무슨 말씀⋯⋯."

"잘하면 말이지, 자네도 제온 스태틱처럼 강해질 수도 있을 거야."

그렇게 말하며 다리우스는 로슨의 팔에 주저없이 쇠사슬 끝의 바늘을 꽂아버렸다.

12장

사막 탐험

"지금이라면 아직 진로를 변경할 수 있어. 정말 아카데미에 들르지 않아도 되겠어?"

마그나스는 긴 치마를 입은 다리를 꼬아 앉으며 제온을 바라보았다. 마침 파도가 높이 치며 배가 위아래로 크게 흔들렸고, 객실 천장에 매달아놓은 등잔도 따라 흔들리며 제온의 얼굴에 그림자를 일렁이게 만들었다.

제온은 한참 동안 대답하지 않았다. 마이에게서 살바스 수도회와 샤리의 관계를 들은 것이 벌써 닷새 전이다.

그 닷새 동안 제온 일행은 누구보다도 바쁘게 움직였다. 우선 제스터 섬을 떠나 남쪽의 이켈 지방으로 돌아왔고, 거기서 동쪽으로 날아가 퇴각한 토벌단보다도 먼저 자치도시 사자렌에 도착했다.

사자렌의 거리 곳곳에 초상화가 그려진 현상수배가 붙어 있었기 때문에 제온은 아예 도시에 발을 들여놓지도 않았다. 대신 마그나스가 여행에 필요한 물자와 정보를 신속하게 얻어냈고, 곧바로 진로를 변경해 이켈 지방의 북동쪽 끝에 위치한 제이딘이라는 작은 항구마을 향해 이동했다.

제온은 상관없다는 표정으로 겨우 입을 열며 말했다.

"…아카데미 주변에 신수교단의 눈이 쫙 깔려 있을 거야. 이제 와서 찾아봤자 민폐만 끼칠 뿐이야."

"그런 걸 말하는 게 아니잖아."

마그나스는 한숨을 내쉬었다. 그 뒤로 제이딘에서 미리 준비된 상인연합의 무역선을 타고 동쪽으로 항해 중이었지만, 마그나스의 눈에는 아직까지도 제온의 마음이 흔들리고 있는 것이 느껴졌다.

"먼저 샤리를 찾아가서 자초지종을 듣지 않아도 되냐는 거야. 신수교단의 눈? 그런 건 얼마든지 속이고 들어갈 수 있어. 설마 벌써 잊어버린 거야, 아카데미와 바깥 마을에 얼마나 많은 비밀 통로가 이어져 있는지?"

"물론 기억하지."

제온은 고개를 끄덕였다. 아카데미는 기본적으로 학생들의 외부 출입을 엄격하게 금지했지만, 나인제로 몬스터즈의 멤버들은 교수와 경비원들의 눈을 피해 자유롭게 바깥 마을에 들락거리며 필요한 물건을 구입했다.

그것을 가능하게 만들어준 것은 바로 샤리의 비밀 통로 때문이었다. 정확히 말하자면 아카데미에서도 일부 교수들만이 알고 있는 숨겨진 비밀 통로였지만, 교수들의 사랑을 독차지하던 그녀는 아카데미의 모든 비밀을 고스란히 전수받은 상태였다.

'그렇다면 살바스 수도회와의 관계 역시 아카데미로부터 이어받은 걸까?'

그렇게밖에는 생각할 수 없었다. 문제는 그녀가 어디까지 알고 있느냐는 것이다.

"다시 한 번 말하지만, 마이가 알고 있는 건 연구실을 지키던 골렘을 만든 게 샤리라는 것뿐이야."

그때 객실 침대에 누워 있던 마이가 침묵을 깨며 말했다.

"마이가 본 건 안티매직 골렘의 사용법이 적혀 있는 문서였어. 연구실과 샤리의 연관성은 그것뿐이야. 물론 그것만으로도 중요하다고 생각하지만."

"확실히 중요한 이야기다만… 덕분에 문제가 좀 복잡해졌어."

마그나스는 한숨과 함께 고개를 저으며 물었다.

"제온, 살바스 수도회와 샤리가 같은 편이라고 생각해?"

"…모르겠어."

"지금부터 그 살바스 수도회의 본거지를 치러 가는 거잖아? 정말 괜찮겠어?"

제온은 눈을 질끈 감으며 입을 다물었다.

알파, 그리고 베타 프로젝트.

그 모든 고통을 양산해 낸 살바스 수도회를 제거하는 데는 조금의 망설임도 없었다. 하지만 샤리는 또 다른 문제였다.

만약 샤리가 살바스 수도회의 일원이라면, 자신은 대체 그녀를 어떻게 해야 하는가?

"…샤리가 어디까지 연관되어 있는지는 확실하지 않아."

한참 동안 고민한 제온은 가까스로 입을 열며 말했다.

"확실한 건 샤리는 아카데미의 총장이라는 거야. 이런 시기에 아카데미를 떠나서 멀리 동부의 사막 깊숙한 곳에 처박혀 있지는 않을 거야. 그리고 그 말은… 내가 살바스 수도회의 본거지를 공격할 때 마주칠 일도 없다는 거지."

"하지만 그 애가 만든 골렘이 기다리고 있을지는 모르지."

"골렘은 별거 아냐. 알바스 산맥의 연구실에서도 그랬고."

제온은 연구실을 지키고 있던 안티매직 골렘을 떠올렸다. 하지만 처음 연구실을 탈출할 때도 안티매직 골렘은 그곳에서 연구실을 지키고 있었다. 정확히는 연구실을 탈출하려고 하던 실험체들을 붙잡아 제거하는 역할을 맡고 있었고, 바로 그 골렘을 만든 것이 자신의 친구인 샤리였던 것이다.

"저기 제온, 내 생각을 말해도 될까?"

마그나스는 진지한 얼굴로 몸을 앞으로 내밀었다. 제온은 대답하지 않았고, 마그나스는 가볍게 한숨을 내쉬며 말을 이었다.

"네가 거길 증오하는 것도 당연해. 무슨 일이 있었는지 나도 들었으니까. 하지만 지금에 와선… 일단 손을 놓는 게 좋지 않을까?"

"손을 놓으라고?"

"그래. 손을 잡으라는 말이 아니야. 그냥 잠시 내버려 둬. 가뜩이나 적으로 가득 찬 세상이야. 거기에 굳이 싸워야 할 상대를 더 늘릴 필요는 없잖아?"

제온은 침묵으로 거부감을 나타냈다. 그 역시 마그나스가 하는 말이 옳다는 것을 알고 있었다. 하지만 생리적으로 도저히 용납할 수 없는 것이 현실이었다.

"토벌단을 물리치긴 했지만, 신수교단은 금방 다시 세력을 정비해서 공격해 올 거야. 물론 체리오트는 끝장났지만 대집행관은 아직 세 명이나 더 있어. 게다가 마족들까지 널 노리고 있지. 새로운 마왕을 뽑기까지 얼마나 널 괴롭힐지 상상이 돼?"

"…마족들의 공격을 받은 건 내가 마대륙에 가까이 있었기 때문이지."

제온은 마치 변명하듯 말했다. 마그나스는 어깨를 으쓱이며 웃어 보였다.

"그래, 이켈 지방 말이지? 하지만 애초에 네가 거길 간 이유가 뭔데? 신수교단을 피하기 위해서, 사람들의 눈을 피하기 위해서 아냐?"

"……."

"그러니까 넌 계속 위험에 노출될 수밖에 없어. 그리고 다른 마족은 몰라도 퀸이라면 지옥 끝까지라도 널 따라올 거야."

"퀸……."

제온은 자신에게 집착하고 있는 뱀파이어 여왕을 떠올렸다. 애초에 마요르에서 그녀의 습격을 받지 않았더라면 지금쯤 이미 살바스 수도회의 본거지를 쑥밭으로 만들어놓았을지도 모른다.

"그 여자는 계속 널 동족으로 만들고 싶어했잖아? 생각해보면 지금이 정말 완벽한 기회라고. 신수교단을 적으로 돌리고, 모든 인류를 적으로 돌렸어. 기왕 이렇게 된 거, 뱀파이어라도 돼서 인류의 진정한 적으로 다시 태어나는 것도 나쁘지 않은 선택이잖아?"

"…진심으로 그렇게 생각하는 거야?"

"말하자면 그렇다는 거지."

마그나스는 어깨를 으쓱였다. 그러자 침대에 누워 있던 마이가 부스스 몸을 일으키며 말했다.

"마이는 제온이 뱀파이어가 되는 것에 반대해. 그건 절대로 좋은 선택이 아니야."

"걱정 마. 그럴 일은 없어."

제온은 의자에서 일어나 마이의 머리를 쓰다듬었다.

"아무리 몰려도 내가 인간을 포기하는 일은 없을 거야."

"그러니까 더더욱 말이지, 살바스 수도회까지 적으로 돌리는 건 좋은 선택이 아니야. 어쨌든 간에 서로의 목적도 동일하고. 어떤 의미에선 가장 강력한 아군이 될 수도 있어."

"미안하지만 그럴 일도 절대 없을 거야."

제온은 차가운 눈으로 마그나스를 돌아보았다. 하지만 마그나스는 조금도 위축되지 않고 대꾸했다.

"사람이 사는 데 절대란 없어. 세상엔 무슨 일이 일어날지 아무도 모르는 거야. 그러니까 인간의 손으로 초신수를 죽인다는 말도 안 되는 계획도 세우는 거 아니겠어?"

"그놈들은 자신들이 한 짓의 대가를 치러야 해. 그리고 그 일을 할 수 있는 건 오직 나뿐이야."

"복제인간을 만들어서 서로 싸우고 죽이게 만들어서? 초신수를 죽일 수 있는 강력한 괴물을 만들기 위해서?"

마그나스는 거침없이 적나라하게 내뱉었다. 제온은 숨이 콱 막히는 것을 느끼며 다시 의자에 주저앉았다.

"…그래; 바로 그거."

"그럼 이건 어떻게 할래? 웬 슬라임 같은 마물이 쳐들어와 섬에 살고 있는 수천 명을 뼈도 안 남기고 학살해 버린 건."

"뭐?"

"3차 마도대전은 어때? 우리가 죽어라 싸우던 그 전쟁 말이야. 그때 대체 몇만 명의 인간이 죽었는지 셀 수나 있을까? 설마 칠흑의 마왕 한 명을 잡았다고 모두 끝난 걸까? 지금이라도 진정한 대가를 치르게 하기 위해서 마대륙으로 쳐들어가 마족을 모조리 학살해야 하는 게 아닐까?"

"…대체 무슨 말을 하고 싶은 거야?"

"내가 하고 싶은 말은 아무리 끔찍한 원한이라도 상황과 형편에 맞춰야 한다는 거야."

마그나스는 적의가 가득한 제온의 눈을 똑바로 마주 보며 말했다.

"넌 대체 뭘 하고 싶은 거야, 제온? 이 지긋지긋한 세상에 자신을 풀어놓은 살바스 수도회를 지워 버리고 싶어? 아니면 프로나를 데려가 버린 아프레온에게 복수하고 싶은 거야?"

"…둘 다."

"만약 둘 중에 하나만 할 수 있다면?"

"그런 식으로 가정하지 마. 살바스 수도회는 그냥 이대로 찾아가서 끝장내면 끝나는 일이니까."

"맞는 말이야. 그냥 찾아가서 끝장내면 끝이지."

마그나스는 손으로 목을 긋는 시늉을 하며 말했다.

"칠흑의 마왕을 물리친 최강의 마도사, 나인제로 몬스터즈의 정점, 누구도 막을 수 없는 최강의 라이트닝. 그 이름도 찬란한 제온 스태틱님이 못할 일이 뭐가 있겠어? 초신수야 좀 특별한 존재니까 어렵지만, 인간 따위야 마음만 먹으면 몇백 명이든 몇천 명이든 간단히 죽일 수 있지?"

"너… 왜 이래?"

"내가 왜 이러냐고? 내가 바로 묻고 싶은 말이야. 복수? 복수 좋지. 나도 좋아. 친구가 원한을 갚겠다는데 못할 게 뭐가 있어?"

마그나스는 제온의 앞으로 바짝 당겨 앉으며 말했다.

"하지만 짚을 건 확실히 짚고 넘어가자. 제스터 섬에서 네가 수백 명의 신관을 죽이는 데 힘을 보탠 건 단순히 내가 너와 친구이기 때문이 아니야."

"그러면?"

"당연히 신관 한 명을 죽일 때마다 아프레온의 힘이 그만큼 약해지기 때문이지!"

마그나스는 눈을 부릅뜨며 소리쳤다.

"달리 뭐가 있겠어! 안 그러면 네가 인간을 학살하는 데 내가 힘을 보태줄 것 같아? 프로나의 원수를 갚기 위해서라고! 너만큼 좋아하던 내 친구가 어이없이 세상을 떠난 걸 그냥 두고 볼 수 없어서 그런 거라고!"

"마그나스……."

"그게 아니었으면 절대 안 도왔어. 신수교단이라고 무슨 악의 집합소인 줄 알아? 대부분이 세상에 좋은 일을 하고 싶어서 모인 평범한 사람들이라고. 절대 잊지 마. 네가, 그리고 내가 죽인 신관들은 모두 그냥 평범한 사람들이야."

"내가 죽이려고 신전에 쳐들어갔나? 자기들이 알아서 죽으려고 섬에 몰려왔을 뿐이야."

제온은 변명조로 말했다. 그러나 그 역시 문제의 발단이 자신이라는 걸 모르지 않았고, 마그나스도 그 점을 지적했다.

"애초에 네가 마요르에 가서 한바탕 휩쓸지 않았어도 이런 일은 없었어. 이제 와서 변명하지 마. 처음부터 넌 신수교단과 원수를 지려고 한 거야. 한번 적으로 돌리면 교단은 절대로 포기하지 않을 테니까. 끊임없이 신관들을 모아 널 죽이려 할 테고, 그러면 넌 가만히 앉아서 목표를 달성할 수 있으니까."

진실은 사람의 입을 다물게 했다. 그러자 마이가 침대에서 내려오며 말했다.

"제온 괴롭히지 마. 마이가 정보를 제공했기 때문에 제온이 마요르를 습격한 거야."

"괴롭히는 게 아니라고."

마그나스는 한숨을 내쉬며 고개를 저었다.

"이게 다 우리 잘되라고 하는 말이라고, 이 하얀 꼬맹아. 넌 대체 목표가 뭐냐?"

"제온의 목표가 바로 내 목표야."

"그렇단다. 그럼 제온, 넌 목표가 뭔데? 물론 아프레온을 잡는 거겠지? 그리고 내 목표도 바로 아프레온을 잡는 거야. 그런데 지금 우리가 죽이러 가고 있는 사람들의 목표도 역시 아프레온을 잡는 거라고!"

마그나스는 제온이 대답할 틈도 주지 않고 소리쳤다. 제온은 입술을 깨물며 고개를 숙였다. 마이는 그런 제온을 가만히 바라보다 마그나스를 향해 시선을 돌렸다.

"살바스 수도회의 목표는 아프레온뿐이 아니야. 네 마리의 초신수를 전부 죽이고 싶어 해."

"다른 건 내 알 바 아냐. 확실한 건 그 수도회 사람들을 죽이는 것보다 살려두는 게 좋다는 거야. 제온, 내 말이 맞으면 맞는다고 해."

"…맞아."

제온은 순순히 대답했다. 하지만 그렇다고 연구실에 대한, 살바스 수도회에 대한 증오가 사라지는 건 아니었다.

"분명 그자들과 손을 잡으면 유리한 점이 많을 거야. 누가 뭐래도 초신수를 잡기 위해 백 년 이상 연구해 온 놈들이니까."

"그래, 내 말이 그거야."

"하지만 정말 죽이고 싶어. 난… 난 그놈들 때문에…….""

"그래, 나도 알아."

마그나스는 조금 누그러진 목소리로 설득을 시작했다.

"나도 알고 있어. 말했잖아. 너만큼은 아니라도 나 역시 맘에 안 들어. 하지만 네게 정말 소중한 게 뭐야? 정말 프로나를 위한다면, 정말 네 부인의 뱃속에 있던 아이의 원수를 갚고 싶은 거라면… 과거의 원한을 잊고 원수 같은 놈들과도 손을 잡아야 하는 게 아닐까?"

제온은 나지막하게 한숨을 내쉬었다.

마그나스의 말이 모두 옳았다. 자신을 위해서가 아니라 진정 프로나를 위해서라면 원수가 아니라 그 이상의 적들과도 손을 잡아야 했다.

"…하지만 말이지."

한참 만에 입을 연 제온은 불안한 표정으로 선실 바닥을 내려다보았다.

"내가 만약 마음을 꺾는다 해도… 그자들이 나와 손잡는 건 전혀 별개의 문제야. 이미 알바스 산맥의 연구소를 전멸시켰으니까. 그자들이야말로 동료들을 몰살시킨 나와 손을 잡으려 할까?"

"그건 해보지 않고는 모르는 일이지. 초신수를 잡기 위해 백 년이나 세상에서 숨어 살던 자들이야. 그들이야말로 목표를 위해서는 그 어떤 원수와도 손을 잡지 않을까? 어떻게 생각해, 마이?"

"마이는… 잘 모르겠어."

마이는 제온의 옆에 오도카니 선 채 대답했다.

"물론 살바스 수도회는 광신 사냥 프로젝트를 성공하기 위해 무슨 짓이라도 할 거야. 하지만 인간은… 인간은 잘 모르겠어."

"인간? 그게 무슨 소리야?"

"결국 수도회를 이끌어 나가는 건 인간이야. 그리고 인간은 선택을 해. 그게 잘못된 선택이라도. 그리고 마이가 알고 있는 건 지식뿐이야. 그래서 인간이 이런 상황에서 어떤 선택을 할지 잘 모르겠어."

"물론 맞는 말이긴 하다만……."

마그나스는 심각한 표정으로 잠시 생각하다 물었다.

"살바스 수도회의 대장이 누구인지 알아? 설마 살바스 본인은 아닐 테고."

"기록에 따르면 살바스 전 추기경은 150년 전에 40대였어. 죽었다는 기록은 없지만 아마 죽었을 거야."

"당연하지. 그래서 지금 지도자가 누군데?"

"누가 지도자인지는 모르겠어. 알바스 산맥의 연구실에서는 오직 주임 연구원과 일반 연구원밖에 없었으니까."

"뭔가 조직표 같은 건 본 거 없어?"

"전부 그냥 이름뿐이었어. 하지만 데커라는 사람이 수도회의 높은 사람 같아."

"데커?"

"연구원들이 가끔 그 사람에 관한 이야기를 했어. 얼굴은 본 적 없지만, 마이의 생각엔 그 사람이 실질적인 책임자가 아닐까 해."

"데커라……. 그럼 결국 그 사람의 선택에 달려 있는 건가?"

마그나스는 신중한 표정으로 생각에 잠겼다. 그의 머리는 이미 살바스 수도회와의 교섭에 대한 것으로 가득 차 있었다.

하지만 정작 제온은 아직 선택을 내리지 않은 상태였다. 아무리 진정한 목표를 위한다 해도 실제로 눈앞에 마주한 순간 그들을 향한 살의를 막을 수 있을까?

'프로나, 나는… 대체 어떻게 해야 하는 거지?'

제온은 눈을 감고 아내를 떠올렸다. 그러나 기억 속의 그녀는 답을 줄 수 없었다. 결국 판단은 살아 있는 사람의 몫이었다. 그리고 판단의 대가 역시 고스란히 자신이 감당해야 할 짐이다.

라바인 사막.

유리언 대륙의 가장 동쪽 끝에 위치한 이 사막은 실질적으로 대륙의 유일한 사막이기 때문에 특정한 명칭 없이 그냥 사막으로 불리는 경우가 많았다.

전체적으로 땅이 거친 황무지인 대륙 동부 지역에서도 라바인 사막은 그 척박함이 극에 달한 지역이었다. 동부 지역이 개척에 한창이던 100년 전 사람들조차도 이 황무지의 끝에 있는 사막에는 결코 발을 들여놓지 못했다.

동부 지역 전체가 미개척 지역으로 다양한 마물이 출몰했지만, 사막에는 다른 황무지와 격이 다른 강력한 마물들이 자생하는 것으로 알려져 있었다. 개척 시대의 영웅인 베오르그조차도 상대하기 꺼리던 이 마물들은 자연스레 사막을 인간의 손이 닿지 않는 곳으로 만들기에 충분했다.

그런데 마요르에서 광검 베오르그를 탈취한 제온의 다음 목표가 바로 이 라바인 사막이었다.

체리오트의 성법기에 중상을 입지 않았다면,

그리고 예정에 없던 뱀파이어 퀸의 습격을 받지 않았다면 지금쯤 사막의 어딘가에 있는 살바스 수도회의 본거지는 이미 전멸을 면치 못했을 것이다.

마요르에서 최대한 많은 신관을 죽이며 베오르그를 탈취한다.

그리고 라바인 사막에 가서 수도회의 본거지를 제압한다.

본거지에서 케인을 통해 필요한 정보를 얻어낸다.

그사이 자신을 제압하기 위해 결성되었을 토벌단을 사막

으로 유인해 전멸시킨다.

이것이 제온이 세운 계획의 전말이었다. 결론적으론 사막 대신 제스터 섬에서 똑같은 일이 벌어지긴 했지만, 수도회의 본거지를 제압하는 계획은 본의 아니게 뒤로 미룰 수밖에 없게 되었던 것이다.

"원래 동부 지역은 멸망한 고대인들이 모여 살던 곳으로 여겨지고 있어. 이곳에서만 유적지가 발견되는 것도 다 그래서야."

마이는 제온의 품에 안긴 채 사막의 하늘을 천천히 비행하고 있었다. 제온은 모래에 반사되는 강렬한 태양빛에 눈살을 찌푸리며 말했다.

"이런 척박한 곳에 자리를 잡았으니 멸망하는 게 당연하지. 그런데 마이, 눈 아프지 않아?"

"조금. 그런데 고대인이 살았던 시절에는 동부 지역이 황무지나 사막이 아니었어."

마이는 잠시 눈을 감으며 말을 이었다.

"연구소에는 이 지역에 대한 기록 문서가 꽤 많이 있었어. 조사에 따르면 황무지는 오래전에는 비옥한 땅이었대. 그리고 라바인 사막은 바다였고.

"바다? 이 사막이?"

"응. 조개껍질이나 물고기의 뼈 화석 같은 게 사막에서 많이 발견됐나 봐. 그리고 결정적으로 케인이 대답한 기록이 있어. 오래전에 땅과 바다에 대격변이 일어나서 지형이 크게 바뀐 적이 있었대."

"바다가 사막으로 바뀔 정도라면… 정말 대격변이었겠네. 그런데 케인은 대체 그런 걸 어떻게 아는 거지? 정보를 입력하면 답을 알려주는 성법기 아니었어?"

"맞아. 하지만 답을 알려주려면 기본적으로 많은 자료가 필요해. 케인의 속에는 아마 엄청난 분량의 자료가 입력되어 있을 거야."

"그 자체로 도서관 같은 건가? 어째 이야기를 들으면 들을수록 상상이 안 가는 성법기인데……."

제온은 마이와 이야기하면서도 눈으로는 사막의 풍경을 살피고 있었다. 그동안 타고 온 배는 라바인 사막의 최북단의 해안에서 그들을 내려주었고, 일행은 둘로 갈라져 사막을 탐색하기 시작했다.

우선 제온은 마이와 함께 살바스 수도회의 본거지를 찾았고, 마그나스는 빠르게 사막 전체를 정찰하며 혹시 모를 적이나 강력한 마물의 위치를 확인하기로 했다. 일반인이라면 단지 횡단하는 데만 보름이 넘는 시간이 필요한 사막이었지만, 마그나스라면 반나절 안에 사막의 전 지역을 확인하는 것이 가능했다.

'이런 곳에 본거지를 마련하다니… 알바스 산맥은 오히려

살기 편한 곳이었군.'

제온은 목이 타는 것을 느끼며 마른침을 삼켰다. 찌는 듯한 더위에도 피부를 보호하기 위해 후드가 달린 망토로 온몸을 가릴 수밖에 없었다. 그것도 마그나스가 사자렌에서 구입한 연한 회색의 후드라서 망정이지, 원래 입고 있던 검은색 망토를 뒤집어썼다면 태양빛에 달궈져 산 채로 익어버렸을 것이 분명했다.

제온은 한 손으로 마이를 안은 다음, 허리춤에 차고 있던 물통을 꺼내 마이에게 내밀었다.

"목마르지? 먼저 마셔."

"응. 고마워."

마이는 물통을 냉큼 받아 꿀꺽거리며 마시기 시작했다. 그러다 순간적으로 어깨를 움찔하며 제온을 향해 물통을 돌려주었다.

"미안해. 마이가 너무 많이 마셔 버렸어. 제온도 목마를 텐데."

"신경 쓰지 마. 나중에 마그나스랑 합류하면 충분히 마실 수 있어."

물통에는 물이 3분의 1 정도 남아 있었다. 제온은 그중 절반을 입에 머금고 조금씩 목 안으로 밀어 넣었다. 말라붙은 목구멍이 물을 흡수하는 것처럼 느껴졌다. 실제로 그럴 리는 없겠지만 한 방울도 위장에 도착하지 않은 기분이다.

이번 여행에 필요한 대부분의 물자는 마그나스가 커다란 배낭에 담아 마법으로 들고 다니는 상태였다. 그 안에는 약 20리터의 물이 보관되어 있다. 처음에는 너무 과한 게 아닐까 생각했지만, 실제로 사막을 날아다니자 그 정도로도 며칠을 버티기 힘들다는 것이 실감되었다.

'며칠은 무슨, 볼일만 마치면 이런 사막 같은 곳은 바로 안 녕이야.'

제온은 눈살을 찌푸렸다. 그리고 모래뿐인 사막에서 무언 가 특징적인 지형이 나타나기만을 간절히 기대했다.

'저건……'

그때 멀리 사막 한복판에 작은 돌무더기 같은 것이 보였다. 제온은 즉시 마이를 흔들며 물었다.

"마이, 혹시 저거야?"

"저건… 아니야."

마이는 무표정한 얼굴로 고개를 저었다.

"살바스 수도회의 본거지를 나타내는 표식은 다섯 개의 바 위야. 정확히는 고대 유적의 첨탑인데 모래 속에 가라앉았어. 그래서 첨탑의 끝만 비석처럼 보이는 거야."

"실제로 보면 구분할 수 있겠어?"

"연구소에 있을 때 그림으로 본 적이 있어. 아마도 구분할 수 있을 거야. 그리고 저 돌무더기는 비석은 아니지만 그래도 좋은 징조라고 할 수 있어."

"좋은 징조?"

"진짜 비석에 가까이 갈수록 주변에 돌무더기가 점점 더 늘어난다고 들었어. 전부 고대 유적의 흔적이야."

확실히 시간이 지날수록 눈에 띄는 돌무더기가 점점 더 늘어나기 시작했다. 한참 동안 더 깊은 곳으로 날아가던 제온은 순간적으로 이상한 기운을 감지하며 비행을 멈췄다.

"뭐지, 저건?"

제온은 가느다란 눈으로 모래와 돌무더기뿐인 사막을 노려보았다. 마이 역시 한참 동안 사막을 바라보다 순간적으로 눈을 빠르게 깜빡이며 제온을 돌아보았다.

"역시 제온이야. 발견했구나."

"어? 뭐라고?"

"목표를 발견해서 멈춘 거 아니야? 저기 저거."

마이는 손을 뻗어 조금 떨어진 곳의 사막을 가리켰다. 모래가 쌓여 파도처럼 솟아오른 언덕 중간쯤에 다섯 개의 바위 끝이 희미하게 모습을 드러내고 있었다.

"모래에 많이 묻혀 있긴 하지만 저기가 맞을 거야. 정확히 오각형이니까."

"아, 저기… 저것들 말이구나."

제온은 그제야 마이가 가리키는 왕관 모양으로 솟아 있는 바위를 발견했다. 사실 모래에 너무 묻혀 있어 자세히 보지 않으면 그냥 넘어가도 전혀 이상하지 않은 상태였다.

"찾아서 다행이긴 한데… 사실 저것 때문에 멈춘 게 아니야."

제온의 시선은 바위 주변의 모래를 따라 이리저리 움직였다. 그가 좇는 것은 모래 속을 빠르게 헤엄치고 있는 정체불명의 거대한 생명체들이었다.

'세 마리… 아니, 네 마리인가? 대체 저게 뭐지?'

생체전류의 형태만 봐서는 거대한 뱀과 같은 생물이었다. 하지만 제온이 알고 있는 마물 중에는 그런 형태를 가진 것이 없었다.

라바인 사막에는 인간이 대적하기 힘든 강력한 마물들이 살고 있는 것으로 알려져 있다. 그러나 실제로 정확히 어떤 마물인지에 관해서는 기록이 거의 남아 있지 않았다. 제온이 알고 있는 거라곤 아카데미의 마물도감에서 본 사막 거대 전갈이나 붉은 투구게 정도가 전부였다.

"마이, 혹시 여기 살고 있는 마물에 관한 정보는 없어?"

"마물?"

"뱀처럼 긴 마물인데… 대충 길이가 5미터쯤 되는 것 같아."

"그럼 바실리스크야."

"바실리스크? 그건 신수잖아!"

제온은 당황한 얼굴로 소리쳤다. 그가 알고 있는 바실리스크는 B등급의 신수로, 대륙 서북부의 바이켈 산맥에서 드물게 발견되는 것으로 알려져 있었다.

마이는 당연하다는 듯 고개를 끄덕였다.

"맞아. 신수야."

"잠깐, 마이. 나도 신수학(神獸學)을 공부했다고. 바실리스크 정도는 알고 있어."

사실은 공부한 정도가 아니라 아카데미에서 교수를 해도 될 정도로 통달해 있었다. 제온은 자신이 알고 있는 바실리스크의 특징과 형태를 떠올리며 말했다.

"하지만 바실리스크는 다리가 달렸잖아? 사는 곳도 보통 산맥이나 고원이야. 거기에 여러 마리가 동시에 뭉쳐 다니지도 않아."

"마이가 본 신수학 책에도 그렇게 적혀 있었어. 하지만 살바스 수도회가 직접 조사한 보고서는 내용이 달랐어."

"보고서?"

"읽은 그대로 말해줄게."

그리고는 평소보다도 더욱 감정 없는 목소리로 말을 이었다.

"라바인 사막의 이 생물 역시 세상에 바실리스크라고 알려져 있는 신수이다. 물론 바이켈 산맥에 발견되는 바실리스크가 바실리스크의 원형임에는 틀림없다. 그러나 바실리스크는 오히려 라바인 사막에서 다른 형태로 육체를 바꿔 더욱 번성하는 것으로 보인다. 그들은 모래 속을 자유자재로 돌아다니며 집단으로 행동한다. 이들이 이토록 원형과 달라진 것은 신수 특유의 생태에서 그 원인을 찾을 수 있을 것이다. 신수는 자연에서 마력을 흡수하며 생존한다. 분명 사막의 마력이 그들을 그런 식으로 바꿔놓았을 것이다. 어쩌면 고대의 유적에서 방출되는 특수한 마력이 원인일 수도 있다. 그렇다면 바실리스크가 유독 수도회의 본거지 주변에 자주 출몰하는 것에 대한 해답이 될 수도 있을 것이다."

마이는 책에서 읽은 내용을 토씨 하나 틀리지 않고 그대로 기억해 냈다. 제온은 놀란 얼굴로 고개를 끄덕이며 중얼거렸다.

"과연… 신수는 주위의 마력을 흡수하니까… 자신이 사는 곳에 따라서 외형이나 특성이 바뀔 수도 있는 건가?"

신수와 마물을 구분하는 가장 큰 차이는 몸속에 '신수핵'이라는 기관이 존재하는지에 달려 있었다. 신수들은 그 신수핵을 통해 주변의 마력을 흡수했고, 신수교단이 성법기를 만들 수 있는 것도 바로 이 신수핵을 추출해 사용하는 기술을 알고 있기 때문이다.

마이는 제온의 안색을 살피다 물었다.

"제온, 어떻게 할 거야?"

"신수를 죽이려면 신수교단에 허가를 받아야 하지만……."

제온은 어깨를 으쓱이며 천천히 지면으로 내려가기 시작

했다.

"나야 상관없겠지. 이단으로 찍힌 몸이니까."

"바실리스크는 돌로 만드는 체액을 토해. 조심하는 게 좋을 거야."

"걱정할 필요 없어. S급 신수를 죽이려고 하는 마당에……"

푸확!

그 순간, 거대한 뱀이 모래를 꿰뚫으며 공중으로 솟구쳤다. 제온은 자신을 향해 돌진해 오는 바실리스크를 노려보며 희미한 미소를 지었다.

"…B급 신수 따위에게 당할 수는 없지."

멀리 어딘가에서 천둥이 치는 소리가 들렸다. 마그나스는 즉시 비행을 멈추며 고개를 돌려 소리가 들린 방향을 바라보았다.

"오, 벌써 찾아냈나?"

살바스 수도회의 본거지를 발견하면 제온이 뇌전을 사용해 신호를 보내기로 되어 있었다. 마그나스는 소리가 들린 쪽으로 방향을 바꾸어 날아가기 시작했다.

신호는 두 번 있을 예정이었다. 처음 한 번은 소리를 듣기 위해, 그리고 두 번째는 뇌전의 섬광으로 정확한 위치를 확인하기 위해서였다.

콰광!

콰과과광!

그러나 소리가 들린 방향으로부터 지면을 향해 서너 발의 번개가 연속으로 떨어지기 시작했다. 마그나스는 무언가 일이 잘못되었다는 것을 직감하며 속도를 높였다.

"젠장, 제온! 그렇게 싸우지 말자고 신신당부를 했는데! 이런 망할!"

마그나스는 눈살을 찌푸리며 욕지거리를 내뱉었다. 살바스 수도회와 접촉하게 되면 일단 방어적으로 나서며 대화를 이끌어내기로 약속한 상태였다.

하지만 실제로 상황이 닥치자 증오를 참지 못하고 공격을 퍼붓기 시작한 제온의 모습이 눈에 선했다. 마그나스는 고개를 세차게 저으며 마력을 끌어 올렸다. 상황이 최악으로 치닫지만 않았다면, 자신이 직접 나서서라도 제온의 앞을 가로막을 생각이다.

'아니야. 처음부터 수도회의 사람들이 나섰을 리가 없어. 역시 골렘 같은 게 입구를 막고 있는 게 아닐까?'

그렇게 생각하자 조금은 마음이 편해졌다. 그러나 막상 눈에 보인 제온과 싸우고 있는 것은 둔탁한 골렘 따위가 아니었다. 그야말로 뱀처럼 날렵하게 빠진 정체불명의 괴물이 하늘에 떠 있는 미끼를 낚아채기라도 하듯 정신없이 공중에 솟구쳐 오르며 제온을 향해 덤벼들고 있었다.

"이놈들, 엄청난데."

한편 제온은 역동적으로 뛰어오르는 바실리스크를 향해 정신없이 뇌전을 꽂아 넣고 있었다. 라이트닝 볼트에 맞은 바실리스크는 감전된 물고기처럼 퍼덕거리며 사막 위로 추락했다. 하지만 이내 아무렇지도 않은 듯 다시 모래 속으로 파고 들어 갔고, 잠시 기력을 회복한 다음 제온을 향해 솟구쳐 오르는 일을 반복했다.

'뭐 이렇게 집요하지? 바실리스크가 이렇게 공격적인 신수였나?'

제온은 혀를 내두르며 지면을 향해 볼 라이트닝을 뿌렸다. 그러자 막 모래를 뚫고 솟구쳐 오른 바실리스크 한 마리가 볼 라이트닝의 직격을 맞으며 소름 끼치는 괴성을 내지르기 시작했다.

찌이이이이이이익!

그것은 마치 두꺼운 천을 단숨에 찢는 것처럼 끔찍한 소음이었다. 녀석은 볼 라이트닝의 직격을 맞고도 즉사하지 않고 모래 위에서 꿈틀거렸다. 입으로는 회색의 찐득한 액체를 토해내는데 순식간에 돌처럼 굳으며 입가에 엉겨 붙기 시작했다. 제온은 눈살을 찌푸리며 양손으로 라이트닝 볼트를 발사했다.

콰과과광!

바실리스크는 두 발의 뇌전을 추가로 얻어맞고서야 가까

스로 축 늘어졌다. 그 와중에도 다른 녀석들이 끊임없이 모래를 뚫고 솟구쳐 올랐고, 제온은 지긋지긋하다는 얼굴로 입술을 깨물며 체인 라이트닝을 연속으로 뿌려댔다.

"제온! 잠깐!"

그때 현장에 도착한 마그나스가 솟구쳐 오른 바실리스크 한 마리를 윈드 그랩(Wind grab)으로 붙잡았다. 제온은 허공에 뜬 채 몸부림치는 거대한 뱀을 노려보며 실소했다.

"윈드 그랩이라니… 역장을 못 쓰니까 저런 마법이 통하는군."

질풍계 3등급 마법인 윈드 그랩은 대상이 역장으로 자신을 지키지 않는 이상 그 어떤 존재도 공중에 집어 들 수 있었다. 마그나스는 또다시 솟구쳐 오른 바실리스크를 새로운 윈드 그랩으로 움켜쥐며 물었다.

"뭐야, 이 마물은? 처음 보는 거 같은데?"

"바실리스크야. 다리는 없지만."

"바실리스크? 정말이야?"

제온은 고개를 끄덕였다. 마그나스는 격렬하게 요동치는 바실리스크를 노려보았다. 아무리 역장을 쓰지 못해도 신수는 신수인 듯 두 마리나 잡고 있으니 마력이 빠르게 소진되는 것이 느껴졌다.

"아무래도 상관없어! 왜 힘 빠지게 이런 강력한 신수를 상대하고 있는 거야!"

"어쩔 수 없어. 저 아래가 입구거든."

"입구? 살바스 수도회 본거지?"

푸확!

그때 모래 속을 배회하던 마지막 한 마리가 제온을 향해 뛰어올랐다. 마그나스는 그 녀석마저 잽싸게 움켜쥔 다음 소리쳤다.

"제온! 저 돌무더기가 입구가 확실해?"

"확실해. 마이가 확인했어."

"그럼 바로 들어가!"

마그나스의 얼굴에 진땀이 흘러내리기 시작했다. 제온은 일단 마그나스의 옆으로 날아 붙으며 말했다.

"괜찮겠어? 안전하게 처리하고 들어가는 게 좋지 않을까?"

"아니. 이런 데서 쓸데없이 마력을 소모할 필요는 없어. 안에서 무슨 일이 벌어질지 모르니까."

"수도회 사람들과는 절대로 싸우지 말라며?"

"선제공격을 하지 말라는 말이지. 저쪽에서 먼저 덤비면 어쩔 수 없잖아?"

마그나스는 당연하다는 듯 어깨를 으쓱였다. 제온은 고개를 끄덕이며 품에 안고 있던 마이를 내밀었다.

"그럼 애 좀 맡아줘. 안에는 혼자 들어갈 테니까."

"마이도 같이 들어가는 편이 좋다고 생각해."

마이가 고개를 빠끔히 치켜들며 말했다. 제온은 곧바로 고개를 저으며 거절했다.

"아니, 안 좋아. 네가 있으면 녀석들과 제대로 이야기를 할 수가 없어."

"이봐, 너희들. 아무래도 상관없는데, 내 윈드 그랩은 동시에 네 개가 한계야. 손이 부족하니까 일단 등에 업혀봐."

마그나스는 제온을 향해 등을 돌리며 말했다. 제온은 그의 등에 마이를 업히며 말했다.

"꽉 붙잡고 있어, 마이."

"다섯 개의 첨탑 중심부에서 모래를 밀고 내려가면 돼. 하지만 그다음은 마이도 잘 몰라."

마이는 양손으로 마그나스의 목을 감아쥐며 말했다. 마그나스는 숨이 막히는 듯 캑캑거리며 소리쳤다.

"뭐해! 빨리 들어가라고!"

"…부탁한다."

제온은 즉시 방향을 돌려 왕관 모양의 바위를 향해 내려갔다. 허공에 뜬 채 몸부림치는 바실리스크의 울음소리가 거슬렸지만, 지금은 확실히 다른 곳에 신경 쓸 때가 아니었다.

'이거 생각보다 넓은걸?'

멀리서 봤을 때는 규모가 작아 보였지만, 실제로 모래 위에 내려앉자 바위 사이의 공간이 꽤나 넓었다. 그중에 정확히 중심부로 위치를 옮기자, 발밑의 모래가 스륵 하며 안쪽으로 밀려들어 가는 것이 느껴졌다.

"발이 빠지는데… 모래를 밀고 내려가라고?"

제온은 역장을 전개하며 자신의 몸이 모래 속으로 빠지는 것을 지켜보았다. 잠시 후 온몸이 모래 속으로 빠지며 잠겼고, 10초 정도 더 밑으로 빨려 내려간 순간 발밑이 뻥 뚫리며 텅 빈 공간으로 추락했다.

"큭!"

제온은 급히 레비테이션을 사용해 추락을 멈췄다. 캄캄해서 아무것도 보이지 않았지만, 느낌만으로도 앞뒤가 뻥 뚫린 넓은 통로 같은 곳에 도착했다는 걸 알 수 있었다.

'연구소와 비슷한 구조인가?'

머릿속에 떠오른 것은 알바스 산맥에 있는 연구소의 원형 통로였다. 제온은 얼마 전 그곳에서 안티매직 골렘과 싸우던 기억을 떠올리며 조심스레 지면에 착지했다. 빛이 하나도 없었지만 통로의 지면과 천장에 미세한 마력의 흐름이 느껴졌다. 그것만으로도 제온은 별다른 문제 없이 앞으로 걸어 나갈 수 있었다.

"화염계 마법사는 이럴 때 편한데 말이야."

제온은 자신이 알고 있는 가장 강력한 화염술사인 네프카의 모습을 떠올리며 중얼거렸다. 아무리 마법사라 해도 인간인 이상 어둠 속에서는 두려움을 느낄 것이다. 하지만 마력과 동시에 생체전류를 느낄 수 있는 제온은 적어도 어둠 속에 있을지 모르는 미지의 생물에 대한 두려움에 완벽한 면역을 가진 셈이었다.

'있는 거라곤 조그만 벌레 몇 마리. 역시 여긴 그냥 통로인 가?'

하지만 이곳이 알바스 산맥의 연구소와 비슷한 구조라면 내부로 들어가기 위해 격벽을 뚫을 필요가 있었다. 제온은 실제로 통로가 어떻게 생겼는지 확인하기 위해 정면을 향해 한 줄기의 뇌전을 뿌렸다.

파직!

가느다란 섬광이 순식간에 십여 미터를 뻗어 나간 다음 소멸되었다. 찰나의 순간 드러난 통로는 알바스 산맥의 연구소에 있던 원형 통로와는 사뭇 다른 모습이었다. 바닥도 벽도 모두 커다란 벽돌을 쌓아 만들었는데, 부식된 형태를 보아서는 대체 얼마나 오래된 것인지 짐작조차 할 수 없었다.

"일단 계속 가보는 수밖에 없나."

제온은 나지막하게 중얼거리며 계속 걸음을 옮겼다. 목이 말라 물통을 집어 들었지만, 안에 물이 얼마 남지 않았다는 것을 깨닫고는 다시 집어넣었다.

'이럴 줄 알았다면 마그나스의 짐 가방에서 물부터 챙기는 건데……'

바실리스크와 실랑이를 하느라 정신이 없던 게 문제였다. 그런데 그 순간, 꽉 하는 소리와 함께 주변이 서서히 밝아지기 시작했다.

"슬슬 이쪽을 눈치챈 건가?"

제온은 나지막하게 웃으며 주위를 둘러보았다. 오래된 벽돌 사이사이로 일정한 간격마다 끼워놓은 라이트 스톤이 은은한 빛을 발하고 있었지만, 그 밖에는 먼저 뇌전으로 빛을 만들었을 때와 전혀 다를 바 없는 풍경이었다.

직사각형 모양의 끝없이 이어진 듯한 통로.

"…음?"

그때 미세한 변화를 눈치챈 제온이 눈살을 찌푸렸다. 변화는 시각이 것이 아니라 촉각으로 느껴졌다. 통로 바닥으로 희미한 진동이 느껴진 것이다.

그리고 그 진동은 이내 요란한 울림으로 커지기 시작했다.

쿵, 쿵, 쿵!

커다란 진동에 천장에서 하얀 모래가 비처럼 쏟아져 내렸다. 통로 저편으로부터 제온을 향해 거구의 덩어리들이 천천히 다가오고 있었다.

"또 골렘인가?"

제온은 고개를 저으며 쓴웃음을 지었다. 하지만 이번에 나타난 골렘들은 지금까지 제온이 보아온 골렘과는 다른 모습을 하고 있었다.

문제의 골렘은 정체불명의 새까만 물체로 온몸이 뒤덮인 상태였다.

"금속… 은 아닌가?"

제온은 다가오는 골렘들을 향해 오른팔을 뻗었다. 실제로 안쪽에서 느껴지는 마력은 지금까지 보아온 골렘, 특히 안티 매직 골렘과 흡사했지만 처음 보는 물질로 덮여 있는 표면이 신경에 거슬렸다.

"그래 봤자 골렘일 뿐이겠지만……."

제온은 나지막하게 중얼거리며 볼 라이트닝을 만들었다. 순식간에 휘감기는 전류 덩어리가 발생하며 천천히 걸어오던 골렘의 가슴을 들이받았다.

파지지지지직!

집결형 볼 라이트닝의 직격을 얻어맞은 골렘은 곧바로 휘청하며 뒤로 넘어가 쓰러졌다. 그러나 그것은 제온이 예상한 반응이 아니었다. 골렘이 뒤로 넘어간 이유는 볼 라이트닝이 가진 압력 때문이었다.

쓰러진 골렘의 몸속에 있는 핵은 여전히 건재했다.

쿠구구.

골렘은 무거운 바위가 서로 비비는 듯한 소리와 함께 쓰러졌던 몸을 일으켰다.

그리고 몸을 일으킴과 동시에,

쿵!

역동적으로 지면을 박차며 제온을 향해 질주했다.

'빨라!'

제온은 깜짝 놀라며 달려오는 골렘을 향해 체인 라이트닝을 발사했다. 그러나 순식간에 골렘의 몸을 휘감은 뇌전 줄기는 자신의 힘을 전달할 곳을 찾지 못한 채 즉각적으로 힘을 잃고 사라져 버렸다.

'뭐지, 이건? 안티매직? 아니, 안티매직만으로 이 정도 항마력을 가지는 건 불가능해!'

제온은 직접 눈으로 보면서도 믿을 수가 없었다. 연속으로 발사한 체인 라이트닝은 질주하는 골렘에게 저지력조차 발휘하지 못한 채 소멸해 버렸고, 눈앞까지 육박해 온 골렘은 달리던 기세 그대로 제온의 얼굴을 향해 주먹을 휘둘렀다.

제온은 입술을 깨물며 역장을 전개했다.

파지직!

골렘의 주먹에 실린 막강한 힘이 제온의 역장을 뒤흔들었다. 얼마나 강력한 일격이었는지 역장 주변으로 힘의 여파가 그물망처럼 퍼져 나가는 것이 눈으로 보일 정도였다.

하지만 골렘의 힘이 강한 건 당연한 일이었다. 문제는 제온의 마법이 먹히지 않았다는 것이다.

'칠흑의 마왕조차도 내 볼 라이트닝을 그냥 받아 넘기진 못했어. 어떻게 이럴 수가 있지?'

그렇다고 고작 골렘 하나를 잡기 위해 엄청난 마력을 퍼부어 라이트닝 캐논을 쓸 수도 없었다. 제온은 여전히 자신의 역장에 힘을 밀어붙이고 있는 골렘의 주먹을 향해 손을 뻗었다.

주먹의 표면을, 아니, 골렘 전체의 표면을 덮고 있는 정체불명의 검은 물질이 관건이었다.

"이건……."

제온은 손가락 끝으로 그것을 눌렀다. 거칠었지만 묘한 탄력이 느껴졌다.

―이거 어때? 말랑말랑하지만 탄력이 있지?

동시에 과거의 기억이 제온의 뇌리를 스쳤다. 아마도 2학년의 어느 여름날이었을 것이다. 샤리가 검고 동그란 이상한 물체를 가지고 와서 제온과 친구들에게 보여주었다.

―이건 고무라고 하는 거야. 아단 열도(列島)의 특산품인데, 나무의 수액에 유황을 섞으면 만들 수 있대. 신기하지?

―신기하긴 한데, 이걸로 대체 뭘 할 수 있지?

그렇게 질문한 것이 바로 제온 자신이었다. 샤리는 그 덩어리를 주물럭거리며 의미심장한 표정으로 웃어 보였다.

―할 거야 엄청나게 많지. 특히 이걸 넓게 펴서 신발 밑창에 바르면 신발이 닳지 않고 오래 신을 수 있을 거야.

―신발이라……. 그건 좀 유용할 것 같네.

―그렇지? 하지만 진짜로 긴장해야 할 건 바로 너야, 제온.

―나? 왜?

―왜냐하면, 이건 거의 완벽한 절연체거든.

동시에 새카만 골렘이 양팔을 마구 휘두르며 역장을 두드리기 시작했다. 제온은 눈을 가늘게 뜨며 나지막한 목소리로 중얼거렸다.

"샤리, 정말로 너였구나……."

이런 골렘을 만들 수 있는 건 샤리뿐이었다. 물론 목표는 자신일 것이다. 그녀는 제온이 이곳을 습격할 것을 예상하고 '대제온 전용 병기'로서 고무막을 입힌 골렘을 제작한 것이다.

입맛이 썼다.

그 어떤 일이 있어도 친구들을 원망하지는 않을 거라고 다짐했다. 그럼에도 불구하고 지금의 상황은 그의 마음을 강하게 흔들었다.

그 와중에도 골렘은 멈추지 않고 역장을 두드렸다.

마치 떼를 쓰는 아이처럼 막무가내로 자신을 파괴하려는 모습이 그의 마음을 더욱 불편하게 만들었다.

마음 같아선 정말로 라이트닝 캐논을 날려서라도 이 골렘을 잠잠하게 만들고 싶었다. 하지만 지금은 냉정해야 했다. 저 골렘 뒤로 어떤 적들이 자신을 기다리고 있는지 모른다.

제온은 가느다란 눈으로 골렘을 노려보았다. 가슴 한가운데 고무막이 거칠게 일어나 있는 것이 보인다. 그것은 처음 날린 볼 라이트닝이 고무의 표면을 긁은 흔적이었다.

제온은 정확히 그곳을 노리고 뇌전을 뿌렸다. 골렘은 여전히 끄떡없이 역장을 두드려 댔지만, 고무막은 분명히 좀 더 손상된 상태였다.

파직!

파직!

파직!

제온은 연달아 세 방의 라이트닝 볼트를 한 지점에 뿌렸다. 그러자 완전히 찢긴 고무막 너머로 골렘의 원래 피부가 희미하게 모습을 드러냈다. 그 역시 강한 절연성을 가진 바위였지만, 적어도 고무처럼 완벽하게 전기를 막아주진 못했다.

파지지지직!

제온은 그 틈으로 정확히 체인 라이트닝을 꽂아 넣었다. 그러자 정신없이 역장을 두드리던 골렘이 벼락에 맞은 것처럼 움찔하며 몸을 떨기 시작했다.

끼긱…….

골렘의 동작이 점점 느려지더니 이내 완전히 정지했다. 제온은 골렘의 가슴에 뚫린 구멍으로 새어 나오는 하얀 연기를 바라보았다.

모두 예상대로였다.

원래 안티매직 골렘은 6등급 이하의 모든 마법에 대한 면역을 가지고 있다. 그리고 체인 라이트닝 역시 6등급의 마법이었다. 그러나 일단 안쪽으로 들어간 전류가 표면을 감싼 고무에 막혀 바깥으로 방전되지 않았고, 덕분에 내부의 핵을 깨뜨릴 만큼의 위력이 발생한 것이다.

"후우……."

제온은 나지막하게 한숨을 내쉬며 완전히 멈춘 골렘의 옆을 지나갔다. 그러자 어느새 그곳에 서 있던 남자가 차분한 목소리로 물었다.

"어떤가, 자네를 위해 만든 특제 골렘을 상대한 기분이?"

골렘과 싸우는 동안, 이미 감지력으로 인간이 다가오고 있다는 사실은 눈치채고 있었다. 제온은 걸음을 멈추고 남자를 바라보았다.

나이는 50살쯤 되었을까.

머리카락이 마치 부분부분 염색한 것처럼 하얗게 세어 있는 것이 인상적인 남자였다. 모래색의 로브를 입고 있고, 주름진 얼굴과 여유로운 표정에서 관록이 느껴졌다.

물론 정체를 알아내기 위해 고민할 필요는 없었다. 십중팔구, 아니, 백 퍼센트의 확률로 살바스 수도회의 사람일 것이다.

그러나 마력이 느껴지지 않는 것으로 봐서 마법사는 아니었다. 제온이 마음만 먹는다면 눈 깜짝할 순간에 죽여 버릴 수 있는 무력한 인간이었다.

하지만 마그나스의 당부가 있었다. 제온은 가슴속의 살의를 억누르며 말했다.

"앞으로는 칼을 들고 다녀야겠군."

"칼이라니?"

"저 골렘, 날카로운 걸로 구멍만 뚫을 수 있으면 체인라이트닝 한 방으로 끝낼 수 있다는 말이지."

"아, 확실히 그러면 편하게 잡을 수 있겠군. 하하!"

남자는 그제야 고개를 끄덕이며 웃었다. 제온도 따라 입가에 미소를 지으며 물었다.

"1초 후에 죽을지도 모르는데 웃음이 나오나?"

"하, 그야 뭐, 나오는 걸 어쩌겠나."

남자는 어깨를 으쓱이며 말했다.

"자네가 올 거라는 사실은 예상했네. 그동안 고민을 많이 했지. 대체 어떻게 해야 하는지 말이야."

"그래서 골렘을 풀어놓았나?"

"골렘은 모두 여섯 기가 있네. 자네를 막을 생각이었다면 몽땅 풀어놓았겠지. 하지만 그러지 않았네. 왜라고 생각하나?"

"그래 봤자 못 막으니까."

제온은 당연한 듯 대답했다. 남자는 웃으며 고개를 끄덕였다.

"자네 말이 맞아. 급하게 구해온 골렘 여섯 기로 제온 스태틱을 막는 건 불가능하지."

"…알파라고 불렀으면 바로 죽이려고 했는데."

"그럴 생각은 추호도 없네. 누가 뭐래도 우린 자네의 비위를 맞춰야 하는 입장이니까."

매우 비굴한 발언이었지만 우뚝 선 자세는 당당하기 이를 데 없었다. 제온은 그런 남자의 태도에 약간의 호기심을 느꼈다.

"그럼 왜 골렘 한 기를 먼저 보냈지?"

"그건 그 골렘이 좀 특별하니까. 직접 경험하지 않았나? 고무를 씌운 대뇌격 방어용 골렘이라네. 자네를 위해 특별히 만든 거지."

"그럼 여섯 기 중에 저거 하나만 고무를 씌운 건가?"

"고무라는 게 생각만큼 쉽게 얻어지는 자원이 아니라네. 배를 타고 며칠을 항해해야 겨우 도착할 수 있는 아단이라는 지역의 특산품이지. 이야기를 들어보니 한 기 분량의 고무를 확보하는 데만 엄청난 수고가 들었다고 하더군. 그래도 덕분에 꽤 놀라지 않았나?"

"그래, 놀랐지. 그러니까……."

제온은 잠시 말을 멈추고 이해할 수 없다는 표정으로 남자를 노려보았다.

"그러니까… 당신들은 내 비위를 맞추기 위해, 날 상대하기 위해 만든 특별한 골렘을 내보냈다는 거로군. 뭔가 착각하고 있는 거 아냐?"

"아, 그건 또 다른 이야기지."

남자는 고개를 저으며 말했다.

"그럼에도 굳이 그 골렘을 내보낸 건 자네에게 조금이라도 현실을 보여주기 위해서였네."

"현실?"

"이번엔 한 기뿐이지만, 언젠가는 더 많은 골렘이 만들어질지도 모르네. 동시에 수십 기의 고무 골렘이 몰려온다면 아무리 자네라도 상대하는 게 어렵지 않겠나?"

"…그래서 무슨 말을 하고 싶은 거지?"

제온은 눈살을 찌푸렸다. 남자는 가볍게 헛기침을 하며 말을 이었다.

"내 말의 요점은 천하의 제온 스태틱이라도 한계는 있다는 말이네. 예를 들어 고무는 입수하기 어려운 자원이지만, 신수교단 정도의 재력이라면 얼마든지 대량으로 구매해서 가져올 수 있겠지. 그렇지 않나? 물론 지금까지는 승승장구하고 있지만, 앞으로는 상황이 어떻게 될지 알 수 없다는 말이네. 아무리 자네라도 말이야."

"그래서? 신수교단에 고무로 골렘을 만드는 기술이라도 넘기겠다는 건가?"

"말하자면 그렇다는 거라네. 왜 우리가 우리의 희망을 짓밟는 짓을 하겠나?"

남자는 어깨를 으쓱였다. 제온은 속이 뒤집히는 것을 느끼며 나지막한 목소리로 말했다.

"피차 쓸데없는 이야기는 그만하지. 원하는 게 뭔지 말해."

"그야 물론 협력이네."

남자는 양팔을 벌리며 말했다.

"우리 살바스 수도회는 자네에게 가능한 한 모든 것을 제공해 줄 용의가 있네. 자네가 지금부터 여기서 학살극을 벌이지만 않는다면 말이야."

그것은 제온이 원한, 정확히는 마그나스가 원해 마지않는 상황이었다. 하지만 제온은 섣불리 상대의 제안을 받아들일 수 없었다.

"어째서지?"

"어째서라니? 그게 무슨 소린가?"

"어째서 그런 제안을 하는 거지? 내가 알바스 산맥에서 무슨 짓을 했는지 모르는 건가?"

"물론 알고 있네."

남자는 심각한 얼굴로 눈을 감으며 말했다.

"알바스 지부에 있던 연구원 전원이 자네에게 죽었지. 그리고 실험체 전체가 파괴되었고."

"그런데도 나와 협력하겠다는 건가? 내가 당신들의 동료를 그렇게 죽였는데도?"

"그런 건… 상관없네."

"상관없다고?"

남자는 고개를 끄덕이며 눈을 떴다.

"우리의 목표는 초신수를 죽이는 것뿐이야. 그것을 위해서라면 그 어떤 희생이나 굴욕도 감내할 각오가 되어 있다네."

"적어도 이게 굴욕이라는 건 알고 있나 보군."

제온은 빈정거리듯 말하며 남자의 앞으로 천천히 걸어갔다.

"난 연구원들을 죽인 걸 후회하지 않아. 그들은 당연히 죽어야 했으니까."

"우리는 우리의 할 일을 했을 뿐이네. 프로젝트 알파와 베타가 아무리 인류를 벗어났다 해도… 그것이 유일한 방법이었으니까 말이야. 그리고 실제로 결과가 내 눈앞에 있네."

"…당신도 똑같이 죽고 싶은가 보군."

제온은 오른손을 뻗어 남자의 얼굴 앞으로 내밀었다. 그러나 남자는 조금도 위축되지 않은 얼굴로 고개를 끄덕였다.

"그래도 상관없네. 초신수를 죽일 수만 있다면 말이야."

"왜?"

제온은 바로 그것을 이해할 수 없었다. 마이는 살바스 수도회의 다양한 정보를 알려줬다. 그러나 정작 그 안에는 살바스 수도회의 진실이 빠져 있었다.

"왜 그렇게까지 하려고 하지? 어째서?"

"…그걸 알고 싶나?"

남자는 담담한 표정으로 자신의 얼굴을 가로막은 제온의 손바닥을 바라보았다. 제온은 숨을 크게 들이마신 다음 입술을 깨물었다.

살바스 수도회에 대한 원한과 증오는 여전했다.

당장에라도 눈에 보이는 모든 인간을 죽여 버리고 싶었다. 그러나 진실을 알고 싶은 욕구가 그의 격정을 가로막았다.

"그걸 알고 싶어서 여기까지 온 거로군."

남자는 천천히 손을 뻗어 제온의 손목을 붙잡았다.

"그렇다면 잠시만 손을 거두게. 모든 일이 끝난 후에… 그래도 여전히 우리에 대한 증오를 견딜 수 없다면 그때 가서 손을 써도 늦지 않을 테니까."

"초신수만 죽인다면, 그다음에는 너희들 모두 죽어도 상관없다고?"

남자는 말없이 고개를 끄덕였다. 제온은 부릅뜬 눈으로 천천히 손을 내리기 시작했다.

"…믿을 수가 없군."

"부디 믿어주길 바라네."

남자는 제온의 눈을 바라보며 말했다.

"내 이름은 데커라고 하네. 광신 사냥 프로젝트의 책임자이자… 살바스 수도회의 마지막 수도사지."

13장

상자 안의 실험실

제온은 데커의 뒤를 따라 긴 통로를 걸었다.

쿠궁.

희미한 진동과 함께 자주 모래가 떨어졌다. 데커는 그럴 때마다 잠시 걸음을 멈추고 천장을 응시했다.

"오늘따라 녀석들이 심하게 날뛰는군. 혹시 자네가 녀석들을 건드렸나?"

"녀석들?"

"바실리스크 말이네."

데커는 모은 손바닥을 천천히 벌리며 말했다.

"이렇게 긴 뱀 같은 신수라네. 여기로 들어오기 전에 보지

못했는가?'

"물론 봤지."

제온은 짧게 대답하고 입을 다물었다. 실제로는 격렬한 전투가 벌어졌고, 한 마리는 완전히 숨통을 끊어놓았다. 하지만 쓸데없이 말을 길게 하고 싶지는 않았다. 그러다 괜히 위쪽에 있는 마그나스와 마이에 대한 화제가 나오는 것은 곤란했다.

'아직 협력하기로 결정 난 것도 아니야. 쓸데없이 이쪽 정보를 말할 필요는 없어.'

특히 마이에 관한 이야기를 이들에게 할 생각은 절대 없었다. 자신이 알파 프로젝트의 유일한 생존자라면 마이는 베타 프로젝트의 유일한 생존자였다. 저들이 그 사실을 알게 되면 어떤 식으로 반응할지 상상하는 것만으로도 불쾌했다.

"혹시 알지 모르겠지만, 이 사막에 바실리스크를 풀어놓은 것은 바로 우리라네."

별것 아니라는 듯 지나가는 말투였다. 그러나 제온은 도저히 그냥 넘길 수가 없었다.

"설마 다른 곳에서 바실리스크를 잡아 사막에 풀어놓았다는 건가?"

"미안하지만 살바스 수도회에 바실리스크를 포획할 기술 같은 건 없네. 우린 그냥 가진 걸 풀어놨을 뿐이야."

"가진 걸 풀어놨다니, 그게 무슨 소리지?"

"말 그대로라네. 우린 처음부터 여러 가지를 가지고 여기까지 왔지."

데커는 그윽한 눈으로 통로의 먼 곳을 바라보았다. 제온은 그의 말을 전혀 이해할 수 없었지만, 안달하는 모습을 보이기 싫어 잠자코 입을 다물었다.

"바실리스크는 우리가 가진 것 중에 하나였네. 우리는 목표를 달성하기 위해 우리가 가진 것을 최대한 활용해야 했지."

"…적어도 집 지키는 용도로는 최고이겠군."

"본래 목적과는 달랐지만, 결국 쓸데가 거기밖에 없었지."

데커는 고개를 끄덕이며 쓴웃음을 지었다.

"자네의 심기를 건드릴 생각은 없네. 하지만 앞으로의 이야기를 편하게 하기 위해서 자네가 싫어하는 몇 개의 단어가 필요하네. 괜찮겠나?"

"…상관없어."

"알파 프로젝트. 그것 또한 우리가 가진 것 중 하나였네."

"……."

"자네는 우리를 인류을 저버린 악마 같은 자들이라고 생각하겠지. 하지만 우리 중에서도 실제로 알파 프로젝트를 가동하는 것에 반대하는 사람이 있었네."

"그게 당신이라는 건가?"

"아니, 그렇진 않아. 난 책임자니까. 모든 가능성을 확인하고 실행해야 하는 입장이었네."

"그러니까 당신이야말로 인류를 저버린 악마 같은 자들의 수장이로군."

"그렇다고 할 수 있지. 후후, 혹시 내 머리에 달린 뿔과 엉덩이에 달린 꼬리가 보이나?"

데커는 헛웃음을 지으며 어깨를 으쓱였다. 제온은 굳은 표정으로 데커의 옆얼굴을 노려보며 경고했다.

"내가 당신과 농담할 기분이라고 생각하나?"

"기분이 상했다면 사과하지. 하지만 알고 싶지 않나? 어째서 우리가 그런 것들을 가지고 있었는지 말이야."

"…신수교단."

"뭐라고?"

"신수교단에서 가져온 것 아닌가? 살바스는 원래 신수교단에서 성법기를 만드는 자였으니까."

"틀렸네."

데커는 고려할 가치도 없다는 듯 가차없이 고개를 저었다.

"살바스에게 그런 기술은 없었네. 신수교단의 성법기 제작 기술은 초보적인 수준이었으니까."

"그런가? 하지만 살바스 수도회인 주제에 정작 살바스를 별것 아니라는 듯 말하는 건가?"

"어쩔 수 없지. 실제로 그는 별것 아니었으니까."

"…뭐라고?"

제온은 이해할 수 없다는 표정으로 물었다.

"살바스가 자신을 따르는 신관을 모아 살바스 수도회를 만든 게 아닌가? 초신수를 죽일 수 있는 성법기를 만들기 위해서. 베오르그도 그런 과정에서 만들어졌다고 들었는데?"

"그건 사실이네. 그와 관련된 기록은 극히 드물었는데… 자넨 알바스 연구소에 남아 있던 문서를 정말 꼼꼼히 읽은 모양이군."

데커는 대단하다는 듯 혀를 내둘렀다. 물론 모두가 마이가 알려준 정보에 불과했지만, 제온은 내색하지 않고 입을 다물었다.

"하지만 그건 빙산의 일각일 뿐이네. 대부분의 진실은 물 속에, 아니, 이 사막의 모래 속에 묻혀 있었지."

데커는 그렇게 말하며 걸음을 멈췄다. 제온은 겨우 도착한 통로의 끝을 노려보며 말했다.

"막다른 곳이군. 어딘가에 비밀 통로가 있나?"

"비밀 통로는 없네. 이걸 타고 내려가는 거지."

데커는 막다른 통로의 끝으로 한 걸음 내디디며 말했다.

"자네도 오게. 여기만 지면이 다르다는 걸 알겠나?"

"…금속이군. 아래가 비어 있어."

데커의 옆에 선 제온은 발끝으로 바닥을 두드리며 말했다. 데커는 벽면에 박혀 있는 작은 구슬을 손가락으로 누르며 경고했다.

"처음엔 좀 불편하게 느껴질 수도 있겠군. 하지만 위험하진 않으니 걱정하지 않아도 되네."

"걱정? 대체 뭘……."

순간 덜컹하는 충격과 함께 지면이 아래로 내려가기 시작했다.

"이런!"

제온은 반사적으로 레비테이션을 사용했다. 그러나 지면이 내려가는 속도가 별로 빠르지 않았기 때문에 곧 마법을 거두며 숨을 들이마셨다.

"이건… 금속으로 된 판을 위아래로 움직이는 장치군."

"승강기라고 하네. 알바스 산맥의 연구소에도 똑같은 장치가 있네만… 자네는 직접 통로를 뚫어 이동하는 것을 선호하는 모양이더군."

"직접 본 것처럼 말하는군."

"실제로 직접 봤네. 불과 며칠 전까지 거기서 뒷정리를 했으니까. 쩝……."

데커는 씁쓸한 얼굴로 입맛을 다셨다. 제온은 며칠 전에 연구소에서 벌어졌을 일을 상상하자 얼굴이 핏기가 사라지는 것을 느꼈다.

"…고생이 많았겠군."

"말도 아니었지. 그나마 연구실에 환기 장치가 돌아가고 있어 망정이지, 아니었으면 시체 썩는 냄새로 숨도 쉬기 힘들었을 거야. 시체를 수습해 소각장에서 모두 태우는 데만 이틀

이 넘게 걸렸네."

"소각장? 거기 그런 것도 있었나?"

"중앙통제실에 소각장이 있었지. 자네도 알다시피 시체가 많이 나오는 프로젝트였으니까."

"아아, 물론 알고 있지."

제온은 싸늘한 표정으로 고개를 끄덕였다. 바로 자신의 손에 의해 자신과 똑같이 생긴 수많은 아이가 비참한 죽음을 맞이했던 것이다.

"갑자기 당신을 죽이고 싶어졌어. 지금 당장 말이야."

"부디 참아주게나. 내가 죽으면 이 모든 걸 설명해 줄 사람이 없어."

"설마 당신이 살바스 수도회의 마지막 한 사람이라고 말하는 건 아니겠지?"

"그런 건 아니네만… 어떤 의미에서는 맞는 말이기도 하군."

데커는 웃으며 고개를 끄덕였다. 그리고 그 순간, 제온의 눈앞이 확 트이며 새로운 공간이 모습을 드러내기 시작했다.

"이럴 수가! 이런 말도 안 되는……."

제온은 부릅뜬 눈으로 중얼거렸다.

뻥 뚫린 승강기의 사방으로 끝도 없이 넓은 공간이 펼쳐져 있었다.

"어떻게 이런 거대한… 이렇게 넓은 공동(空洞)이 지하에 있을 수가……."

알바스 산맥의 연구소는 댈 것도 아니었다. 지면에서 천장까지의 높이는 못해도 40미터는 되어 보였고, 넓이는 당장 뭐라고 말할 수 없을 만큼 광활했다.

"놀랐나? 하긴 우리 본거지가 좀 크긴 하지."

데커는 제온의 표정을 살피며 웃었다. 제온은 승강기가 멈추기도 전에 먼저 레비테이션으로 날아 지면에 내려 걷기 시작했다.

"여기가 살바스 수도회의 본거지……."

제온은 마치 처음으로 도서관에 들어온 아이처럼 사방을 둘러보며 어쩔 줄 몰라 했다. 너무도 다양한 것이 사방에 흩어져 있었다.

우선 크기와 종류가 셀 수 없을 만큼 다양한 실험관이 보였다. 제온은 혹시 그 안에 인간이 들어 있는지 살폈지만, 당장 눈에 띄는 것 중에 인간이 들어 있는 실험관은 없는 것 같았다.

그러던 중에 높이가 10미터가 넘는 거대한 실험관이 제온의 눈을 사로잡았다.

"바실리스크……."

제온은 기가 차다는 목소리로 중얼거렸다. 실험관에는 방금 전에 격전을 벌였던 신수, 바로 바실리스크 한 마리가 투명한 액체에 담긴 채 둥둥 떠 있었다.

"아까 말하지 않았나. 바실리스크는 우리가 가진 것 중에 하나였다고 말이야."

겨우 제온을 따라잡은 데커가 가쁜 숨을 몰아쉬며 말했다. 제온은 손바닥으로 실험관의 표면을 훑으며 믿을 수 없다는 듯 말했다.

"설마 신수를… 만들어냈다는 건 아니겠지?"

'나처럼'이라는 말을 생략하기 위해 제온은 상당한 정신력을 소모해야 했다. 데커는 먼저 앞서 걸음을 옮기며 별것 아니라는 말투로 대답했다.

"왜 아니겠나. 여기에 있는 모든 걸 우리가 만들었네."

"말도 안 돼……."

제온은 벌어진 입을 다물지 못했다. 사방에 솟아 있는 다양한 크기의 유리관. 그 안에는 제온이 신수도감에서나 본 수많은 종류의 신수들이 몸을 웅크린 채 당장에라도 깨어날 듯 잠들어 있었다.

"어떻게 이럴 수가 있지?"

"만드는 것 자체는 어렵지 않네. 동결된 배아를 육성하면 그만이니까."

"배아?"

"씨앗이라고 하면 이해하기 쉬울까? 하지만 쓸 수 있는 건 이미 만들어진 씨앗뿐이지. 더 이상 새로운 씨앗을 만들어낼 수는 없어."

데커는 앞장서 걸음을 옮겼다.

"그럼 천천히 둘러보면서 따라오게. 할 이야기가 많으니까."

"아, 그래."

제온은 압도당한 얼굴로 데커의 뒤를 따랐다. 살바스 수도회의 본거지는 제온의 상상을 아득히 초월하고 있었다.

그러나 그렇게 압도적인 규모에 비해 실제로 내부에서 일하고 있는 사람은 거의 보이지 않았다. 한참 만에 발견한 연구원은 옆을 지나가는 제온이 보이지도 않는 듯 유리에 달려 있는 금속판을 누르며 자신의 일에 열중하고 있었다.

"사람이 별로 없군. 다들 어디 있는 거지?"

"다들 어딘가에서 자신의 할 일을 하고 있네. 보다시피 워낙 넓은 곳이라 잘 눈에 띄지 않지."

"아무리 그래도 이 정도 규모의 시설을 유지하려면 상당한 숫자가 필요할 텐데."

"안 그래도 사람이 부족해서 유지 보수가 잘 안 되고 있네. 그나마 적극적으로 움직이던 연구원들은 대부분 알바스 산맥의 연구소로 옮겨서 일하고 있었지."

"내가 죽인 자들 말인가?"

"그렇다네."

데커는 쓴웃음을 지으며 천천히 고개를 저었다.

"변명을 하려는 건 아니네만, 우리 모두 정신적인 압박에 시달리고 있었네. 남은 시간은 계속 줄어들고 있고 뚜렷한 성과는 눈에 보이지 않았으니까 말이야."

"…무슨 말을 하는지 잘 모르겠군."

"자네가 우릴 이해하려면 아주 오래전의 일부터 알아야 하지."

데커가 걸음을 멈춘 곳은 지면이 은회색의 둥근 금속판으로 만들어진 곳이었다. 제온은 뒤꿈치로 지면을 두드리며 눈살을 찌푸렸다.

"또 승강기인가?"

"육성 구역은 나중에 올라와서 다시 구경하든가 하게. 지금은 일단 아래로 내려가도록 하지."

"여기서 더 아래?"

데커는 고개를 끄덕이며 승강기를 작동시켰다.

"여긴 시작일 뿐이지."

덜컹하는 소리와 함께 지면의 금속판이 아래로 내려가기 시작했다. 제온은 길게 한숨을 내쉬며 고개를 저었다.

"이해할 수 없군. 어째서 이런 거대한 본거지를 가지고 있으면서 알바스 산맥에 따로 연구실을 마련한 거지?"

"그건 알바스 연구소가 그런 쪽에 특화되었기 때문이네."

"그런 쪽?"

"인간 말이네. 인간형 성법기라고 할까?"

제온으로선 불쾌한 이야기였다. 하지만 지금은 증오보다

호기심이 더 강하다는 걸 인정하지 않을 수 없었다.

"가능하면 처음부터 모두 설명해 줬으면 좋겠군."

"물론 가능하네. 하지만 아예 처음으로 돌아가려면 너무 아득하니… 우선 살바스에 대한 이야기부터 하는 게 좋겠군."

데커는 눈을 가늘게 뜨며 이야기를 시작했다.

"지금으로부터 약 150년쯤 전의 이야기네. 신수교단에 살바스라는 젊은 신관이 있었지."

당시의 신수교단은 성법기라는 막강한 힘을 이용해 적극적으로 교세를 확장하는 시기였다. 그러나 아직 성법기 제작 기술이 완벽하게 확립되지 않았기 때문에 대량생산을 위해서는 그만큼 많은 신관이 작업에 동원되어 밤낮을 가리지 않고 일을 할 수밖에 없었다.

"살바스는 그중에서도 기술 개발 쪽에 투입되어 있었네. 마력이 높지는 않았지만 머리가 좋았거든. 교단에 전해오는 고문서를 해독하고, 그것을 통해 보다 완성도 높은 성법기 제작구를 만들어내는 것이 그의 목표였네."

그러나 고문서를 해독하는 과정에서 살바스는 근본적인 의문을 가지게 되었다. 성법기는 하급 신수의 몸속에 있는 신수핵을 추출하거나, 혹은 그와 유사한 속성을 가진 인공 신수핵을 제작하는 것으로부터 시작되었고, 고문서에는 그에 필요한 자원과 기술이 세밀하게 기록되어 있었다.

그렇다면 대체 이 고문서는 누가 기록한 것인가?

"신수교단이 유리언 대륙에 모습을 드러낸 건 불과 300년 전이었지. 물론 그전에도 신수를 신으로 섬기는 민간신앙이 존재했지만, 본격적인 종교로 자리 잡은 것은 그리 오래되지 않은 일이었네."

"그러니까… 성법기를 만드는 기술은 오히려 신수교단의 역사보다도 오래되었다?"

데커는 고개를 끄덕였다. 그의 시선은 천천히 위로 올라가는 것처럼 느껴지는 승강기의 벽면을 향해 있었다.

"살바스는 고문서가 어디에서부터 전해졌는지 조사하기 시작했네. 문서로 남은 기록은 거의 없었지만, 결국 나이 많은 신관들의 입을 통해 놀라운 이야기를 들을 수 있었지."

"무슨 이야기지?"

"교단에 전해지는 대부분의 고문서는 모두 초신수가 직접 전해주었다는 이야기였네."

"뭐라고?"

제온은 믿을 수 없다는 얼굴로 말했다.

"그 거대한 드래곤들이 먼저 인간에게 접근해 책을 전해줬다는 건가?"

"정확히는 책이 잠들어 있는 유적이 있는 곳까지 인간을 안내했다고 하네. 혹시 신수교단을 세운 세 명의 사도에 대한 전설을 알고 있는가?"

"발터, 메르키오, 캐스퍼 말이지."

"알고 있군. 그 세 명의 사도가 초신수의 인도에 따라 한 유적지를 발견했고, 거기에서 발견한 대량의 고문서를 바탕으로 신수교단을 세운 거라네."

결국 성법기는 오래전 멸망한 것으로 알려진 고대인들의 문명으로부터 비롯된 것이었다. 그것을 알게 된 살바스는 신수교단에 남는 것뿐만이 아니라 대륙 각지에서 출토된 다양한 고문서를 입수했고, 그것을 해석하고 연구하는 데 자신의 모든 열정을 쏟아부었다.

"살바스가 연구에 매진한 이유는 보다 강력한 성법기를 만들 수 있는 기술을 확보하기 위해서였네. 처음에는 분명 그랬지. 덕분에 신수교단의 성법기 제작 기술은 빠르게 발전되었네. 살바스는 그 공적으로 추기경의 자리까지 오를 수 있었고. 하지만 시간이 지날수록 무언가 잘못되었다는 것을 느끼기 시작했네."

"뭐가 잘못되었지?"

"고문서에 따르면 멸망한 고대인들은 현재로선 상상하기 힘들 만큼 발달된 기술과 문명을 가지고 있었네. 그런데 그들은 멸망하고 말았네. 살바스는 그 이유를 알고 싶었던 거야."

"고문서에는 멸망한 이유가 적혀 있지 않았나?"

"적혀 있었지. 신의 분노, 자연의 순환, 인류의 교만, 기술의 폐해 등 오히려 너무 많이 적혀 있어서 문제였네. 정확한 원인을 알 수가 없었지."

데커는 쓴웃음을 지으며 고개를 저었다. 제온은 심장이 빠르게 뛰는 것을 느끼며 자신도 모르게 데커의 이야기를 재촉했다.

"그래서, 그래서 살바스는 어떻게 된 거지?"

"살바스는 직접 유적을 탐사하기 시작했네. 진짜 이유를 알아내기 위해서 말이야. 그러던 중에… 어떤 유적지에서 말도 안 되는 것을 발견하고 말았네."

"말도 안 되는 것?"

데커는 웃으며 손가락을 들어 보였다.

"바로 여기 말이네."

"아……."

"자네가 처음 이곳을 보고 놀랐듯이 분명 살바스도 경악을 금치 못했을 테지. 물론 그때는 육성 구역의 배양기가 모두 비어 있었으니 자네만큼 놀라지는 않았을 수도 있겠군."

제온은 데커의 이야기에 집중하면서도 자신이 타고 있는 승강기가 여전히 멈추지 않고 내려가고 있다는 사실에 주목했다.

"이야기 중에 미안하지만, 이 승강기는 대체 어디까지 내려가는 거지?"

"아, 이제 곧 도착하네. 확실히 보존 구역이 좀 깊은 곳에 있지."

"보존 구역? 식량 같은 걸 보관하는 곳인가?"

"식량? 하하, 그렇지 않네."

데커는 웃으며 손사래를 쳤다.

"그보다는 식량을 축내는 것들을 장기 보존하는 시설이지."

"뭐라고?"

그때 덜컹하는 소리와 함께 승강기가 이동을 멈췄다. 여전히 사방은 벽으로 막혀 있었지만, 정면에 쇠창살이 촘촘히 박힌 커다란 문 하나가 달려 있는 것이 보였다.

"살바스의 이야기는 일단 여기까지네."

데커는 커다란 문의 손잡이를 잡아 돌리며 말했다.

"그리고 지금부터는 그보다 훨씬 전의 이야기로 돌아가야 하네."

"훨씬 전?"

"그렇다네."

데커는 문을 열고 안쪽으로 앞장서 들어갔다.

"지금으로부터 천 년쯤 전의 일이지."

"천 년?"

데커는 미소를 지으며 눈앞에 드러난 하얀 공간을 향해 손을 뻗었다.

"환영하네. 여기가 바로 나와 동료들이 천 년 동안 잠들어 있는 장소라네."

"……."

제온은 경직된 눈으로 방 안을 살폈다. 가장 먼저 눈에 들어온 것은 정체를 알 수 없는 하얀 금속으로 만들어진 둥근 형태의 관이었다.

"여기서부터는 나의 이야기네. 부디 지루하지 않았으면 좋겠군."

지금으로선 상상도 못하겠지만, 인류는 거의 모든 것을 정복하고 있었네.

예를 들면 질병 같은 것 말이지. 우린 모든 질병을 극복했네. 심지어는 노화마저 질병으로 규정해 극단적으로 수명을 늘리는 데 성공했지.

하지만 그런 인류가 극복하지 못한 게 딱 두 가지 있었네.

전쟁, 그리고 자연재해라네.

전쟁이라면 자네도 잘 알고 있겠지. 마족들과 제대로 전쟁을 치러봤으니 말이야.

그런데 소위 그 '마족'이란 것들도 우리가 만든 거라네.

이해가 잘 가지 않는다는 표정이군. 엄밀히 말하자면 우리나라가 만든 건 아니지만, 적어도 전쟁을 거듭하던 우리 세대가 만들어낸 악몽임에는 틀림없네.

음? 우리나라? 그야 아젤 공화국을 말하는 것이지.

물론 자네가 알 리 없는 이름이야. 지금으로부터 천 년도 더 전에 멸망했으니 말이네.

이해하기 쉽게 설명하자면, 당시의 세상엔 두 개의 큰 세력이 존재했네.

아젤 공화국, 그리고 불리스 합중국이지.

합중국은 여러 개의 주(州)나 국가가 하나의 시스템 안에 뭉친 정치 체제를 말하네.

아, 제국과는 좀 달라. 합중국은 소속원의 자발적인 동의와 자유가 보장되니 말이지.

그렇다고 불리스가 자유로운 국가라는 이야기는 아니네. 물론 한때는 그런 적이 있었지만, 나중엔 자국의 신념과 이익을 지키기 위해 사방 천지에 싸움을 걸고 다녔지.

덕분에 우리 아젤은 불리스에 반대하는 모든 국가를 하나로 모으는 중심점이 되었네. 전쟁도 숱하게 치렀지.

엄청나게 많은 사람이 죽었네. 자네는 상상도 못할 만큼의 많은 사람이 말이야.

아마 지금 이 대륙에 있는 인간을 모두 합쳐도 당시의 전쟁에서 목숨을 잃은 인간의 10분의 1도 되지 않을 걸세.

믿지 못하겠나? 하하, 뭐 그런 셈 치게. 중요한 건 죽은 사람의 숫자가 아니니까.

전쟁 초기엔 확실히 우리 아젤이 전황을 유리하게 이끌었네. 생물공학과 마법을 접목시킨 강력한 생체병기를 양산해 냈기 때문이지.

그래, 신수 말이네.

사실 처음부터 전투를 위해 신수를 만든 건 아니었어. 원래 목적은 인간이 오래 버티기 힘든 극한 지역에 투입하여 마력을 모으게 하는 것이었지.

자네도 알다시피 환경이 험한 곳에 자연적인 마력이 많이 발생하니까. 정확히는 그 반대라고 할 수도 있겠지만, 아무튼 마력은 우리 시대에 가장 중요한 자원이었기 때문에 자연에서 마력을 모으는 건 가장 큰 사업 중 하나였네.

아니, 좀 다르네. 물론 우리 시대 때 마법사가 없는 건 아니었지만, 자네가 생각하는 그런 마법사와는 개념이 많이 달라.

뭐, 그 점에 대해서는 차차 설명하는 게 좋겠군.

아무튼 신수 덕분에 우리는 전쟁에서 승기를 잡아갔네. 신수는 아주 잘 싸웠거든. 식량이나 무기를 보급해 줄 필요도 없이 자체적으로 자연에서 마력을 조달해서 쉬지 않고 전투를 벌였지.

그러다가 큰 반전이 일어났네.

불리스의 생물공학은 우리보다 뒤처졌지만, 우리가 감히 시도하지 못한 금단의 영역을 파고드는 과감함이 있었네.

바꿔 말하면, 패륜을 두려워하지 않았다고 할까?

우리는 그것을 '금지된 장난'이라고 불렀네. 불리스는 부족한 생물공학을 빠르게 도약시키기 위해 우리가 가장 잘 아는 생물 연구에 동원하기 시작했네.

그래, 바로 인간 말이야.

덕분에 정체를 알 수 없는 끔찍한 것들이 만들어졌네. 처음에는 인간과 다른 동물을 섞어 만든 괴물들에게 무기를 쥐어주고 전장에 집어넣었지.

대표적인 것을 하나만 꼽자면, 자네도 잘 아는 오크가 있겠군.

그래, 오크도 인간이 만든 거야.

후후, 자네도 그런 표정을 다 짓는군.

딱 봐도 흉악하게 생긴 놈들이지. 처음에는 인간과 돼지의 유전자를 섞었다고 엄청난 비난을 퍼부었네. 결코 해서는 안될 짓을 했다고 말이야.

하지만 그건 시작에 불과했어. 오크 같은 건 귀여운 축에 속하는 괴물이었지.

전쟁이 길어질수록 볼리스는 점점 더 상식을 벗어난 개조 인간을 만들기 시작했네. 특히 변형된 곤충의 유전자를 섞어 만든 것들이 끔찍했지. 그것들은 딱정벌레처럼 단단한 껍질을 가지고 있으면서 동시에 강력한 마력을 다루는 상식을 초월한 괴물이었네.

그래, 기억나나 보군.

칠흑의 마왕이라. 멋진 이름이야.

칠흑의 마왕이 속한 혼 데몬(Horn deamon)도 그렇게 만들어진 괴물 중 하나였네. 아무튼 다양하게 만들어냈지. 특성이 다양할수록 그만큼 우리의 대처도 늦을 수밖에 없었으니 말이야.

아, 이제 이해했나 보군.

현존하는 모든 마족은 전부 볼리스 합중국이 만들어낸 생체병기의 후예라네.

아무튼 그 마족 때문에 전황이 불리하게 돌아갔지. 덕분에 우리 아젤도 좀 더 금단의 영역을 파고들기 시작했네.

전쟁 초기에 동원되던 신수들은, 그래, 지금 식으로 말하자면 C급 신수 정도였어. 가장 하급 신수 말이네.

원래는 더욱 강력한 것들을 만드는 것도 이론상 가능했지. 하지만 가급적 억제하고 있었네.

음. 자네 말이 맞아. 우린 신수를 두려워했지.

언젠가 이것들이 인류의 제어에서 벗어나게 되면 어떻게 될지, 우린 그런 최악의 상황을 염두에 두고 신수의 힘을 조절할 필요가 있었네.

하지만 볼리스가 만들어낸 마족들이 너무 강력했기 때문에 결국 우리도 힘의 제약을 푸는 데 합의하지 않을 수 없었지.

아, 참고로 말하자면 당시에 내 직책은 국립과학연구원 생체공학 병기개발부 제2과의 과장이었네.

진짜 중요한 개발은 1과에서 이뤄졌지. 우리 2과는 1과의 뒤치다꺼리를 하면서 완성된 신수에 자질구레한 조정을 하거나, 안정성이 확인된 신수를 양산하는 플랫폼을 제작하는 데 주력했네.

이런, 그러고 보니 내가 너무 전문적인 이야기를 하고 있나? 잘 못 알아듣겠으면 언제든지 지적해 주게. 자세히 설명하도록 하지.

그런가? 그럼 다행이군. 역시 자네의 두뇌는, 음, 아니야. 신경 쓰였다면 미안하네. 그 이야기는 좀 나중에 하도록 하지.

아무튼 천재들이 모인 1과의 부단한 노력이 있었고, 지금으로 말하자면 B급 신수들이 본격적으로 생산되기 시작했네. 지금도 저 위에서 우리 본거지를 지켜주고 있는 바실리스크도 그때 만들어진 신수지.

형태가 다르다고?

아, 나도 지금 세상에 돌아다니고 있는 '신수도감' 이라는 책은 읽었네. 사실 많은 신수가 환경에 맞춰 다양한 형태로 재창조되었어. 바실리스크도 자네가 알고 있는 것 이외에 다리가 없는 것, 날개가 달린 것, 수중에서의 전투를 위해 지느러미가 달린 것까지 다양한 베리에이션이 가해졌지.

하지만 정작 전투에서 큰 활약을 한 B급 신수라면 살라맨더를 빼놓을 수 없네. 맞아. 페슈마르 왕국을 괴롭히는 그 신수 말이네.

살라맨더는 불에 대한 내성이 아주 강력해서 마족들이 주로 사용하는 화염 계열의 마법에 효과적으로 대처할 수 있었지.

음, 뭐 나빠지진 않았네. 확실히 전황이 밀리는 것은 막을 수 있었지. 나야 연구실에서 연구만 하는 사람이었지만, 그래도 전쟁에 대한 정보는 누구보다 빠르게 전해 들을 수 있었네. 피드백은 무기 개발에 있어 가장 중요한 요소라서 말이지.

확실한 건 B급 신수로도 전쟁을 압도하지는 못했다는 거야. 불리스는 점점 더 해괴망측한 것들을 만들어내기 시작했거든.

음? 뭐라고? 슬라임? 음, 그건 잘 모르겠군.

나라고 전부 아는 것은 아니라네. 전쟁이 막바지로 가면서 불리스가 만들어낸 마족의 종류가 워낙 많아서 말이야.

물론 우리도 다양하게 많이 만들어냈지. 아, 그런데 신수는 근본적인 결함이 있었네. 보급 말이야.

처음에는 식량을 대주지 않아도 알아서 자연에서 마력을 보급하는 게 큰 장점이라고 생각했네.

하지만 자연이라고 무한정으로 마력을 생산해 내는 것은 아니야. 특히 대부분의 평범한 산이나 들에는 그렇게까지 마력이 풍부하지 않았네. 엄청나게 늘어난 신수들이 빨아늘이자 금방 고갈되고 말았지.

그 탓에 힘을 잃은 신수들은 전장에서 쓰러지거나 명령에 따르지 않고 도망치기 시작했네. 사실 도망친다는 표현은 적합하지 않겠군. 그들은 마력이 떨어지면 본능적으로 마력이 풍부한 곳을 찾아가려는 습성을 가지고 있었거든.

사실 이건 비밀이네만, 내가 부여한 습성이라네. 하하, 그렇게 어처구니없는 표정은 짓지 말게. 아무리 인위적으로 만들어진 것이라 해도 그들 또한 생명이니까. 최소한의 생존 본능은 있어야 하지 않겠는가?

아무튼 B급 신수로도 전황을 완전히 뒤집지 못했다는 사실이 그들의 자존심에 큰 상처를 주었네.

아, 개발부 1과 말이야.

1과는 그야말로 세계의 천재들을 모아놓은 집단이었네. 비교적 평범한 사람들이 모인 2과와는 차원이 달랐지.

나도 나름대로 재능이 있다고 생각했네만, 1과에 속한 연구원들과 비교하면 평범한 인간에 불과했네.

아무튼 자존심에 상처를 받은 1과는 새로운 연구와 개발에 박차를 가하기 시작했네. 그들의 연구실에는 광기가 어려 있었지.

그렇게 해서 신수의 왕이라 불리는 괴물들이 만들어졌네.

아, 그게 초신수를 말하는 건 아니네. 지금으로 따지자면 A급 신수를 칭하는 표현이지.

당시에 우리는 왕이라고 불렀거든. 불의 왕, 얼음의 왕, 이런 식으로 말이네.

맞아. 아이스 피닉스(Ice phoenix) 파이파가 바로 얼음의 왕이지. 지금은 페슈마르 왕국에서 오랫동안 화산 폭발을 막아 주고 있다지?

아무튼 왕들은 여러 가지 의미에서 기존의 신수와는 달랐네. 일단 그들은 확실한 자아와 지성을 가지고 있었지. 무엇보다 인간의 언어를 이해하고 대화를 하는 것이 가능했네.

하지만 나는 두려웠네. 그토록 강력한 힘을 가진 신수가 인간에 필적하는 지성을 가지고 있다면 결과가 너무 뻔하지 않나?

그래서 최종 조정 단계에 어떻게든 백도어를 만들어두려고 노력했네. 아, 백도어는 말 그대로 뒷문이라는 뜻이야. 사방팔방이 막혔을 때 최후의 수단으로 안으로 들어갈 수 있는 비밀 문이지.

하하, 아니야. 그런 의미가 아니야. 확실히 자네에게는 그런 식으로 들리겠군. 하지만 신수의 안으로 들어간다는 말이 아니네.

물론 안으로 들어갈 만큼 커다란 녀석들이긴 하지만, 내가 말하는 건 말하자면 약점이네.

약점을 심어놓은 거지. 만의 하나를 대비해서 말이야.

하지만 너무 노골적으로 약점을 만드는 건 불가능했네. 1과의 천재들이 눈에 불을 켜고 지켜봤거든. 자신들이 만든 완벽한 걸작을 평범한 범재가 마무리 과정에서 혹시 망쳐놓지나 않을까 해서 말이지.

그래, 그 망할 놈들은 자신들이 만든 피조물에 자신들이 멸망해도 상관없다는 분위기였네.

신이 된 기분을 맛보고 있었다고나 할까.

하긴 내가 할 이야기는 아니군. 특히 자네 앞에서 말이야.

미안하네. 나쁜 뜻은 없었어. 그러니 이 멱살 좀 놓아주지 않겠나?

흐음. 조심하겠네. 하지만 자네도 좀 이해해 줬으면 좋겠군. 특정 단어나 분위기를 너무 배제하고 이야기를 하면 진도가 안 나가니 말이야.

아무튼 신수의 왕 덕분에 전황은 확실히 우리에게 유리하게 돌아갔네.

거의 승리를 쥐었다고 생각되던 때도 있었네. 드디어 불리스의 본토에 진격하기 시작했으니 말이야.

아, 그전까지는 대부분 점령지와 식민지에서 전투가 벌어졌네. 간간이 불리스의 본토에 기습작전을 펼치기도 했지만 대부분 무위로 돌아갔지.

그런데 문제가 발생했네.

처음에 우리가 정복하지 못한 두 가지가 있다고 하지 않았나?

그래, 전쟁과 자연재해 말이지.

막 승리를 향해 진격하려는 순간에 본국에서 지진이 일어났네.

안타깝지만 그게 대수라네. 자네가 생각하는 지진과는 차원이 달라.

아니, 땅이 흔들리는 정도가 아니라 찢어진다네. 지금 자네가 있는 이곳, 유리언 대륙이라고 하던가, 이 대륙은 판이 안정되어 있어 강력한 지진이 발생하지 않는 것뿐이네.

아, 판은 지각을 말하는 거네. 행성의 표면은 모두 몇 개의 판으로 이뤄져 있지. 특히 아젤 공화국과 동맹국들이 모여 있는 하스토프 대륙은 가장 커다란 두 개의 판이 충돌하는 경계면과 가까웠는데……

그래, 그 부분은 그냥 넘어가지. 사실 나도 지질학자가 아니라서 그렇게까지 자세히 아는 건 아니야. 그저 '마지막 세대'를 살던 사람들은 모두 지진에 대해 어느 정도의 지식을 알게 되게 마련이었으니까.

지진의 무서운 점은 도망칠 곳이 없다는 거야. 피해는 막대했네. 가뜩이나 사회의 인프라가 전쟁을 위해 돌아가던 시절이라 특정 자연재해에 빠르게 대처하기가 힘들었지.

그리고 해일, 해일도 무시무시했네.

그래, 자네도 해일의 무서움은 이해하는군. 하지만 배를 쓰러뜨리는 정도의 파도는 재앙이라고 할 수 없어.

파도의 높이가 10미터, 심할 때는 20미터짜리 해일이 몰려왔네. 해안가에 세워진 도시는 그야말로 쑥밭이 되었네.

마법? 무슨 소리를 하는지 모르겠군.

바다에 마법을 써서 해일을 만든다고?

아니, 그런 게 아니야. 원인은 아까 말한 지진이네. 해저에서 지진이 발생하면 거대한 해일이 만들어지지.

그 때문에 우린 전쟁을 멈춰야 했네. 불리스로서는 한숨 돌린 셈이지. 새로운 마족과 무기를 양산할 시간을 벌었으니까 말이야.

그런데 이게 단순히 시간을 번 걸로 끝나질 않았네. 새로운 종교랄까, 정신 나간 이념이 불리스를 휩쓸기 시작했네.

일종의 선민사상이지.

뭐, 불리스 합중국 입장에서는 확실히 하늘이 자신들의 편을 들어줬다고 착각할 상황이긴 했네. 패망하기 직전에 적대국에서 사상 최대급의 지진이 터져줬으니 말이야.

자신들은 신의 선택을 받았고, 그렇기 때문에 신의 영역에 발을 넣어도 된다고 진심으로 믿기 시작했다.

그래, 자네 말이 맞아.

마족을 만드는 것도, 신수를 만드는 것도 모두 신의 영역이지. 인간이 함부로 손을 대서는 안 되는 그런 영역 말이네.

하지만 여기서 말하는 건 좀 더 컬트적인 분야라네. 컬트인데 실체가 있는 컬트라서 진짜 문제가 심각했지.

그런가? 그럼 알기 쉽게 설명해 주지. 불리스가 말하는 신의 영역은 바로 '죽음'에 관한 것이었네.

음, 바꿔 말하면 불사의 영역이라고 해도 좋겠군.

수명에 관한 이야기가 아니네. 물론 우린 노화를 정복했지만, 그렇다고 불노불사는 아니었네. 여유 자금이 풍부한 상류층이라면 400살 정도까지 살 수 있었지.

못 믿겠나?

하하, 하지만 믿어야 하네. 바로 산 증거가 자네 앞에 서 있으니까.

그래, 나도 넉넉하게 살던 상류층이었네. 유전자 재조합 치료부터 3차 나노머신 치료까지 모두 받았지.

지금 내가 몇 살이라고 생각하나?

후, 50은 무슨.

150년 전에 살바스가 여길 발견했을 때 내 나이가 150살이었네.

그렇게 넋 나간 표정 하지 말게나. 사실 자네도…….

……

……

……

살려주게, 제온. 제발.

흥분하지 말게. 어쩔 수 없는 일이었어. 사가론 주임이 선택한 방식대로 하려면 클론의 몸 안에 나노머신을 넣는 수밖에 없었어.

안 그러면 강제로 마력을 주입할 때 부작용이 발생하네. 괴물이 되고 말…….

......

......

......

그래, 나중에 죽음으로 사죄하겠네.

하지만 지금은 부디 내 이야기를 마저 들어주게. 어디까지 말했더라.

음, 목이 너무 아프군. 조금만 더 세게 쥐었으면 뼈가 부러질 뻔했다는 거 아나?

아니, 안타깝게도 그렇겐 안 되네. 내 몸에 있는 나노머신은 주로 특정 효소의 재분배와 활성산소의 제거, 텔로미어 재착상 등의 일을 하지.

....

알았네. 닥치고 설명이나 계속하지.

그리고 보니 불사에 관한 이야기를 하고 있었던 것 같군. 내 말이 맞나?

불리스의 시민들은 진심으로 불사를 믿기 시작했네. 당시에는 그 기능을 거의 상실했네만, 전 세계로 퍼지면서 위세를 떨치던 종교의 경전에 불사에 관한 이야기가 있었거든.

그들은 그 경전을 교묘하게 변형해서 새로운 종교를 만들었네. 말하자면 죽은 신이 다시 부활한 것은 바로 '불사의 기술'을 사용했기 때문이라고 말이야.

그리고 신의 선택을 받은 자신들 역시 그 불사의 기술을 사용해도 된다고 믿었네.

그래, 실제로 있었네. 실제로 연구되던 기술이네만, 임상실험 자체가 너무 위험해서 모든 국가가 손을 놓은 그런 기술이었지.

뭐, 그렇게 말하면 할 말은 없네. 하지만 엄밀히 말해 신수를 만드는 것과 마족을 만드는 건 도덕적으로 큰 차이가 있네. 적어도 신수를 만드는 데 인간의 몸을 사용하지는 않았으니까.

......

......

아니, 알파와 베타는 다른 문제네. 그건 지금에 와서 시도한 기술이지.

콜록!

콜록.......

......

......

음, 설명을 마치려면 서둘러야겠군.

자네 손에 죽기 전에 말이야,

불사의 기술은 크게 두 가지로 나눌 수 있네.

하나는 생명 활동이 끊긴 이후에도 육체와 의식을 보존하는 것.

또 하나는 아예 정신을 다른 곳에 보관하고 육체의 죽음과 무관한 존재가 되는 것이네.

오, 그래. 금방 이해하는군. 바로 그거라네.

스켈레톤, 좀비, 리치…….

모두 육체의 죽음과 무관한 그런 경우의 기술이 적용된 거지.

마족 맞네. 불리스의 시민들은 군인이 아니라도 불법적으로 퍼진 시술기에 기꺼이 자신의 몸을 맡겼지.

썩어가는 시체가 되어서도 움직이게 될지, 아니면 해골이 되어서도 움직이게 될지, 아니면 좀 더 쓸 만한 언데드가 될지는 모두 시술기의 제작 버전과 자신의 운에 의해 결정되었네.

그렇지. 당연히 사회가 무너졌네만, 불리스의 지도층은 오히려 그렇게 양산된 언데드를 컨트롤하는 기술을 개발했네.

몽땅 수송기나 수송선에 처넣고 막무가내로 적진에 투입했지.

끔찍한 전쟁이 다시 시작되었네. 우리는 지진의 후유증에 시달리면서 동시에 죽어도 죽지 않는 언데드 괴물들을 상대로 괴로운 전투를 치러야 했지.

웃기는 건 불리스가 믿는 종교가 정말로 진리였는지 재난이 지진으로 끝나지 않았다는 거야.

화산이 폭발하고, 마그마가 분출하고, 거대한 태풍이 몰려오고…….

아무튼 존재하는 모든 재앙이 하스토프 대륙을 강타했네.

나중에 알게 된 사실이지만 이 모든 게 신수 때문이었네. 우린 그런 것도 모르고……

음, 그게 모든 이야기의 하이라이트이니 좀 나중에 다시 하도록 하지.

아무튼 궁지에 몰린 우리가 내린 결론은 또다시 신수였네.

불리스가 끊임없이 보내는 언데드 군대를 상대할 막강한 힘과…….

아, 물론 자네가 말한 다른 마족들에 비해 언데드가 상대적으로 약한 건 사실이야.

하지만 생각해 보게나. 혼 데몬 같은 건 제작 단가가 엄청 났네. 백 마리쯤 만들면 불리스 정부의 예산이 바닥날 지경이었지.

하지만 언데드는 알아서 끊임없이 양산되었네. 돈을 투자할 필요도 없이 말이야.

만 단위는 아무것도 아니었네. 십만, 아니, 백만 단위로 꾸역꾸역 넘어올 때도 있었지.

그리고 뱀파이어도 있었네.

뱀파이어는 생명 활동이 끊긴 이후에도 육체와 의식을 보존하는 기술로 만들어졌네. 이쪽은 마력이 엄청나게 필요했기 때문에 일반 대중에 퍼진 시술기로는 불가능했고, 주로 불리스의 부유층이나 군 장성들이 사용했지.

뱀파이어는 다른 언데드와는 반대로 소수지만 개개인이 강한 경우였네.

아, 이해해 주니 고맙군. 그러고 보니 자네가 뱀파이어와 얽혔다는 이야기를 들어본 것 같네.

음.

으음.

그래, 샤리에게 들은 거 맞아.

샤리에 대한 이야기는 좀 나중에 하도록 하지.

그래서 우리 국립과학연구원 생체공학 병기개발부는 또다시 새로운 신수의 개발에 몰입했네. 사실 1과는 신수의 왕을 완성한 직후부터 새로운 신수를 연구하고 있었지.

신수의 왕을 능가하는……

신수의 신을 말이네.

새로운 신수에게 요구되는 것은 두 가지였네.

기존의 신수와 마찬가지로 불리스의 마족 군대를 효과적으로 제거하는 것.

그리고 갑작스레 터지기 시작하는 자연재해를 멈추는 것이었네.

음, 처음에는 나도 자네와 똑같은 의문을 가졌네만, 1과의 천재들은 그게 가능하다는 결론을 내렸네.

얼어붙은 극지방이나 화산지대, 사막, 이런 극한의 지역에 마력이 풍부하다는 건 자네도 알겠지.

그런데 1과는 정확히 반대의 개념을 떠올렸네.

마력이 풍부하게 발생하는 곳이 극한의 지역으로 변한다고 말이야.

이해가 가지 않나? 하지만 그게 사실이었네. 1과는 특정 지역에 마력 농도를 급격히 높이는 실험을 했네.

결과는 예상대로였지.

오래전에 활동을 멈춘 휴화산이 다시 분출을 시작했고, 들풀이 우거진 평야가 순식간에 사막으로 돌변했네.

극단적인 마력은 환경을 극단적으로 바꾸는 역할을 했던 거야. 거기에 착안을 해서 1과는 새로운 신수에게 주변의 마력을 극한까지 빨아들일 수 있는 능력을 집어넣었네.

자네 말이 맞아. 그렇게 마음대로 되는 일은 아니지.

대규모의 마력을 빨아들이려면 그만큼 신수의 크기도 커야 했네. 덕분에 새로운 신수의 크기는 기존의 신수와 비해 기하급수적으로 커졌지.

하지만 계산에 따르면 그것마저도 부족해서 빨아들인 마력을 순식간에 소모시킬 수 있는 능력까지 부여해야 했지.

끊임없이 빨아들이고, 끊임없이 사용하고…….

완성이 가까워질수록 나는 우리가 말도 안 되는 것을 만들고 있다는 사실을 통감했네.

이건 단순한 전쟁병기나 자연재해를 예방하는 도구의 수준이 아니었지. 환경 그 자체를 컨트롤할 수 있는 존재를 만들어낸 거야.

난 어떻게든 새로운 신수의 제작을 멈추려고 노력했네. 1과
는 자신들이 신을 만들고 있다는 사실에 심취한 나머지 뒤를
보지 않고 폭주하고 있었어.

하지만 권력은 그들에게 있었네. 난 결국 2과의 과장에서
해임되며 무기한 근신처분을 받았지.

그렇게 신수의 신이 완성되었네.

맞아. 자네가 알고 있는 초신수 말이네.

가장 먼저 만든 것은 자네와 악연이 깊은 바로 그 초신수였
네.

아프레온.

1과의 수석연구원의 이름이 바로 아프레온이었네. 자신의
이름을 붙인 거지. 우리는 주로 코드명이었던 워터 드래곤이
라고 불렀네만, 그러고 보니 지금도 그렇게 부르는 사람들이
꽤 있는 것 같더군.

아프레온은 먼저 바다 속으로 들어가 충돌하는 판의 경계
에서 마력을 빨아들였네. 자신에게 입력된 본능에 충실하게
말이야.

그리고 다시 지상으로 올라와 마족들을 쓸어버렸네. 아프
레온은 자신이 빨아들인 마력으로 물을 조종할 수 있었지. 엄
청난 양의 바닷물을 퍼 올려 하스토프 대륙을 침공한 마족들
의 머리 위로 쏟아부었네.

말 그대로 싹 쓸어버린 거야.

덕분에 이쪽의 병사나 민간인도 함께 쓸려가 버렸네만, 적에게 입힌 피해에 비하면 무시해도 좋을 만큼 미비한 수준이었네.

그만큼 적의 숫자가 너무 많았던 거야. 이쪽 지도자들의 도덕심을 마비시킬 정도로 말이지.

덕분에 1과는 기세가 등등해졌네. 곧바로 준비 중이던 두 번째 초신수를 깨웠지.

페라노바…….

바로 파이어 드래곤이라네.

사실 웬만한 적은 아프레온의 해수를 이용한 질량 공격에 으스러졌네만, 일부 강력한 언데드는 몸이 부서져도 죽지 않고 다시 움직여 싸울 수 있었네. 하지만 페라노바가 뿜어내는 초고온의 화염에는 남아나는 것이 없었지.

무기 경쟁은 그것으로 끝이 났네. 불리스는 이미 체제가 무너진 상태였기 때문에 초신수에 대항할 만한 무언가를 만들어낼 수 없었지.

결국 전쟁도 끝난 것이나 다름없었네. 불리스가 언데드가 된 시민을 보내는 속도는 초신수가 언데드를 쓸어버리는 속도를 따라잡을 수 없었으니까.

그런데도 1과는 초신수를 계속 만들어냈네. 1과의 책임자가 네 명이라 그들의 이름을 전부 붙이려면 어떻게든 네 마리는 만들어야 한다는 우스갯소리가 돌았지.

그리고 진정한 재앙이 시작되었네.

기존에 하스토프 대륙을 덮친 재앙과는 비교도 할 수 없는 끔찍한 재앙이 전 세계를 강타했네.

새롭게 터진 지진은 땅이 갈라지는 게 아니라 대륙을 갈라 버렸네.

해안가의 도시를 넘어 내륙까지 파괴할 정도의 엄청난 해일이 모든 대륙을 덮쳤네.

역사상 유래 없던 거대한 화산이 폭발해 대륙의 절반이 불모지가 되기도 했지.

그냥 종말이었네.

세상의 종말.

더 이상 불리스와 아젤의 전쟁 같은 건 무의미한 일이 되었네. 나는 다시 연구소로 불려와 이 모든 재앙의 원인을 밝혀내라는 임무를 받았네.

1과는 그때 이미 해제된 상태였어. 재앙이 막 시작될 무렵에 네 명의 책임자가 모두 실종되었거든.

사실 난 이 모든 자연재해에 발생에 대한 가설을 가지고 있었네. 1과가 남긴 자료와 독자적인 연구를 통해 결국 문제의 원인을 밝혀낼 수 있었지.

그래, 초신수가 문제였던 거야.

정확히는 신수 자체가 문제였네.

우린 넘치는 마력을 신수로 빨아들이면 재앙을 막을 수 있을 거라고 생각했네만, 오히려 마력이 심각하게 고갈되는 것이 더 큰 재앙의 원인이었네.

행성 표면의 마력이 부족해지면 행성 내부로부터 부족한 곳을 향해 대규모의 마력을 분출한다는 것을 그때 처음으로 알게 되었지.

진실을 알게 된 우리는 모든 신수를 동결하기로 했네. 소 잃고 외양간 고친 격이지만… 그거라도 하지 않으면 정말 인류가 멸종할 위기였거든.

그런데 초신수는 우리의 명령을 거부했네.

초신수에는 기존의 신수보다 더욱 강력한 제어 장치가 입력되었는데도 그들은 그 모든 제어를 손쉽게 풀어버렸네.

왜냐하면 처음부터 그렇게 되도록 설계되었기 때문이지.

음, 계속 들어보게.

얼마 후에 파이어 드래곤, 페라노바가 살아남은 인간들 위에 나타나 선언했네.

자신은 페라노바라고.

아니, 웃자고 한 소리가 아니네.

페라노바는 정말로 페라노바였던 거야.

제1과의 과장이었던 페라노바가 자신의 의식을 초신수에 집어넣어 버린 거였어.

나도 그런 게 가능할 거라고는 상상도 못했네.

과연 천재는 천재라고 생각했지.

그들은 신을 만드는 게 아니라 자신이 직접 신이 되고 싶어 했던 거야.

페라노바는 이 모든 재앙을 초래한 것은 결국 인간이기 때문에 기꺼이 이 모든 고통을 감수해야 한다고 말했네.

그 과정을 견디지 못하고 멸종하더라도 그 역시 어쩔 수 없는 일이라면서 말이야.

그리고 내 직책은 곧바로 '특수재해대책연구소'의 연구소장으로 바뀌었네.

어떻게든 초신수를 멈추거나 죽이라는 명령이 떨어졌는데, 사실 가망이 없어 보이는 명령이었지.

그래도 남은 사람들 모두가 어떻게든 해보려고 열심히 연구에 매진했네.

여러 가지 가설을 세우고 그것을 실천하려고 노력했지.

가장 유력한 건 오직 초신수를 죽이기 위해 만들어진 안티(Anti) 신수였네.

하지만 제작 단계에서 반대가 많았네. 우린 더 이상 신수라는 존재를 믿을 수가 없었거든.

그래서 어렵게 불리스의 기술을 끌어들이기로 했지. 다행히 '인간'인 채로 버티던 불리스의 연구원 몇 명을 극비리에 데려올 수 있었지.

우리의 목표는 인간의 몸에 신수의 기술을 적용한 새로운 신인류를 만드는 것이었네.

그래, 이제 점점 감이 오나 보군.

초신수의 존재가 서로 싸우던 인류를 하나로 뭉치게 했네. 비록 생존한 사람들은 소수였지만 덕분에 짧은 시간 동안 인상적인 연구 결과가 나오기 시작했네.

하지만 이미 너무 늦었던 거야.

세상은 멸망을 향해 가속도를 높였고, 인류는 생존을 위한 최소한의 구역조차 확보할 수 없었어.

결국 우리는 후일을 기약하고 연구 시설을 동결하기로 했네.

지구의 환경이 다시 인류가 생존할 수 있는 수준으로 돌아올 때까지 살아남은 연구원 모두가 이곳에서 동결 처리되어 미래를 기약하기로 했지.

그리고 이렇게 깨어나서……

지금이 된 거라네.

이제 알겠나, 제온?

어째서 우리가 초신수를 죽이는 데 모든 것을 걸고 있는지?

그리고 자네가 왜 태어나게 되었는지?

14장

진실의 이면

제온은 의자에 걸터앉은 채 고개를 숙였다.

진실은 자신이 상상하던 것보다 훨씬 복잡하고 거대했다. 한동안은 데커가 말한 것을 자신의 것으로 소화할 때까지 한마디도 떠오르지 않았다.

"…한잔하겠는가?"

데커는 멍하니 앉아 있는 제온에게 김이 나는 컵을 내밀었다. 제온은 지금까지 한 번도 본 적 없는 매끄럽고 아름다운 컵을 한동안 노려보았다.

"…설마 독을 탄 건 아니겠지?"

"그럴 리 있겠나? 자넨 얼마 남지 않은 우리의 희망인데."

데커는 지금쯤은 이해하지 않았냐는 얼굴을 하고 있었다. 제온은 컵을 건네받고 안을 들여다보았다.

"검은 차로군."

"마셔보게. 정신이 맑아질 거야."

"……."

정체불명의 차는 약간의 구수한 향과 더불어 상당히 쓴맛을 가지고 있었다. 데커는 제온의 표정이 일그러지는 것을 보며 다른 손에 들린 컵을 입으로 가져갔다.

"원래는 설탕을 넣는데 마침 떨어졌군. 그래도 그 맛에 마시는 거니 속는 셈 치고 마셔 보게나."

"이것도 구시대의 유물인가?"

"돌이킬 수 없는 잔재라네. 우린 이 식물의 종자를 미래로 가져오지 못했거든."

식물이라고 하는 걸 보니 어떤 식물의 뿌리나 열매를 가지고 만든 차인 듯했다. 제온은 말없이 차를 마시며 길게 한숨을 내쉬었다.

"…그런데 지금의 인류는 어떻게 된 거지?"

제온은 한참 만에 겨우 해야 할 질문을 떠올렸다. 데커는 정체불명의 하얀 주전자에서 검은 차를 더 따르며 대답했다.

"아프레온이네."

"아프레온이 어쨌다는 거지?"

"아프레온은 더 이상 자연에서 마력을 빨아들이는 것을 포기했네. 재앙을 멈추기로 한 거야. 어째서인지는 모르지만."

"그래서?"

"하지만 신수는 마력으로 살아가는 생물이네. 생존을 위해서는 어딘가에서 반드시 마력을 보충해야 했지."

"뭐라고?"

제온은 순간 정신이 번쩍 드는 것을 느꼈다.

"설마 인간을 말하는 건가?"

"달리 뭐가 있겠는가? 아프레온은 자연 대신 인류에게서 마력을 빨아들이기로 결정한 거야. 우리는 지난 백 년간의 조사와 연구로 그것을 확인했네."

"그렇다면……."

제온은 잔뜩 찌푸린 얼굴로 신수교단의 신관들과 초신수의 관계를 떠올렸다.

"초신수가 신관들과 계약을 맺고 마력을 빨아들이는 이유가 바로 그것이었군."

"그렇다네. 알바스 연구소에 있던 자료를 정말 꼼꼼히 읽었나 보군."

데커는 대단하다는 듯 고개를 끄덕였다. 제온은 눈을 질끈 감았다 뜨며 말했다.

"그렇다면 신관의 마력을 빨아들이는 건 오직 아프레온뿐인가?"

"거기까지는 알아내지 못했네. 기본적으로 네 마리의 초신수 전체에 마력이 분배되는 것으로 추정되지만⋯ 실제로 어떻게 되고 있는지는 모르겠네. 자네 말대로 아프레온만 인간의 마력을 빨아들이는지도 모를 일이지. 하지만 어쨌든 간에 엄밀히 말하자면⋯⋯."

데커는 손에 든 컵을 내려놓고 제온의 눈치를 살피기 시작했다. 제온은 눈살을 찌푸리며 의자에 등을 당겨 앉았다.

"안 때릴 테니까 말하고 싶은 걸 말해."

"좀 전에 워낙 호되게 당해서 말이지. 허허. 반사적으로 경계하게 되는구면."

데커는 쓴웃음을 지으며 말했다.

"엄밀히 말해 아프레온은 인류의 구원자라고도 할 수 있네. 비록 자네에겐 둘도 없는 원수지만 말이야."

"⋯⋯."

"케인의 시뮬레이션에 따르면, 전 지구적인 재앙에서 소수의 인류가 생존할 수 있던 것은 아프레온이 물의 결계를 만들어 인류를 보호했기 때문이네. 그 밖에는 인류가 어떻게 살아남았는지 설명할 수 있는 가설이 전무하다네."

"그런데 어째서⋯⋯."

제온은 괴로운 표정을 지으며 잠시 주저했다.

"어째서 아프레온은 내 아내를 제물로 삼은 거지?"

"그 역시 케인을 통해 가장 유력한 가설을 골라냈네. 현재까지는 '재앙의 예방' 가설이 가장 유력하다네."

"재앙의 예방?"

"아프레온이 안정적으로 마력을 공급 받기 위해서는 어찌 되었던 간에 인류가 일정 이상의 숫자를 유지해야 하지."

"그런데?"

제온은 신경질적으로 되물었다. 어찌 되었든 간에 지금의 인류가 아프레온 덕분에 유지되고 있다는 사실은 제온의 감정을 뒤흔들어놓기에 충분했다.

"그런데 또다시 대규모의 자연재해가 발생하면 기껏 불려 놓은 인류의 숫자가 크게 줄어들게 되지. 다행히 유리언 대륙에는 지진이나 홍수, 해일 같은 재앙은 거의 일어나지 않았지만… 기록에 따르면 가뭄만큼은 기이할 정도로 자주 발생했네."

실제로 유리언 대륙에 있어 자연재해란 오직 가뭄을 뜻하는 단어로 받아들여졌다. 데커는 금속과 흡사하지만 좀 더 가볍고 탄력이 있는 새하얀 판을 들고 와 제온의 앞에 내밀었다.

"이걸 보게. 지난 이백 년간 유리언 대륙에 발생된 가뭄을 그래프로 만든 것이네."

데커가 내민 판에는 빛이 뻗어 나오며 선명한 영상을 만들어내고 있었다. 제온은 울퉁불퉁한 그래프의 높낮이보다 그 판의 작동 원리가 훨씬 궁금했지만, 별다른 내색 없이 데커에게 판을 돌려주었다.

"일부러 이런 것까지 보여줄 필요는 없어. 그래서 어쨌다는 거지?"

"아프레온은 가뭄 역시 마력의 불균형으로 생긴다고 파악했을 걸세. 과거에 자신들이 자연에서 마력을 빨아들였을 때처럼 말이지."

"하지만 지금은 마력을 빨아들이지 않는다면서?"

"대신 아프레온은 인간이 마력을 빨아들인다고 판단했네. 갑작스런 마력 불균형의 원인을 강력한 재능을 가진 마법사가 주변의 마력을 빠른 속도로 자신의 것으로 빨아들인다고 생각한 거야."

거기까지 듣게 되자 제온도 사정이 어떻게 굴러가고 있는지 파악할 수 있었다. 데커는 자신이 천 년 동안 잠들어 있었다는 둥그런 관 모양의 침대에 엉덩이를 걸치며 말했다.

"아프레온은 일단 문제의 마법사를 흡수한 다음, 그 대가로 자신의 마력을 소모해 비를 내리는 시스템을 확립한 거라고 볼 수 있네. 흡수당하는 인간은 억울하겠지만… 나머지 모두는 기뻐하겠지. 덕분에 초신수에 대한 믿음도 강해지고, 신수교단의 신관이 되려는 사람들도 늘어날 거야. 과연 1과의 수석연구원이 떠올릴 만한 효율적인 시스템이 아닐 수 없네."

"효율은 얼어 죽을……."

제온은 주먹을 움켜쥐며 이를 갈았다. 데커는 헛기침을 하며 자신의 발언을 사과했다.

"신경이 거슬렸다면 미안하네. 하지만 이 모든 건 매우 가능성 높은 가설일 뿐이야. 실제로 아프레온이 무슨 생각을 하고 있는지는 직접 물어보지 않고서야 장담할 수 없네."

"…상관없어. 그래서 결국 초신수를 죽이기 위해 날 만들어낸 건가?"

"그런 셈이지. 우리가 원한 건… 그야말로 압도적인 출력을 만들어낼 수 있는 마법사였네. 천 년 전에 불리스의 연구원들과 손을 잡을 때부터 계획한 프로젝트였네만, 당시에는 완성된 클론을 육성할 만큼의 환경과 자원을 확보할 수가 없었네."

"자원이라니, 무슨 자원을 말하는 거지?"

"간단히 말하면 식량이지. 우린 환경이 안정되고 다시 자원을 보급할 수 있을 때까지 연구소를 동결하고 기다린 거네."

"정작 깨어나 보니 사막이라 허탈했겠군."

제온은 비웃듯 말했다. 데커는 쓴웃음을 지으며 고개를 끄덕였다.

"확실히 당황했지. 그래도 살바스가 바깥 상황을 상세히 알려줘서 희망을 꺾지 않을 수 있었네. 처음엔 그가 이 사막의 한복판까지 힘들게 식량을 보급해 줬지. 우리에겐 마치 구세주 같은 인간이었네."

"살바스가 당신들의 이야기를 믿던가?"

"그는 신기할 정도로 우리의 이야기를 신뢰했네. 사실 이 연구소의 규모와 내용물을 직접 눈으로 봤으니 믿지 않을 수도 없었겠지만… 그에겐 좀 더 다른 종류의 확신이 있던 듯하네."

"무슨 확신 말이지?"

"종말을 눈앞에 둔 마지막 세대 중에 대책을 연구한 게 오직 우리만은 아니었네. 다양한 국가와 조직들이 자신만의 방법으로 난국을 타파하려고 노력했지."

"물론 모두 실패했겠지만."

"그렇다네. 하지만 실패의 과정에서 여러 가지 정보를 후대에 남기기 위해 노력한 모양이야. 살바스는 개인적으로 조사한 다양한 유적에서 발견한 자료를 바탕으로 자신만의 가설을 세우고 있었어. 그가 이곳 연구소의 위치를 알아낸 것도 다른 유적지에서 발견한 고문서에 '세상을 구하기 위해 노력하던 가장 거대한 집단'의 위치가 표시된 좌표를 발견했기 때문이네. 천 년 동안 지형이 많이 바뀌었으니 고생을 좀 했겠지만 말이야."

"…그렇군."

제온은 납득한 얼굴로 고개를 끄덕였다. 데커는 알파와 베타 프로젝트에 대해 좀 더 상세히 설명하기 시작했다.

"알바스 연구소의 주임이던 사가론은 원래 불리스 합중국의 연구원이었네. 대량으로 양산한 클론에 강제로 마력을 주입해 강력한 돌연변이를 만들어내는 것이 그의 목표였지."

"사가론이라……. 그리운 이름이군."

제온은 알바스의 연구소에서 끝까지 자신을 조종하려던 주름 가득한 노인을 떠올렸다.

"시체를 처리할 때 그의 뼈만 유난히 뒤틀려 있더군. 본성이 나쁜 자는 아니었네. 다만 연구의 성과가 좀처럼 나타나지 않아서 정신이 쇠약해지고 있었지."

"덕분에 비참한 유년시절을 보냈지."

"유감이네. 하지만 솔직히 말하자면… 사가론의 정신 상태와는 상관없이 자네들은 모두 고통스럽게 죽을 운명이었네."

"그래, 그랬겠지."

과거를 떠올리자 제온은 분노로 눈앞이 새빨갛게 물드는 것을 느꼈다.

하지만 이제 와서 눈앞에 있는 남자를 괴롭혀 봤자 아무런 의미도 없었다. 제온은 애써 분노를 참으며 침착하기 위해 노력했다.

"그런데… 정말 가능성이 있는 실험이었나?"

"덕분에 자네가 탄생하긴 했네만, 개인적으로는 알파 프로젝트에 부정적이었네."

"어째서?"

"어쨌거나 인간이니까."

"…도덕적인 문제를 말하는 건가?"

"그게 아니네."

데커는 고개를 저었다.

"솔직히 말하자면 우리에게 있어 도덕은 고려 순위에서 매우 낮은 곳에 위치하고 있네. 나 역시 마찬가지야. 내가 알파 프로젝트에 부정적인 건 결국 클론이라 해도 그것이 인간이라는 사실에는 변함이 없고, 인간은 마음대로 컨트롤할 수 없다는 점이었다네."

"그래서 알파들의 몸에 제어장치를 심은 게 아닌가?"

"그런 건 임시방편일 뿐이지. 사가론은 그걸로 컨트롤이 가능할 거라고 믿었네만, 실제로 어떻게 되었는가?"

"파냈지."

제온은 얼음장 같은 얼굴로 말했다. 어린 시절, 알바스 산맥에서 탈출한 제온이 가장 먼저 한 일은 자신의 몸에 심어져 있는 제어장치를 스스로의 손으로 제거한 것이었다.

데커는 눈을 크게 뜨며 고개를 끄덕였다.

"그랬었나. 난 자네가 전기를 이용해 제어장치의 전파를 막는 마법을 개발했다고 생각했네."

"지금이라면 그럴 수도 있겠지. 하지만 예전에 나는 그런 걸 생각할 만한 여유가 없었어."

"매우 고통스러웠겠구먼. 물론 그게 아니었다고 해도… 자네는 결국 어떤 식으로든 우리에게 반항했을 걸세. 왜냐하면 인간이니까."

"내가 반항할 수 있던 건 내게 힘이 있었기 때문이다. 다른 녀석들은… 계속 굴복할 수밖에 없었지."

"물론 힘으로 굴복시킬 수는 있네. 하지만 힘으로 최선을 다하게 할 수는 없어. 우리의 목표는 자네들을 굴복시키는 게 아니지 않나? 자신이 가진 모든 역량을 발휘해 초신수와 싸우게 하는 게 목표인데……."

데커는 불가능하다는 듯 고개를 저었다. 제온은 그가 무슨 말을 하려는지 알 것 같았다.

"동기를 줄 수 없다는 거군."

"제어장치로 고통을 주고, 목숨을 위협하며 초신수와 싸우라고 밀어 넣어봤자 무의미할 뿐이네. 사람이 목숨을 걸고 전쟁에 나서려면 그에 걸맞은 동기가 필요하지."

"그걸 사가론에게도 설명하지 그랬나?"

"물론 열심히 말했네. 하지만 내 말을 듣지 않았어. 클론에 의한 돌연변이만이 그가 생각한 유일한 방법이었으니까. 그래서 내가 그의 연구를 다른 방식으로 지원하기로 했네."

"무슨 소리지?"

"정신 조작 말이네."

순간적으로 정적이 찾아왔다. 제온은 그 단어가 가진 의미에 전율하지 않을 수 없었다.

"난 감정을 가진 인간을 만들어서는 성공을 거둘 수 없다고 생각했네. 하지만 사가론은 반드시 인간을 만들어야 한다고 우겼지. 그래서 우리는 일종의 타협책을 마련했네. 먼저 알파 프로젝트는 사가론이 원하는 대로 마음대로 진행하기로 했네. 그사이 내가 '정신 조작'의 기술을 연구하고, 최종적으로 알파의 연구 자료에 내 기술을 적용해서 새로운 실험체를 만들어내기로 한 거지."

데커의 이야기는 충격이었다. 제온은 지금까지 데커에게 느끼던 약간의 인간적인 공감이 삽시간에 무너지는 것을 느꼈다.

"차라리 당신보다… 사가론 쪽이 더 인간적이었군."

"비효율을 추구하는 것이 인간적이라면, 그래, 그는 확실히 인간적이었네."

데커는 그 누구보다도 뼛속까지 연구자일 뿐이었다. 제온은 마이의 얼굴이 뇌리를 스치는 것을 느끼며 입술을 깨물었다.

"그래서 마이가……."

"마이?"

제온은 순간 정색하며 데커를 노려보았다. 지금 이자에게 마이의 존재를 결코 알리고 싶지 않았다.

"아무것도 아니다. 계속 말해."

"흐음, 뭐 좋네. 처음부터 난 알파 프로젝트가 어떤 식으로든 간에 실패할 것으로 예측했네. 그래서 기대도 하지 않았지. 난 전반적으로 향상된 프로그램과 효율적인 정신 조작을 새로운 프로젝트인 '베타'에 적용시키기를 기대하고 있었네. 그런데… 그런데 자네가 태어나 버렸지."

데커는 아쉬운 듯 한숨을 내쉬며 말했다.

"물론 자네는 우리의 유일한 희망이야. 하지만 당시에는 자네 덕분에 마음이 상하기도 했네. 내가 구상했던 베타 프로젝트를 완전히 재설계해야 했거든."

"그거 미안하군. 당신이 먼저 구상한 베타 프로젝트는 어떤 거였지?"

"희로애락을 느끼지 못하는 로봇 같은 존재를 만드는 것이었네."

"로봇?"

"아, 자네는 로봇을 모르겠군. 그러니까… 골렘과 비슷한 거라네."

"…인간을 골렘처럼 만든다는 건가?"

"비슷하네. 아무튼 그럴 예정이었던 게 사가론의 강력한 요청으로 전혀 다른 식으로 변경되었네."

여기서부터 데커가 무슨 이야기를 할지 제온은 이미 알고 있다. 제온은 눈을 감으며 고개를 숙였다. 데커는 영문을 모르겠다는 얼굴로 제온을 바라보며 설명을 계속했다.

"베타는 철저히 알파, 그러니까 자네를 서포터하기 위한 프로젝트로 변경되었네. 자네가 장차 초신수를 상대로 결전을 벌이는 순간, 주변에서 자네의 출력을 최대한으로 보조해주기 위한 도우미로 말이지."

"감정은……."

"음?"

"베타의 감정은 어떻게 되었지?"

제온은 가까스로 물었다. 데커는 그제야 감을 잡았다는 얼굴로 고개를 끄덕이며 말했다.

"그렇군. 자네가 괴로워하는 건 알바스의 연구소에서 자네가 베타들을……."

"시끄러워!"

제온은 순간 자리를 박차고 일어나 데커의 멱살을 쥐어 올렸다.

"닥치고 묻는 질문에나 답해! 베타의 감정은 어떻게 조작한 거지?"

"지, 진정하게. 물론 자네의 기대와는 좀 다르겠지만……."

"내가 무슨 기대를 하고 있는데?"

"그러니까, 자신이 죽인 인간들이 실제로는 인간의 감정이 없는 로봇… 아니, 골렘 같은 존재였으면 하는 게 아닌가?"

데커는 끝까지 제온의 심리를 이해하지 못하고 있었다. 제온은 손끝까지 올라온 뇌전을 가까스로 제어하며 말했다.

"그 아이들이 감정이 있는지 없는지는 중요하지 않아. 그런다고 내 죄가 가벼워질 리 없으니까."

"그, 그럼… 어째서 베타의 감정에 대해 알고 싶은 건가? 자네 덕분에 이미 소멸한 프로젝트란 말이네!"

데커도 답답한지 목소리를 높였다. 제온은 매우 힘겹게 데커의 멱살을 놓으며 나지막한 목소리로 말했다.

"됐으니까… 만약 제대로 완성되었을 경우를 말해."

"영문을 모르겠군. 만약 베타가 완성되었다면… 좀 전에 말한 대로 오직 자네만을 위한 존재가 되었을 거라네."

"어떻게 그럴 수가 있지? 세뇌라도 한 건가?"

"세뇌……. 그것도 응용한 기술이라고 할 수 있지. 물론 자네가 아는 세뇌가 어떤 것인지는 모르지만… 간단히 설명하면 뇌신경을 조작하는 거라네."

"어떻게?"

"평상시에는 도파민 같은 정보 전달 물질의 양을 낮추거나 수용체를 억제시켜 인위적으로 감정적인 반응 자체를 통제하네. 그러다가 자네에 대한 다양한 정보를 시각, 청각적으로 접하게 하면서 동시에 통제를 풀어버리는 거지."

"……."

"배양기에서 육성하는 동안 그런 과정을 끝없이 반복하네. 그러면 자연스럽게 자네의 존재 자체가 삶의 목적이 되는 거지. 중간 테스트에서는 만족할 만한 데이터가 나왔네만… 결국 완성을 보지는 못하고 폐기되었지. 이미 끝난 일이니 너무 깊게 생각하지 말게나."

데커는 이제 와서 아무래도 상관없다는 듯한 말투였다. 그러나 제온에겐 여전히 현재 진행 중인 심각한 문제였다.

"혹시… 원래대로 돌려놓을 수도 있나?"

"음? 무슨 소리지?"

"그렇게 강제로 만들어진 삶의 목적을 다시 원래대로 풀어버릴 수도 있냐는 거다."

"베타 말인가? 어째서 그런 질문을……."

파직!

제온은 전류가 튀는 주먹을 움켜쥐었다.

"됐으니까 대답이나 해."

"그건… 아마도 불가능하네."

"아마도? 그럼 방법이 있긴 하다는 건가?"

"아니, 완전히 없다고 봐야 하네. 그러려면 대대적인 뇌수술을 해야 하는데… 사실상 현재의 장비와 기술로는 불가능하지. 천 년 전이었다면 가능할지도 모르겠군."

"큭……."

제온은 입술을 깨물었다. 앞으로 평생 동안 조작당한 감정에 휘둘리며 자신을 위해 모든 것을 바칠 마이를 생각하니 심장이 터질 것만 같았다.

"하지만 어째서 그런 질문을……. 이해할 수 없군. 베타는 전부 파괴되었어. 자네가 의심할까 봐 말하는 거지만… 이곳 연구소에도 알파와 베타는 만들고 있지 않네. 물론 앞으로 자

네에게 목숨을 걸고 말해야 할 문제가 더 남아 있긴 하네
만……."

그때, 벽면에 붙어 있던 기다란 유리관이 붉은 빛을 내며
점멸하기 시작했다.

삐익!

삐익!

삐익!

그것은 누가 봐도 위급한 상황을 뜻하는 경고의 메시지였
다. 데커는 깜짝 놀라며 달려가 유리관 아래 달린 정체불명의
버튼을 이리저리 누르기 시작했다.

"무슨 일이지?"

제온이 물었다. 데커는 눈살을 찌푸리며 대답했다.

"침입자가 생겼네."

"침입자?"

"센서가 작동했어. 자네가 들어온 통로로 새로운 침입자가
들어왔네. 자네 설마… 신수교단의 추적자를 달고 온 것은 아
니겠지?"

그 순간, 버튼 아래 붙어 있던 커다란 유리관이 점멸하며
빛을 내기 시작했다. 제온은 거기에 나타난 영상을 보며 마음
속으로 소리쳤다.

'왜, 어째서 들어온 거야!'

영상에 나타난 것은 두 명의 여자였다. 정확히는 여장을 하

고 있는 남자와 아직 몸이 작은 소녀의 조합이었지만.

"이것은… 설마……."

데커의 시선은 작은 소녀에게 고정되어 있었다. 그는 머리가 복잡한지 눈살을 찌푸리며 잠시 고민했다.

그리고 잠시 후 제온을 돌아보며 의미심장한 얼굴로 말했다.

"그래서 자네가… 베타에 대해 그렇게 물어봤던 거로군. 한 명이 남아 있었어."

제온이 살바스 수도회의 본거지로 들어간 이후, 마이는 한시도 눈을 떼지 않고 왕관 모양의 바위를 노려보고 있었다.

그러나 아무리 시간이 지나도 제온은 돌아오지 않았다. 마이는 빨갛게 충혈된 눈으로 마그나스를 돌아보았다.

"…안 되겠어. 마이도 들어갈래."

"안 돼."

마그나스는 단번에 고개를 저었다. 마이는 무표정한 얼굴로 한참 동안 마그나스를 바라보다 다시 왕관 모양의 바위로 시선을 돌리며 말했다.

"안쪽에서 무슨 일이 생겼는지 몰라. 그럼 가서 도와줘야 해."

"속이 타는 건 알겠다만, 지금은 차분하게 기다리는 게 좋아."

"언제까지 기다려야 해?"

"언제까지라니, 나올 때까지지. 아, 근데 정말 더워서 죽겠다."

마그나스는 땀조차 증발해 버리는 사막의 열기에 진저리를 쳤다. 짐 가방 속에 있던 두꺼운 담요를 윈드 그랩으로 머리 위에 띄워놓은 상태였지만, 반대로 아래쪽 모래에 반사되어 올라오는 빛과 열기엔 속수무책으로 당할 수밖에 없었다.

"바실리스크만 아니면 땅으로 내려가서 천막을 치는 건데… 일단 녀석들이 없는 곳으로 옮기는 게 좋겠어. 이러다가 우리가 먼저 죽겠다."

"안 돼. 여기 그대로 있어."

이번에는 마이가 단번에 고개를 저었다.

"여길 떠나면 안 돼. 제온에게 무슨 일이 생기면 바로 도와 줘야 하니까."

"마음은 갸륵하다만… 이러다간 우리가 일사병에 걸려서 도움을 받아야 할 처지가 될 거라고."

"마이는 그걸 해결할 간단한 방법이 있다고 생각해."

"뭐?"

마이는 손으로 왕관 모양의 바위를 가리켰다. 마그나스는 눈살을 찌푸리며 고개를 저었다.

"거긴 안 된다니까! 너 진짜 제온의 실력을 못 믿는 거야?"

"제온이 얼마나 강력한 마력을 가지고 있는지는 알아."

"그런데 왜 이렇게 진정을 못해?"

"모르겠어. 마이는 도저히 가만있을 수가 없어."

마이는 무표정한 얼굴로 빠르게 눈을 깜빡였다. 이제는 마그나스도 마이의 감정이 격해졌을 때 그런 반응을 보인다는 것을 알고 있었다.

마그나스는 한숨을 쉬며 말했다.

"너 말이야, 제온 하나 바라보고 사는 건 알겠는데⋯ 그래도 언젠간 자립해야 하지 않겠어?"

"자립?"

"자기 인생을 살아야 하지 않겠냐고."

"제온이 내 인생이야."

"여자들이 프러포즈 받을 때 그런 소릴 듣는다면 감격하겠다만⋯⋯."

마그나스는 쓴웃음을 지었다. 제온에 대한 마이의 집착은 병적이었다. 마그나스는 잠시 생각하다 마이의 몸을 가볍게 흔들었다.

"흔들지 마, 마그. 이거 어지러워."

"너 말이야, 혹시 제온이랑 결혼하고 싶은 거야?"

"결혼?"

"그래. 뭐 지금은 너무 어리지만⋯ 한 5년 후라면 딱히 문제될 건 없을 테니까."

"그런 건 상관없어."

마이는 고개를 저으며 말했다.

"시간도 상관없고 결혼도 상관없어. 난 그냥 제온 곁에 있으면 돼."

"그러니까, 그걸 쟁취하기 위한 가장 정상적인 방법이 바로 결혼이야. 물론 이런 꼴을 하고 있는 내가 할 말은 아니다만 아무튼 잘 들어둬."

마그나스는 헛기침을 하며 진지한 표정을 지었다.

"너, 프로나에 대해 알고 있어?"

"알아. 프로나 화이트. 레스톤 왕국에 있는 유명한 마법 가문인 화이트 가문의 장녀. 매직 아카데미 90학번 졸업생. 제온의 아내……."

"그런 프로필 같은 정보 말고, 프로나가 실제로 어떤 인간이었는지 아느냐고 물어본 거야."

"몰라."

마이는 고개를 저었다.

"정확히는 프로나가 아니라, 마그가 무슨 이야기를 하는지를 모르겠어."

"그러니까……."

마그나스는 답답한 얼굴로 고민하기 시작했다. 외모에서부터 내면까지 철저히 인형 같은 이 소녀에게 어디서부터 이 문제를 설명해야 할지 갑갑했다.

"그래, 제온은 프로나를 좋아했어. 그래서 결혼했고. 이건 알지?"

"응."

"그건 프로나가 정말 친절하고, 정이 깊고, 헌신적이면서도 이지적인 여자였기 때문이야. 제온을 위해서 정말 많은 도움을 줬거든."

"마이도 제온에게 많은 도움을 줄 수 있어."

마이는 무표정한 얼굴로 항의했다. 마그나스는 고개를 저으며 말했다.

"잠자코 들어봐. 하지만 그보다 더 중요한 게 있어. 제온이 프로나를, 아니, 주위에 있는 모든 사람이 프로나를 사랑하게 된 이유 말이야."

"그게 뭔데?"

"프로나는 자기 자신을 사랑할 줄 아는 사람이었어."

"무슨 소리야? 모든 인간은 자기 자신을 사랑해."

마이는 이해할 수 없다는 말투다. 마그나스는 드디어 미끼를 물었다는 얼굴로 미소 지었다.

"정말 그렇게 생각해?"

"인간뿐만 아니라 모든 생물은 스스로를 사랑해. 물론 인간을 제외하고는 사랑이라는 표현이 적합한지에 대해서는 잘 모르겠어. 스스로를 아끼고 위한다고 표현할게."

"다 그게 그거지 뭐. 아무튼 그러면 넌 너 스스로를 사랑해?"

"나?"

"그래, 너."

"마이는⋯⋯."

너무도 간단한 질문이었다. 하지만 마이는 말문이 막힌 듯 입을 다물었고, 마그나스는 그럴 줄 알았다는 듯 피식 웃으며 말했다.

"거봐. 넌 너무 자기를 생각 안 해. 머릿속에 있는 건 오직 제온뿐이야. 제온이 그랬고, 제온이 저랬고, 제온이 어쨌고⋯⋯."

"그러면 안 되는 거야?"

"안 될 거야 없지. 하지만 프로나 같은 사람이 되기 위해서는 자기 자신을 아껴야 해. 그래야 제온의 사랑을 받을 수 있어. 제온이 아닌 누구라도. 그래야 인생이 풍성해진다고."

그것은 마그나스가 할 수 있는 최선의 충고였다. 하지만 마이는 잠시 생각하다 고개를 저으며 대답했다.

"마이는 제온의 사랑을 받지 않아도 돼."

"뭐?"

"그리고 인생이 풍성해질 필요도 없어. 그냥 마이는 제온의 곁에서 제온이 원하는 것을 이룰 수 있게 도와주면 충분해."

"야, 이 멍청아!"

마그나스는 자신도 모르게 버럭 소리를 질렀다.

"널 위해서 하는 소리가 아니라고! 문제는 제온이란 말이야!"

"제온이 왜?"

마이는 눈을 빠르게 깜빡이기 시작했다. 마그나스는 자신이 갓 태어난 새끼 양 같은 존재를 질책하고 있다는 것을 알고 있으면서도 그것을 멈출 수가 없었다.

"제온의 입장에서 생각해 보라고! 너 같은 여자애가 계속 옆에 찰싹 붙어 있으면 대체 어쩌겠어?"

"무슨… 소린지 잘 모르겠어."

"주위의 눈도 생각해야지! 아무리 제온이 전 세계를 적으로 돌렸다고 해도 어디 멀리 무인도 같은 데 가서 둘만 살 생각이야?"

"……."

"아무리 복수가 인생의 목표라 해도 결국 복수가 끝나도 사람은 계속 살아야 해. 사람들 사이에서 관계를 맺고 살아야 한단 말이야. 그런데 입만 열었다 하면 제온, 제온 하는 여자애가 옆에 딱 붙어 있으면 어쩌겠어? 그 녀석은 외골수라 절대로 널 안 버릴 거야. 그럼 결국 어떻게 되겠어? 제온이 행복하길 바라지 않아?"

"…마이는 제온이 행복했으면 좋겠어."

마이는 한참 만에 대답했다. 마그나스는 마이의 곁에 가까이 붙어 양어깨를 붙잡으며 소리쳤다.

"그럼 네가 변해야 한다고! 네가 변해야 제온도 행복하게 살 수 있어! 네가 제온만큼이나 너 자신을 사랑해야 제온도 행복하게 너랑 같이 살 수 있다고!"

"아……."

마이의 붉은 눈동자가 크게 흔들렸다. 마그나스는 그녀의 마음속에 어떤 혼돈이 벌어지고 있는지 알 길이 없었지만, 그래도 앞으로의 제온의 인생을 위해서라도 누군가 이 말을 해야 한다고 믿었다.

"…어려워. 너무 어려운 이야기 같아."

마이는 눈을 꽉 감으며 몸을 떨기 시작했다. 마그나스는 뭔가 잘못된 것 같은 기분을 느끼며 마이의 등을 쓰다듬었다.

"괜찮아? 아무리 충격을 받았어도 그렇지……."

"마그의 말은 아무래도 진실인 걸로 판단돼. 그런데 그 진실이 마이의 마음과 충돌해서 힘들어."

마이의 감은 눈에서 눈물이 흐르기 시작했다. 마그나스는 난감한 얼굴로 마이의 눈물을 닦아주었다.

"너무하네. 그냥 자기 자신을 좀 더 생각하면서 살라는 게 그렇게 힘든 이야기였어?"

"힘들어. 이상해. 마이는 뭔가 잘못된 거 같아. 하지만 어쩔 수가 없어. 흑……."

마이는 흐느꼈다. 그것은 마그나스가 지금까지 본 마이의 모습 중에 가장 인간적인 모습이었다.

"내가 그동안 여자 많이 울렸다는 이야기를 듣고 살았다만… 이런 식은 아니었다고! 뚝 그쳐! 내가 잘못했어!"

"아니야. 마그는 잘못한 거 없어."

"여자를 울리면 잘못한 거 맞아. 그러니까 그만 울고 좀 진정해라. 응?"

"그러면… 흑, 흐윽……."

마이는 울먹이는 와중에도 왕관 모양의 바위를 가리키며 말했다.

"그러면 저기 들어가자. 마이는, 흑, 지금 당장 제온이 보고 싶어."

"이런 반칙을……."

마그나스는 입술을 깨물었다. 하지만 이것은 자신이 자초한 일이었다. 더 이상 마이의 요구를 거절할 수 없다고 생각한 순간 마그나스는 길게 한숨을 내쉬며 고개를 저었다.

"후우, 알았어. 내가 졌다."

"그럼… 흐윽, 들어가는 거야?"

"그래, 간다고. 갈 테니까 울지 마라."

"고마워. 마이는 안 울도록… 흑, 노력할게."

하지만 한번 터진 울음은 좀처럼 그치기 어려운 듯했다. 마그나스는 낭패한 표정으로 혀를 차며 아래쪽으로 내려가기 시작했다. 이대로라면 사막의 불볕 아래서 하염없이 울다가 탈수 증상을 일으킬 것만 같았다.

'나중에 한소리 듣겠는데. 하지만 이게 다 네가 이상한 여자애를 주워서 그런 거라고.'

마그나스는 마음속으로 제온을 씹어댔다. 하지만 어쩔 수 없는 일이었다. 마그나스는 바실리스크들이 쫓아올 수 없도록 속도를 높여 바위의 중심부에 착지했다.

"나중에 제온이 화내면 네가 설명해야 해!"

마그나스는 역장으로 자신과 마이의 몸을 동시에 보호했다. 마이는 풀이 죽은 듯 고개를 숙이고 작게 대답했다.

"응……."

"꽉 잡아! 빨려들어 간다!"

동시에 유사(流沙)가 두 사람의 몸을 빨아들이기 시작했다. 마그나스는 눈앞이 캄캄해지는 것을 보며 어쩐지 자신이 무언가 큰 실수를 하고 있다는 기분을 지울 수가 없었다.

"베타가 남아 있었다니……."

데커는 스크린을 보며 눈을 가느다랗게 떴다. 제온은 호기심으로 가득 찬 남자의 얼굴에 피가 마르는 듯한 기분을 느꼈다.

"허튼짓할 생각 하지 마. 순식간에 죽여 버릴 테니까."

"허튼짓이라니, 내가 무슨 생각을 하고 있는지 알고 있나?"

"좋지 않은 생각이겠지."

제온은 단언했다. 데커는 몇 발 뒤로 물러서며 스크린에 속의 여자들과 제온을 동시에 바라보았다.

"걱정할 필요는 없네. 딱히 저걸 어떻게 해볼 생각은 없으니까."

"저거라고 부르지 마. 엄연히 인간이다."

"물론 인간이다만… 이름을 붙여줬나?"

"마이."

"마이라……. 좋은 이름이군."

데커는 웃음을 지었다. 그리고 마이의 옆에 있는 여자를 보며 말했다.

"저 여자도 자네의 일행인가?"

"그래, 일행이다."

"샤리가 슬퍼하겠군."

"샤리?"

제온은 눈살을 찌푸리며 물었다.

"갑자기 샤리는 왜?"

"몰랐나? 그 아이는 자네를 좋아했네. 다만 경쟁이 안 될 것 같아서 물러났을 뿐이지."

제온은 말문이 막히는 것을 느꼈다. 물론 그 역시 예전부터 샤리의 마음을 어느 정도는 알고 있었다. 하지만 제온은 그런 쪽으로는 샤리와 철저하게 거리를 두었다. 그에겐 프로나가 있었기 때문에 결코 샤리의 마음에 응해줄 수 없었다.

덕분에 두 사람 사이엔 아무 일도 없었다. 이제 와서는 정말로 그녀가 자신에게 마음이 있었는지를 확인하는 것조차 무의미한 일이었다.

하지만 그것을 타인의 입으로, 그것도 이 데커라는 인간의 입으로 듣는 것은 전혀 다른 문제였다. 제온은 냉정해지기 위해 얼굴에서 표정을 지우며 말했다.

"이제 와선 쓸데없는 이야기다."

"하지만 샤리에 대해서도 알고 싶지 않나?"

데커는 마치 유혹하듯 손바닥을 위로 보이며 물었다. 제온은 잠시 침묵하다 입을 열었다.

"나와 같은 존재인가? 아니면 당신과 같은 고대인?"

"둘 다이기도 하고 둘 다 아니기도 하지."

"무슨 소리지?"

"샤리는 이곳 육성실의 배양실에서 태어났네. 그런 의미에선 자네와 같지. 그리고 그녀의 배아는 천 년 전에 이미 완성되어 동결된 것이었으니 나와 같은 고대인이라 해도 과언이 아니네."

"…그런데?"

"하지만 자네처럼 유전자를 조작한 클론은 아니네. 그녀는 하나뿐인 오리지널이지. 그리고 실제로 태어나 자란 것은 지금 시대이니 엄밀히 말해 마지막 세대라고도 할 수 없네. 그래서 그렇게 말한 거지."

"그렇다면… 샤리도 초신수를 제거하기 위한 계획의 일부였나?"

"물론이네."

데커는 고개를 끄덕이며 말했다.

"그녀는 우리 아젤 공화국과 불리스의 연구원들이 합작해서 만들어낸 최초의 결과물이었네. 다만 육성할 시간이 없었어. 그래서 동결하고 미래를 도모한 거지."

"그런데 어째서……."

제온은 잠시 고민하다 가까스로 말을 이었다.

"…나처럼 키우지 않았지?"

"샤리는 더 이상 손댈 필요가 없었네. 그녀의 모든 능력은 모두 과거에 결정된 것이었으니까."

"능력?"

"우리에게 필요한 건 압도적인 출력을 낼 수 있는 실험체였네. 자네처럼 말이야. 다만 속성은 크게 중요하지 않았네. 화염이든, 질풍이든, 뇌전이든… 뭐든 상관없었지."

데커는 스크린 속의 두 사람에게로 시선을 돌리며 말했다.

"그래서 가능한 한 다양한 속성으로 발현될 수 있도록 클론들을 조작했네. 물론 모든 계획은 사가론이 했고 난 그저 보고서를 받았을 뿐이네만… 중요한 건 그중에서도 한 가지 속성만큼은 도움이 되지 않아서 가급적 배제를 했지."

"격토계군."

제온은 자신과 똑같이 생긴 소년 중에 아무도 땅을 다루는 능력이 없었다는 것을 떠올리며 말했다.

"아카데미에 들어가고 나서야 그런 속성이 있다는 걸 알았지. 일부러 그런 거였나?"

"일부러 그런 거였네. 하늘을 나는 초신수를 상대로 땅을 움직이는 격토계의 마법사는 도움이 되질 않는다고 판단했지."

"하지만 샤리가 격토계였군."

"과거에는 실제로 성장하기 전까지 인간이 가진 속성을 파악할 수 없었네. 애당초 지금 시대처럼 마법이 체계화되어 있지도 않았으니까. 하지만 샤리를 통해서 여러 가지 자료를 얻게 되었고, 그 자료를 바탕으로 알파 프로젝트가 시작된 거라고 할 수 있네."

제온은 참담한 마음으로 한숨을 내쉬었다. 샤리가 살바스 수도회와 협력 관계라는 사실은 이미 마이로부터 들어 알고 있었다. 속으로 그녀를 원망한 것도 사실이다. 하지만 진짜 내막은 자신이 상상한 것과는 전혀 다른 차원의 문제였다.

제온은 언제나 단정한 외모를 유지하고, 한여름에도 어깨까지 올라오는 파티용 장갑을 착용하던 샤리의 모습을 떠올렸다. 그녀는 여러 가지 의미에서 비밀스러웠지만, 진짜 비밀은 따로 간직한 채 감쪽같이 자신의 본모습을 감추고 있었다.

"샤리도… 이런 사실을 모두 알고 있나?"

"대부분 알고 있네만, 자신에 대한 진실만은 알려주지 않았네."

"어째서?"

"우린 그 아이가 어디까지나 지금 시대의 사람으로서 자라 주길 바랐네. 아주 어렸을 때부터 아카데미에 보내 거기서 자라게 한 것도 그래서였네. 그녀는 자신이 뒷골목에 버려진 고아로 알고 있네."

"그런……. 특별히 그럴 이유가 있나?"

"우리에겐 바깥 세계에 정통한 조력자가 필요했네. 그리고 그녀에게 바란 것은 마법사로사의 재능이 아니라 연구자로서의 재능이었네. 무언가를 연구하고 개발하는 재능은 자유로운 환경이 아니고서는 성장하기 어렵지."

"그건… 그나마 다행이었군."

그것은 제온의 진심이었다. 데커는 씁쓸한 표정으로 웃으며 고개를 저었다.

"하지만 중간 과정에서 실수도 있었네."

"실수?"

"우린 그녀가 격토계 마법의 달인이 되어 강력한 골렘을 개발해 주길 바랐네. 그래서 강력한 마력을, 적어도 이 시대에 '아크 메이지'라 불리는 급의 마력을 갖추길 원했지."

"설마……."

제온은 순간적으로 알바스 산맥의 연구실에 있던 3번 구역을 떠올렸다. 데커는 마치 그의 생각을 읽기라도 한 듯 고개를 끄덕였다.

"그래, 당연히 자네는 알고 있겠지."

"마력 주입기 말인가?"

"이론상으로는 몇 단계 위의 마력을 가질 수 있었으니까. 다만 예상치 못한 부작용이 있어서 중간에 마력 주입을 중단할 수밖에 없었네만……."

데커는 말끝을 흐리며 안타까운 듯 고개를 저었다. 제온은 직접 마력 주입을 당하던 기억을 떠올리며 눈살을 찌푸렸다.

"고통이 엄청났지. 그냥 죽고 싶을 만큼."

"고통이라……. 물론 그것도 있었네만."

"다른 부작용이 있다는 건가?"

"자네 같은, 그러니까 알파는 배아를 육성하는 단계에서부터 마력 주입에 적합하게끔 유전자 조작과 나노머신 처리가 이뤄지네. 하지만 샤리는 그 정도로 실험에 적합한 신체가 아니었지. 그래서 부작용이 발생했네. 마력 주입기를 꽂은 양팔의 혈관이 보기 흉할 정도로 부풀어 올랐지."

"아……."

"그래서 그녀가 장갑을 끼고 다니는 거라네. 안타까운 일이지. 그건 그렇고……."

데커는 스크린 속의 마이를 가리키며 말했다.

"저 베타, 그러니까 마이 양은 마력 주입이 어느 정도 진행

되었나?"

"몰라."

제온은 싸늘한 얼굴로 데커를 노려보며 말했다.

"알고 싶지도 않고. 혹시 저 아이에게 그런 짓을 하고 싶은 거면 포기하는 게 좋을 거다."

"미안하지만 이제 와서 하고 싶다고 할 수도 없다네. 알파와 베타에 맞는 마력 주입기는 오직 알바스 연구소에만 있으니까. 이곳에 있는 마력 주입기는 소용이 없어."

"당신들은 연구에 미쳤으니까 무슨 짓을 꾸민다 해도 이상할 리는 없겠지."

"그렇게 의심할 필요는 없어. 난 자네에게 사실만을 말했고, 또 자네가 거부하는 일을 할 생각도 없다네."

"그럼 마이를 건드리지 않겠다고 맹세해라."

제온은 차가운 목소리로 요구했다. 데커는 어깨를 으쓱이며 말했다.

"마이 양의 몸에 그 어떤 짓도 하지 않을 것을 맹세하겠네. 물론 자네가 원하지 않는다면 자네에게도 마찬가지라네."

그것은 여운이 남는 말이었다. 제온은 눈살을 찌푸리며 데커를 노려보았다.

"…내가 원한다면? 무언가 다른 게 있다는 건가?"

"있지. 그것도 매우 다양한 것이 있다네."

데커는 빙긋 웃어 보였다. 제온은 등골이 오싹해지는 것을 느끼며 입술을 깨물었다.

"대체… 무슨 꿍꿍이지?"

"무슨 꿍꿍이겠나? 우리의 목표는 오직 초신수를 제거하는 거지. 그리고 자네의 목적도 우리와 같지 않나? 그렇다면 우린 서로 협력할 수 있네. 그렇게 생각하지 않나?"

"그것도 방법이 문제겠지. 말하는 투로 봐서는 내 몸에 또 무언가 이상한 짓을 할 계획을 세우고 있는 건가?"

"다양한 방법이 있다고 하지 않았나? 자네를 강화하는 수단도 있고, 또 전혀 다른 방법도 있지. 물론 준비한 모든 것을 다 할 수도 있다네."

"모든 걸 다 안 할 수도 있지."

제온은 데커를 향해 손을 뻗으며 손바닥에 뇌전을 일으켰다.

"어디 그 방법을 하나씩 말해봐. 도저히 못 참겠으면 이 자리에서 끝장을 내줄 테니까."

"지, 진정하게. 그렇게 과민 반응을 보일 필요는 없지 않나?"

데커는 반사적으로 뒷걸음치기 시작했다. 제온은 말없이 고개를 까딱이며 재촉했고, 데커는 길게 한숨을 내쉬며 고개를 저었다.

"후우, 자네를 상대하는 건 정말 쉽지가 않군. 알았네. 하지만 분명 자네의 심기를 건드릴 것 같은데… 대체 뭐부터 말해야 할지 모르겠군."

"…어떻게든 한 번은 참아보도록 하지."

"그런가? 그럼 가장 싫어할 것부터 말해야겠군."

데커는 마른침을 삼키며 말했다.

"살바스가 베타 프로젝트를 시작할 때부터 난 이쪽 실험실에서 독자적으로 다른 실험을 진행하고 있었네."

"설마……."

"그 설마가 맞네."

데커는 고개를 끄덕이며 말했다.

"알파와 베타를 잇는 세타 프로젝트가 이미 완성 단계에 접어들었네."

15장

신이 되고 싶은 인간

'쓸데없이 넓은 곳이군.'

네프카는 주위를 둘러보며 가벼운 의문을 느꼈다. 강당이라고 해도 믿을 만큼 넓은 응접실은 대부분이 텅 빈 상태였다.

중심부에 놓인 고급스런 테이블과 두 개의 의자가 그곳에 있는 가구의 전부였다. 네프카는 의자에 앉은 채 반대편의 문을 바라보았다.

'시간이 꽤 걸리는데…….'

문득 이런 무료한 곳에 혼자 내버려 두고 시간을 끄는 것이 신수교단의 수법이라는 생각이 들었다. 네프카는 유치하다는 기분을 느끼며 눈살을 찌푸렸다. 어떻게든 상대의 마음을 초조하게 만들어 교섭을 유리하게 이끌어보겠다는 생각이 뻔히 들여다보였다.

하지만 이제 와서 자신에게 무엇을 더 얻어내려는 걸까?

네프카는 이단토벌단에 이미 샐러맨더 킬러 세 개 부대를 파견한 상태였다. 물론 첫 전투에서 대패를 당한 토벌단의 입장에서는 조금이라도 더 많은 전력을 얻어내고 싶을 것이다.

하지만 네프카 역시 페슈마르 왕국의 치안을 위해서라도 더 이상의 군대를 파병할 수는 없었다.

샐러맨더 킬러는 말 그대로 페슈마르 왕국의 화산지대에 출몰하는 샐러맨더를 퇴치하기 위한 부대였다. 비록 능력이 가장 떨어지는 4, 5, 6번 부대를 보내긴 했지만, 숫자만 놓고 보면 무려 절반이 자리를 비운 셈이다.

'어쩌면 샐러맨더 킬러가 아닌 일반 병사를 요구할지도 모르겠군.'

네프카는 그렇게 생각하며 고개를 끄덕였다. 토벌단 측에서는 신관이 아니라 신전기사들까지 대거 몰살당했기 때문에 병력의 근간이 되는 병사들까지 필요로 할 가능성이 높았다.

하지만 네프카는 그런 요구를 허락할 생각이 없었다. 제온을 상대로 일반 병사들을 보내는 것은 그저 대규모의 전사자를 만들겠다는 것과 동일한 말이었다.

병사들 역시 페슈마르 왕국의 국민인 것은 변함이 없다. 네프카는 국왕으로서 백성들이 아무런 가치없이 개죽음을 당하는 것을 허락할 생각은 손톱만큼도 없었다.

'사실 병사들뿐 아니라 누굴 보내더라도 마찬가지겠지만……'

네프카는 제온을 생각하며 희미한 미소를 지었다. 제온은 그의 친구이자 라이벌이었고, 국가의 대업을 맡길 수 있는 유일한 존재이기도 했다.

아무리 샐러맨더 킬러 세 개 부대가 합류했다 해도 토벌단이 제온을 해치우는 것은 어려울 것이다.

사실상 불가능하다 단언해도 좋았다. 왜냐하면 네프카 자신이 그렇기 때문이다. 신수교단이 아무리 남은 전력을 긁어모은다 해도, 거기에 샐러맨더 킬러 세 개 부대가 더해진다 해도 네프카는 그들을 상대로 자신이 진다는 경우의 수를 도저히 상상할 수 없었다.

거기에 샐러맨더 킬러에는 은밀히 명령을 내려놓은 상태였다. 만약 피치 못할 상황이 닥쳐 제온과 싸울 수밖에 없게 된다면 어떻게든 방어에 전념하라. 다만 신수교단에 책잡히지 않을 정도로 공격하는 모습 정도는 보여줘야 한다.

제온은 눈치가 빠른 인간이기 때문에 그 정도만 해주면 충분히 사정을 봐줄 것이 틀림없었다. 어쩔 수 없이 몇 명이 큰 부상을 입거나 죽을 수도 있겠지만, 적어도 보낸 부대가 전멸을 당했다는 비보를 걱정할 필요는 없었다.

걱정이 되는 것은 당장 코앞으로 닥친 아이스 피닉스(Ice phoenix), 파이파와의 대결이었다.

앞으로 보름이 지나면 왕국의 운명을 걸고 파이파와 싸워야 한다.

물론 페슈마르 왕국의 국왕이 된 이후 지금까지 한 번도 패배한 적은 없다. 하지만 그것은 당연한 일이었다. 패배란 왕국의 멸망과 직결된 문제다. 네프카에겐 단 한 번의 실수도 허용되지 않았다.

이토록 중요한 시기에 직접 신수교단의 교황청을 찾아온 것도 그런 이유에서였다.

지금으로부터 닷새 전, 추기경 다리우스로부터 '태양의 망토'를 직접 가지러 오라는 연락이 페슈마르 왕국에 도착한 것이다.

어째서 그냥 사람을 통해 보내주지 않는지, 그것도 국왕인 자신이 직접 가지러 와야 하는 것인지는 물어볼 필요도 없었다. 마음이 급한 네프카를 자신들의 본진으로 끌어들인 다음 어떻게든 생색을 내면서 추가적인 이득을 더 얻어내려는 것이다.

"소문만큼 쓸 만하면 좋겠는데……."

네프카는 나지막한 목소리로 중얼거렸다. 사실 태양의 망토에 관한 이야기는 근거 없는 소문만은 아니었다. 실제로 제작 단계에서 전 대륙의 강력한 빙결술사들을 초대해 망토의 위력을 직접 실험하게 한 것이다.

그중에는 샐러맨더 킬러에 속한 마법사도 여러 명 있었다. 부왕은 실험에 초대 받아 다녀온 부하들에게 태양의 망토가 진짜라는 이야기를 수차례나 들었고, 대체 언제쯤 완성이 될지 전전긍긍하며 속 타는 나날을 보내야 했다.

그러나 부왕은 결국 태양의 망토를 손에 넣지 못한 채 파이파와의 힘겨운 전투 끝에 목숨을 잃었다.

네프카는 속으로 이를 악물었다. 그것만 생각하면 당장에라도 이 비열한 신수교단의 모든 것을 잿더미로 만들어 버리고 싶었다.

하지만 그럴 수가 없는 것은, 그의 어깨에 페슈마르 왕국의 모든 것이 걸려 있기 때문이었다.

아무리 아니꼽고 아무리 비참해도 참아야 했다. 일단 태양의 망토만 손에 넣는다면 마치 가느다란 줄을 타는 듯한 페슈마르 왕국의 운명도 조금은 안정권에 들어갈 수 있을 것이 분명했다.

'태양의 망토만 있다면 나뿐만이 아니라 내 자식들, 페슈마르 왕국의 다음 국왕들도 파이파를 상대하는 게 한결 쉬워질 거다. 그렇다면 나도 조금은 편하게 왕위를 내려놓을 수 있겠지.'

그때까지 30년이 걸릴지 40년이 걸릴지는 모를 일이다.

하지만 언젠가 분명히 오긴 올 것이다. 그리고 그날을 상상하는 것이야말로 네프카가 이 숨 막히는 현실을 견디며 살아갈 수 있는 커다란 희망이었다.

삐그덕.

그때 작은 소리와 함께 문이 열렸다.

'드디어 오셨군.'

순식간에 현실로 돌아온 네프카는 의자에 앉은 채로 다리우스를 노려보았다. 그가 들어온 문은 자신이 들어온 문과 반대편에 있었다. 문 너머로 망토를 뒤집어쓴 사람들이 언뜻 보였지만 금방 문이 닫혔기 때문에 자세히 확인할 수는 없었다.

'내 감지 범위에서 조금 떨어져 있군. 설마 일부러 노린 건 아니겠지만…….'

다리우스가 들어온 문까지가 네프카가 마력을 감지할 수 있는 범위의 한계였다. 다리우스는 마찬가지로 검은 망토를 뒤집어쓴 수행원 한 명만 대동한 채 네프카를 향해 걸어오기 시작했다.

"이런, 이런. 귀하신 분을 기다리게 만들어 황송하기 이를 데가 없습니다. 정말 죄송합니다, 폐하."

다리우스는 먼저 공손히 허리를 숙이며 네프카에게 사죄했다. 네프카는 상관없다는 듯 손을 들어 보였다.

"신경 쓸 필요 없다. 덕분에 나도 잠시 한숨을 돌렸으니까."

"역시 이 유리언 대륙의 최강국인 페슈마르 왕국의 국왕 폐하다우신 말씀이십니다. 이 다리우스는 크게 감탄했습니다."

다리우스는 만면에 웃음을 띠며 다시 몸을 숙여 보였다. 네프카는 그런 다리우스의 모습에 눈썹을 가볍게 찌푸렸다. 물론 넉살 좋은 사람이라는 것은 익히 알고 있었지만, 방금 전의 아부는 이상할 정도로 과장된 느낌이 들었다.

"그래도 변명을 하자면 폐하를 위해 여러 가지로 준비할 것을 챙기기 위해서 어쩔 수가 없었습니다. 아무래도 요즘 교황청에 사람이 부족해서 말입니다. 얼마 전에 신관들이 대규모로 사라진 탓에 여러 가지로 힘이 드는군요."

다리우스는 의자에 앉은 다음 양손을 모아 턱을 괴었다. 망토를 쓴 수행원은 신수교단의 문장이 새겨진 하얀 상자를 들고 뒤쪽에 서 있고, 네프카는 그 수행원을 바라보며 물었다.

"자네가 챙긴 물건이 저 안에 들어 있는 건가?"

"물론입니다. 폐하께 드리기 위해 마지막에 마지막까지 마무리를 하느라 늦었습니다."

다리우스는 웃으며 손짓했다. 그러자 수행원이 앞으로 나와 테이블 위에 상자를 올려놓았다. 네프카는 수행원의 몸에서 느껴지는 심상치 않은 마력에 내심 긴장하지 않을 수 없었다.

'이 정도면 하이 위저드(High wizard)에 근접한 마력이다. 다리우스의 부하 중에 이렇게 강력한 마법사가 있었던가?

"자, 그럼 폐하께서 직접 열어보시길 바랍니다."

다리우스는 손을 펼치며 상자를 가리켰다. 네프카는 상자 안에서 느껴지는 성법기의 강한 기운을 잠시 감지한 다음 이내 고개를 끄덕이며 상자의 뚜껑을 열었다.

'이것이……'

네프카의 눈에 선명한 붉은색이 맴돌았다. 상자 안에는 두꺼우면서도 결이 고운 붉은색의 망토가 곱게 접혀 있었다.

"…꺼내 봐도 되겠나?"

네프카가 물었다. 다리우스는 웃으며 고개를 끄덕였다.

"물론입니다, 폐하. 이제 태양의 망토는 폐하의 물건입니다."

네프카는 솔직히 의표를 찔렸다고 생각했다. 이렇게까지 순순히 태양의 망토를 내줄 거라고는 상상도 못했다.

'하긴, 먼저 선심 쓰는 척 쉽게 내주고 나서 인정에 호소하는 방법일 수도 있겠군.'

네프카는 의자에서 몸을 일으켰다. 그리고 상자 안의 망토를 꺼내 펼쳤다.

"과연… 마력의 흐름이 심상치 않군."

"그 망토를 완성하기 위해 수천 번의 실험이 반복되었습니다. 약간의 마력만으로 강력한 역장을 만들어줍니다. 특히 빙결 계열의 마법에 강력한 내성을 갖춘 역장이지요."

"소문은… 많이 들었다."

네프카는 예리한 눈으로 망토를 천천히 둘러보았다. 미세한 마력을 안쪽으로 집어넣자 망토 주변에 따뜻한 기운과 함께 투명한 역장의 기운이 일어나는 것을 느낄 수 있었다.

"…훌륭하군."

네프카는 진심으로 감탄했다. 그리고 지난 몇 년 동안 반복된 파이파와의 전투를 떠올렸다. 파이파와의 전투에서 가장 까다로운 것은 언제나 자신의 주위에 강력한 냉기의 공간을 만든다는 것이었다. 단 한순간이라도 역장을 풀거나 역장이 깨지면 끝장이었다. 순식간에 온몸이 얼어붙어 단단한 얼음 덩어리로 변하고 마는 것이다.

"그저 저로서는 폐하께서 짊어진 무거운 짐을 조금이라도 덜게 될 수 있어 영광일 뿐입니다. 무엇보다 저희 교단의 이단토벌단에 서른여섯 명의 샐러맨더 킬러와 그들을 수행하는 백여 명의 수행단을 파견해 주신 것에 대한 감사의 뜻입니다. 부디 부담 없이 그저 유용하게 사용해 주시기만을 바랄 뿐입니다."

말투를 보아하니 슬슬 무언가 새로운 요구를 해올 듯한 분위기다. 하지만 실제로 태양의 망토를 손에 넣은 네프카는 마음이 들떠 날아갈 것만 같았다. 다리우스가 이런 복잡한 교섭술을 쓰지 않았더라도 정말 과도한 요구만 아니라면 기꺼이 허락할 만큼 만족스러운 기분이라는 것을 부정할 수 없었다.

하지만 정작 다리우스는 별다른 요구를 하지 않았다. 네프카는 의문을 느끼면서도 일단 자신의 망토를 풀고 그 자리에 태양의 망토를 장착해 보기 시작했다.

"페슈마르 왕국의 모든 백성을 대신해 감사를 전하도록 하겠다. 그런데 천으로 성법기를 만들다니 정말 기술이 대단하다고밖에 할 말이 없군."

"담당하는 신관들의 오랜 고생과 정성이 들어갔습니다. 아, 실제로 실전에서 사용하실 때 계속 망토를 쥐고 있는 것은 불편하실 테니, 거기 있는 어깨 쪽의 버클을 통해 마력 전달이 가능합니다."

다리우스는 망토와 옷을 연결하는 고정쇠를 가리키며 말했다. 물론 네프카 정도의 마도사라면 어깨뿐만 아니라 몸 전체로 마력을 방출할 수 있기 때문에 망토에 마력을 공급하는 것 자체는 별다른 문제가 아니었다.

"흠, 이렇게 말인가?"

그래도 다리우스의 조언을 받아 네프카는 어깨를 통해 망토의 고정쇠로 마력을 흘려 넣기 시작했다. 그러자 순간적으로 뜨거운 열기가 퍼지며 네프카의 몸 전체를 투명한 힘이 감싸기 시작했다.

"이거 좋군."

네프카는 자신의 몸을 감싼 강력한 열기의 역장에 만족감을 나타냈다.

하지만 네프카의 만족스러운 표정은 불과 3초 만에 경악으로 바뀌었다.

화륵!

불처럼 뜨겁게 몸을 감싼 역장이 순식간에 진짜 불로 변했다. 네프카는 자신의 몸을 뱀처럼 휘감는 화염에 몸부림치며 저항했다.

"큭!"

하지만 역장을 전개해도 몸에 붙은 불은 꺼지지 않았다. 다리우스는 의자에 앉은 채로 다리를 꼬며 네프카의 몸부림을 차분히 감상하기 시작했다.

"쉽게 꺼지지 않을 겁니다. 오랜 고생과 정성이 들어갔으니까요."

"다리우스! 이게 무슨 짓이냐! 으아악!"

네프카는 살이 타는 고통에 비명을 질렀다. 자신이 마력을 퍼부어 역장을 전개하면 할수록 태양의 망토 역시 그 마력의 일부를 빨아들여 더욱 강렬한 화염을 뿜어내기 시작했다.

"멋지군요. 플레임(Flame)이라는 칭호를 가진 분께서 불에 타 죽어가시다니. 이런 광경은 돈 주고도 구경하지 못할 겁니다, 하하하!"

다리우스는 박수를 치며 좋아했다. 동시에 밖에서 대기 중이던 두 명의 마법사가 문을 박차고 응접실로 뛰어들어왔다.

"폐하!"

"대체 무슨!"

두 명의 마법사는 네프카가 수행원으로 데려온 궁전마도 사였다. 마법사들을 불꽃에 휘감겨 몸부림치는 네프카를 향해 쏜살같이 달려갔다.

"폐하! 잠시만 참으십시오!"

마법사들은 재빨리 네프카를 향해 빙결 마법을 쏟아부었다. 그들은 샐러맨더 킬러 1번 부대에 속한 엘리트 마법사이기도 했다. 당연히 둘째가라면 서러워할 만큼 빙결 마법의 달인이었다.

쩌저저저적!

순식간에 응접실 내부에 강렬한 눈 폭풍이 휘날리며 엄청난 냉기가 퍼졌다. 두 명의 마법사가 동시에 빙결계 7등급 마법인 블리자드(Blizzard)를 시전한 것이다.

화르르르르륵!

하지만 강렬한 얼음 폭풍조차도 네프카를 감싼 화염을 꺼뜨리지 못했다. 사실상 대부분의 마법은 네프카 자신이 펼친 역장에 막혀 소멸하는 형편이었다.

"기븐! 티베리아! 뒤로 물러나라!"

네프카는 두 눈을 질끈 감으며 소리쳤다. 그들이 외부에서 아무리 빙결 마법을 퍼부어도 소용없는 짓이었다.

네프카는 자신이 만드는 화염과 역장의 아슬아슬한 균형 속에 있었다.

지금은 그 균형이 미세하게 화염 쪽으로 기울어져 있었지만, 어떻게든 끝까지 버티면 균형을 역장 쪽으로 되돌릴 수 있을 것 같았다. 네프카는 추위를 타는지 몸을 부르르 떨며 의자에서 일어나 한 발 뒤로 물러났다.

"과연 샐러맨더 킬러. 빙결 마법 하나는 끝내주는군."

"당신은 다리우스 추기경 아닌가? 대체 이게 무슨 일이지?"

두 명의 마법사 중 나이가 많은 티베리아가 다리우스를 향해 소리쳤다. 다리우스는 별거 아니라는 듯 어깨를 으쓱이며 대답했다.

"보는 대로다. 페슈마르 왕국의 국왕을 불에 태워 죽이고 있지."

"네놈이 감히!"

티베리아는 레비테이션 마법으로 떠오르며 다리우스를 향해 몸을 날렸다. 그의 오른손에는 빙결계 3등급 마법인 아이스 랜스(Ice lance)가 쥐어져 있었다.

다리우스는 입가에 미소를 지으며 소리쳤다.

"렌파!"

그러자 맡土를 뒤집어쓴 수행원이 앞으로 나서며 티베리아를 막아섰다. 티베리아는 상대를 죽일 기세로 손에 쥔 창을 휘둘렀다.

파직!

동시에 얼음의 창이 수행원의 역장에 막히며 산산조각 나

흩어졌다. 티베리아가 급히 두 번째 마법을 준비하려는 사이, 불꽃에 휘감긴 수행원의 주먹이 티베리아의 가슴팍을 향해 엄청난 속도로 날아왔다.

그것은 마법사가 반응하기 힘든 놀라운 속도의 일격이었다.

콰직!

미처 역장을 제대로 전개하지 못한 티베리아는 날아오는 주먹에 그대로 가슴을 얻어맞으며 뒤쪽으로 하염없이 날려갔다. 또 다른 마법사인 기븐이 날아오는 티베리아의 몸을 받아 냈지만, 티베리아는 흉곽이 으스러져 이미 숨이 끊어진 상태였다.

"저런. 그 한 방에 죽어버린 건가? 후후후."

다리우스는 천천히 고개를 저으며 비웃음을 지었다. 눈을 감은 채 살이 타는 고통에 한쪽 무릎을 꿇은 네프카는 기븐의 마력이 감지되는 쪽으로 고개를 돌리며 소리쳤다.

"기븐! 상황을 유지해라! 너까지 죽으면 안 돼!"

"폐하! 하지만 폐하께서……."

기븐은 차마 '불의 왕'이라 불리는 네프카가 불에 타고 있다는 사실을 감히 말할 수는 없었다. 네프카는 정신이 끊어질 듯한 통증을 가까스로 견디며 손을 내저었다.

"난 죽지 않는다! 시간이 필요할 뿐이야!"

"흥! 역시 대단하시군."

그러자 다리우스가 코웃음을 치며 말했다.

"내심 살려달라고 울부짖는 광경을 기대했는데… 그 와중에도 벌써 계산이 끝난 건가?"

"큭……."

"어떻게든 견디면 역장이 불꽃을 완전히 밀어낼 수 있을 것처럼 느껴지나? 물론 그렇긴 하지. 처음부터 그렇게 만들었으니까. 하지만……."

다리우스는 불꽃에 휘감긴 채 무릎을 꿇은 네프카를 향해 천천히 다가가기 시작했다.

"그렇게 쉽지는 않을 거야. 무슨 짓을 해도 당신이 소모하는 마력의 절반이 태양의 망토로 흘러가는 건 막지 못해. 정확히는 52% 정도지만."

"어째서……."

"어째서 그렇게 만들었냐고?"

다리우스는 웃으며 설명했다.

"그야 지금처럼 당신이 끝까지 저항하기를 바랐기 때문이지. 물론 그러다가 죽어도 상관없지만, 만약 아슬아슬하게 살아남아도 가진 마력을 거의 전부 소모할 테니까. 난 안전하게 당신이 돌아가는 것을 지켜볼 수 있는 거지."

"날… 살려서 돌려보낸다고?"

네프카는 고개를 치켜들고 이글거리는 눈으로 다리우스를 노려보았다. 아무리 산 채로 몸이 타는 고통 속에 빠져 있다

해도 그는 다리우스가 하는 행동과 말을 전혀 이해할 수가 없었다.

다리우스는 어깨를 으쓱이며 고개를 끄덕였다.

"물론이지. 당신을 살려서 돌려보내는 게 최선이야. 완전히 죽은 왕보다는 거의 죽어가는 왕이 더욱 백성들의 분노를 일으킬 테니까."

"정신이… 나갔군."

네프카는 이를 갈며 떨리는 목소리로 말했다.

"지금… 페슈마르 왕국과… 전쟁을… 하겠다는 건가?"

"그런 셈이지. 정확히는 페슈마르 왕국의 백성들이 떼죽음을 당하길 바랄 뿐이지만."

"웃기는군. 신수교단… 따위가 우리 왕국을 상대할 수… 있을 것 같나?"

가뜩이나 이단 토벌단으로 인해 상당한 전력을 소모한 신수교단이었다. 하지만 다리우스는 조금의 걱정도 되지 않는 듯 여유 있는 표정으로 고개를 끄덕였다.

"물론 상대할 수 있지. 렌파?"

그러자 옆에 서 있던 수행원이 뒤집어쓰고 있던 망토를 벗어 던졌다. 다리우스가 부른 이름대로 그는 이단토벌단의 실무를 책임지고 있던 1급 집행관 렌파였다.

"그르……."

하지만 렌파의 입에서는 마치 짐승과도 같은 울음소리가

새어 나왔다. 외모 또한 과거의 모습과는 비교도 할 수 없을 만큼 변해 있었다.

"이건 대체……."

네프카는 소름 끼치는 렌파의 모습에 경악했다.

얼마나 놀랐는지 순간적으로 불에 타는 고통마저 잊어버릴 정도였다. 렌파의 모습은 이미 인간이라고 부를 수 없을 정도로 심각하게 일그러져 있었다.

"이쪽은 우리 교단의 1급 집행관인 렌파라고 하네. 당신도 이름 정도는 들어 알고 있겠지? 상당히 유망하고 실력 있는 집행관이었으니 말이야."

다리우스는 그런 렌파의 어깨를 가볍게 두드렸다. 렌파의 몸은 머리에서 발끝까지 끔찍할 정도로 혈관과 근육이 부풀어 올라 있었다. 특히 얼굴 쪽은 골격까지 뒤틀린 듯 균형이 완전히 무너진 상태로 끔찍한 모습이다.

그것은 마치 화상으로 녹아내린 얼굴이 다시 염증으로 부풀어 오른 듯한 형상이었다. 네프카는 혹시 자신도 저렇게 될지 모른다는 생각에 눈을 다시 감으며 두 손으로 얼굴을 감싸 쥐었다.

"미래가 기대되는 전도유망한 집행관이었네만… 누군가는 이단토벌단의 실패에 대해 책임을 지어야 했지. 렌파는 대집행관인 체리오트는 물론 자신의 부하들에게도 불똥이 튀는 것을 막기 위해 모든 책임을 자신이 지겠다고 나섰어. 그야말로 숭고한 책임감이라고 볼 수 있지. 눈물이 날 지경이야. 큭 큭……."

다리우스는 유쾌하다는 듯 가슴을 잡고 웃기 시작했다.

"큭큭, 크하하하! 그래 봤자 어차피 모두 내 실험 도구가 될 운명인데 말이야!"

"시, 실험?"

"그래, 실험이다. 사실 얼마 전에 알바스 산맥에서 놀라운 실험실을 발견했거든. 원래는 제온 스태틱의 행적을 밟다가 찾아낸 건데……."

"제온……."

"그래, 당신 친구 제온 말이야. 나한테는 더없이 고마운 이름이지. 거사를 치를 명분은 물론이고 거기에 필요한 힘까지 쥐어줬으니까."

"큭……."

더 이상 무릎을 꿇고 버티는 것조차 힘들어진 네프카는 그대로 바닥에 무너지며 몸을 들썩이기 시작했다. 다리우스는 안타깝다는 듯 네프카를 내려다보며 고개를 저었다.

"쯧쯧, 그래도 아프긴 아픈 모양이군. 그래도 죽지 말고 끝까지 버티라고. 마력의 흐름을 그렇게 미세하게 조정하느라 수많은 신관이 밤을 새워 고생했으니까 말이지."

"……."

"이제 말도 하기 힘든가? 그럼 잠자코 듣기만 해. 그래야 나중에 정말로 목숨을 걸고 날 죽이러 오지. 큭큭. 아, 혹시 모르니까 거기 마법사라도 경청해 줬으면 좋겠군."

"미쳤어……."

기븐은 부릅뜬 눈으로 다리우스를 노려보았다. 그는 어떻게 하면 국왕을 무사히 본국으로 귀환시킬 수 있는지에 온 정신을 집중하고 있었다.

"아무튼 그 실험실에는 인간의 몸에 강제로 마력을 주입하는 장치가 있었어. 부하 몇 명에게 실험을 해봤더니 효과가 엄청나더군. 다만 부작용이 좀 있었는데……."

다리우스는 가만히 서 있는 렌파의 몸을 툭툭 건드리며 말했다.

"이런 식으로 몸이 좀 보기 흉하게 변하고 정신이 파괴되더군. 뭐 그렇게 큰 문제는 아니지만 말이야."

"진짜로 미친 건가? 어떻게 그게 큰 문제가 아닐 수 있지?"

기븐은 경악하며 소리쳤다. 다리우스는 인상 좋은 얼굴로 빙긋 웃으며 고개를 저었다.

"당연히 아니고말고. 앞으로 백만 명을 죽여야 하는데 고작 이 정도가 큰 문제일까?"

"뭐, 뭐라고?"

"말하자면 그렇다는 거다. 아무튼 많이 죽여야 내게 기회가 생기거든. 후후, 후후후……."

기븐은 다리우스의 말을 조금도 이해할 수 없었다. 그저 미치광이가 자신의 광기를 드러내는 것으로 보일 뿐이었다.

하지만 네프카는 그렇게 생각하지 않았다.

"좀 더… 자세히 말해라."

네프카는 불꽃에 휘감긴 채로 천천히 몸을 일으키기 시작했다. 다리우스는 짐짓 놀란 표정을 지으며 한 발 뒤로 물러났다.

"대단하군. 그 상태로 움직일 수 있나?"

"대화를 하려면… 얼굴을 마주 봐야지."

가까스로 역장의 힘이 태양의 망토에서 뿜어 나오는 화염을 조금씩 앞서기 시작했다. 하지만 네프카의 몸은 이미 심각한 화상을 입은 상태였고, 남은 마력도 거의 바닥을 드러내기 시작했다.

네프카는 초인적인 인내력을 발휘하며 다리우스를 노려보았다.

"…말해라. 네놈의 계획이 뭐지?"

"방금 말했잖아. 사람을 아주 많이 죽이는 거라고."

"어째서?"

얼굴을 가린 손가락 틈새로 네프카의 푸른 눈동자가 번뜩였다. 다리우스는 입가에 미소를 지으며 작게 고개를 저었다.

"거기까지 알려줄 필요는 없지."

"…말해라."

네프카는 한 손으로 얼굴을 가리고 나머지 한 손은 앞으로 천천히 내밀기 시작했다. 동시에 렌파가 다리우스의 앞을 막 았지만, 다리우스는 손을 저으며 렌파를 옆으로 물러나게 했 다.

"허세 부릴 필요 없어. 지금 다른 마법을 사용했다간 당신 몸이 숯덩이로 변할 테니까."

"네놈을 죽일 수 있다면… 그것도 나쁘지 않다."

"같이 죽겠다는 건가? 뭐 위대한 페슈마르의 국왕 폐하와 동반 자살하는 것도 나쁘진 않겠지만… 당신은 절대 그럴 수 가 없어."

"어디… 실험해 볼까?"

"마음대로."

다리우스는 어깨를 으쓱이며 말했다.

"하지만 페슈마르의 국왕이 후계자도 만들지 않고 죽어버 리면 어떻게 될까? 당장 파이파와의 대결이 한 달도 남지 않 았는데?"

"어차피 이 꼴로는… 힘들다. 그걸 노린 게 아니었나?"

"노리지 않았다고는 할 수 없지만, 그래도 죽지만 않으면 어떻게든 수가 날지도 모르지. 뭣하면 페슈마르 왕국으로 신 관들을 보내주도록 하지. 뛰어난 회복신관들로 말이야. 큭큭, 하하하하하!"

다리우스는 유쾌한 듯 웃음을 터뜨렸다. 네프카는 진심으로 자신을 희생해서라도 눈앞에 있는 이 남자를 죽여야 한다고 생각했다.

하지만 다리우스의 말은 사실이었다. 그의 목숨은 자신만의 것이 아니었다. 페슈마르 왕국의 모든 백성의 행복과 안녕이 자신의 목숨에 달려 있었다.

"하하! 음, 진짜 고민되나 보군."

한참 웃던 다리우스는 갑자기 다른 사람이 된 것처럼 웃음을 뚝 그치며 진중한 표정을 지었다.

"고민할 필요 없다. 알려줄 테니까."

"……."

"내가 원하는 건 인간의 죽음이다. 아주 많은 인간의 죽음이지. 그리고 그 이유는 내가 신이 되기 위해서다."

"…신?"

네프카는 허리가 풀리는 것을 가까스로 참으며 말했다.

"신이라니, 초신수를… 말하는 건가?"

"이해가 빠르군."

다리우스는 고개를 끄덕였다.

"난 초신수가 될 것이다. 이 모든 게 그것을 위한 첫걸음이지."

"어떻게… 인간의 죽음이……."

네프카는 끝까지 말을 잇지 못했다. 통증으로 목과 혀에 경련이 일어나 목소리를 낼 수가 없었다.

"힘들어 보이는군. 알아서 이야기해 줄 테니 무리하지 마라."

"⋯⋯."

"우리 신수교단에 기록된 역사에 따르면 최초의 초신수가 나타난 것은 지금으로부터 약 천 년 전이다. 이것은 외부로 절대 공개하지 않는 우리 교단의 비전(秘傳)이지."

"천⋯ 년⋯⋯."

"그래, 대륙의 그 어떤 왕국에도 당시의 기록은 남아 있지 않다. 역사가 가장 오래된 레스톤 왕국조차도 건국한 지 500년밖에 안 됐으니까."

"큭⋯⋯."

네프카는 마력이 바닥을 드러내는 것을 느꼈다. 하지만 더 이상 역장을 만들 수 없게 된다 해도 태양의 망토는 남아 있는 마력으로 잠시 동안 화염을 계속 뿜어낼 것이다.

그리고 네프카는 그 잠시를 버틸 수 없었다. 지금까지라면 심각한 화상 정도로 그칠 수 있다. 하지만 역장의 방어가 완전히 사라진 채로 5초만 화염에 노출되면 말 그대로 남는 건 숯덩이뿐이었다.

"⋯⋯."

네프카는 기븐을 돌아보았다. 기븐은 국왕의 눈빛으로 무언가 중대한 일을 해야 한다는 것을 직감했다.

"지금이다! 프로즌 윈드(Frozen wind)를!"

네프카는 마지막 힘을 다해 소리를 지르며 역장을 거뒀다. 기븐은 거의 동시에 네프카를 향해 빙결계 4등급 마법인 프로즌 윈드를 발사했다.

쉬이이이익!

영하의 얼어붙은 바람이 역장을 거둔 네프카를 덮쳤다. 네프카는 5미터쯤 밀려 날려가 바닥에 쓰러졌지만, 덕분에 그의 온몸을 휘감았던 화염도 함께 소멸했다.

"폐하!"

기븐은 즉시 달려 쓰러진 네프카를 부축했다. 네프카는 온몸으로 하얀 연기를 뿜어내면서도 의식을 잃지 않고 몸을 일으켰다.

"…잘했다, 기븐."

"폐하, 지금 당장 페슈마르로 모시겠습니다!"

기븐은 당장에라도 네프카의 몸을 잡고 레비테이션을 쓸 기세였다. 하지만 네프카는 입술을 깨물며 고개를 저었다.

"잠시 기다려라."

"폐하, 하지만 옥체가……."

"지금은… 저놈의 이야기를 들어야 한다."

네프카는 다리우스를 향해 천천히 고개를 돌렸다.

"그럼… 계속 말해라."

"왕과 신하 간에 믿음이 대단하군. 호흡이 아주 딱딱 맞는데……."

다리우스는 놀란 얼굴로 혀를 내둘렀다.

"처음부터 그런 방법을 떠올렸으면 큰일 날 뻔했군. 마력을 전부 소모한 다음이라 다행이다."

네프카는 말없이 눈을 부릅떴다. 다리우스는 가볍게 절하며 말을 이었다.

"그럼 당신의 정신력에 경의를 표하며… 계속 설명하도록 하지. 기록에 따르면 천 년 전에 거대한 재앙이 벌어졌고, 온 세상에 있던 인간이 몰살을 당했다고 한다. 그리고 그 재앙 속에서 세상의 섭리 중 하나가 나타났지. 아프레온 말이다."

"아프레온……."

"아프레온은 살아남은 소수의 인간들을 지켜주었다고 한다. 중요한 것은 재앙으로 인간들이 몰살당했을 때 초신수가 나타났다는 거다. 즉, 인간의 죽음이 초신수를 만들어냈다고 할 수 있지."

"…뭐?"

"계속 들어봐라. 그 이후 300년이 지났을 때, 레기스크 화산이 최초로 폭발하며 주위에 살던 인간들이 떼죽음을 맞이했다. 페슈마르 왕국에 있는 그 레기스크 화산 말이지. 그리고 그때 처음으로 불의 초신수인 페라노바가 모습을 나타냈다."

"하지만 그건……."

네프카는 눈살을 찌푸렸다. 그것은 레기스크 화산 주변에 페슈마르 왕국이 세워지기 수백 년 전에 벌어졌다고 전해지는 전설이다.

"전설이 아니냐고? 미안하지만 우리에겐 당시의 정확한 기록이 남아 있다. 한 마법사가 화산에서 자신의 마법을 뽐내다가 실수로 재앙을 일으켰다고 말이지."

"설마……."

"그래, 바로 그 마법사가 페라노바가 된 것이다."

다리우스는 확신에 가득 찬 얼굴로 설명을 계속했다.

"그리고 200년 후, 지금으로부터 500년 전에 대륙에서 처음으로 대전쟁이 벌어졌다. 전쟁을 일으킨 것은 최초의 아크메이지라 불리는 프라우드. 그의 손에 죽은 인간만 수십만 명에 달했지. 여기까지는 기록에도 남아 있는 사실이니 알고 있겠지?"

학살자 프라우드에 관한 내용은 대륙의 역사를 공부한 사람이라면 누구나 알고 있는 사실이다. 네프카는 심장이 빠르게 뛰는 것을 느꼈다. 단순히 화상으로 인한 고통 때문에 그러는 것이 아니었다.

"라시드……."

"그래, 최후의 전투에서 빛의 초신수 라시드가 최초로 모습을 드러내며 전쟁이 종결되었지. 라시드는 아무것도 하지 않았지만, 그 이후로 프라우드의 모습을 본 자는 아무도 없었다."

"그건 라시드가 프라우드를 해치워서……."

"아직도 모르겠나? 라시드가 프라우드를 해치운 게 아니야! 바로 프라우드가 라시드가 된 거다!"

다리우스는 양팔을 쭉 펼치며 소리쳤다.

"모두 그렇게 탄생한 거다! 엄청난 인간을 죽음으로 몰고 간 인간은 세상의 섭리를 벗어난 초월자가 되는 거야! 그게 바로 초신수와 신수교단의 진실이다!"

"그러니까 네놈은… 다섯 번째 초신수가 되려고 하는 거군. 큭……."

네프카는 더 이상 몸을 지탱하지 못하고 부축하고 있는 기븐의 몸에 축 늘어졌다. 기븐은 더 이상 기다릴 수 없는 듯 네프카의 몸을 끌어안으며 레비테이션을 발동시켰다.

"다리우스 추기경! 반드시 오늘 일을 후회하게 될 것이다!"

기븐은 즉시 역장을 펼치고 응접실의 창문을 박살 내며 밖으로 날아갔다. 다리우스는 순식간에 멀어지는 기븐과 네프카의 모습을 바라보며 가만히 웃기 시작했다.

"후후, 후후후, 바라는 바다. 그렇게 해주지 않으면 곤란해."

그리고는 자신도 몸을 돌려 응접실을 빠져나갔다. 그가 향한 곳은 교황의 방이었다. 지금까지 고통을 주기 위해 살려놓았던 교황의 목숨을 효과적으로 사용할 순간이 드디어 찾아온 것이다.

그리고 잠시 후, 교황청에서 비명과도 같은 탄성이 터져 나오기 시작했다.

"예하께서!"

"교황 예하께서 돌아가셨다!"

"페슈마르 국왕의 소행이다!"

"페슈마르의 왕이 교황 예하를 살해했다!"

그것은 이미 계획된 연극이었다.

페슈마르 왕국을 제물로 삼아 대륙 전체를 전쟁으로 몰아넣기 위해서 네프카는 교황 살해범으로 온 대륙의 공적이 되어야 했다.

그것은 나인제로 몬스터즈의 두 번째 추락이었다. 물론 첫 번째 추락과는 비교도 할 수 없는 거대한 후폭풍을 예고하는 끔찍한 재앙의 시작이었다.

16장

죽음을 위한 전쟁

그곳에는 모두 열 개의 실험관이 일렬로 늘어서 있었다.

그중에 내용물이 차 있는 건 가운데 있는 네 개의 실험관뿐이었다. 실험관에 꽉 찬 검은색 액체 안쪽으로 아이들의 형상이 어렴풋이 보였다.

모두 열 살쯤 되었을까.

제온은 무표정한 얼굴로 그것을 바라보았다.

20초 정도의 간격으로 실험관 안에 무수한 기포가 올라왔다. 그럴 때면 눈을 감고 있는 아이들이 몸을 바르르 떨며 꿈틀거렸다.

웃는 것 같기도 하고 씩씩대고 있는 것 같기도 했다. 아무리 만들어진 생명이라 해도 그들은 인간이었다.

제온은 유리관에 갇힌 아이들의 모습에서 자신이 죽인 베타를 떠올렸다.

그때 자신이 조금만 더 냉정할 수 있었다면…….

"정말로 이런 게 가능할 줄이야."

뒤쪽에 서 있는 마그나스가 말했다. 데커는 어딘지 불편한 모습으로 마그나스를 힐끔거리며 설명했다.

"이것이 세타 프로젝트라네. 이미 실험체의 육성은 거의 끝났고, 지금은 세세한 조정 단계를 거치고 있을 뿐이지."

"다시 말하지만… 실험체라고 부르지 마."

제온은 데커를 노려보았다. 분노로 사람을 죽일 수 있다면 데커는 이미 심장이 멈춰 쓰러졌을 것이다.

데커는 살기등등한 제온의 시선을 피하며 사과했다.

"미안하네. 습관이 돼서 자꾸 실수를 하는군."

"그 습관, 빨리 고치지 않으면 큰일 나겠어."

마그나스가 혀를 차며 말했다. 데커는 헛기침을 하며 마그나스를 곁눈질했다.

"주의하도록 하지. 아무튼 세타, 그러니까 이 아이들은 알파와 베타의 문제점을 개선해서 만들었네. 물론 자네가 들으면 대단히 기분 나쁜 이야기긴 하네만……."

데커는 말끝을 흐리며 제온의 눈치를 살폈다. 제온은 작게 한숨을 내쉬며 말했다.

"기분은 이미 나빠졌어. 빨리 말이나 해."

"…알았네. 알파의 문제점은 아무런 동기도 주어지지 않고 실험 그 자체만을 위해 태어났다는 것이네. 덕분에 컨트롤을 하는 데 대단히 애를 먹었지. 그리고 베타는 제온 자네만을 지원하기 위해서 만들어졌지. 때문에 자네를 컨트롤할 수 없다면 아무짝에도 쓸모없는 존재였네."

"마이는 제온에게 쓸모 있어."

그러자 마이가 불쑥 끼어들었다. 그녀는 제온의 옆에 붙어 실험관 속의 아이들을 바라보고 있었다.

데커는 쓴웃음을 지으며 말했다.

"그야 물론 쓸모가 많겠지. 아무튼 우리는 완성품의 능력과는 아무런 상관도 없이 정작 실제로 쓰기도 힘든 것들만을 만들어온 셈이네. 그래서 세타에게는 아주 직접적인 목표를 심어줬네. 바로 초신수에 대한 증오를 말이지. 저 아이들은 초신수를 죽이기 위해서 수단과 방법을 가리지 않는 병기가 될 것으로 확신하고 있네."

"또 세뇌군."

"이제 와서 쓸데없이 변명하진 않겠네."

데커는 고개를 끄덕였다. 제온은 유리관 안에서 거품이 올라오는 것을 바라보며 물었다.

"여기 네 명이… 세타의 전부인가?"

"현재로선 그렇다네. 처음 세 번의 실험은 거부반응이 너무 심해 실패했고, 네 번째인 이번에 겨우 네 명이 거부반응을 뚫고 살아남았지."

"거부반응?"

"능력도 없이 목표만 주면 아무 의미가 없으니까. 이들은 그냥 인간이 아니라네. 정확히 말하자면… 뱀파이어지."

그때 실험관 속에 있던 아이가 얼굴을 찌푸리며 이빨을 드러냈다. 제온은 아이의 날카로운 송곳니를 바라보며 등줄기에 소름이 돋는 것을 느꼈다.

"설마 지금… 깨어 있는 건가?"

"안 깨어 있네. 물론 깨어 있다고 해도 바깥의 소리를 들을 수 없고."

"그런데 왜 저러지?"

"그냥 기본적인 감정의 반응이겠지. 지금 이 순간에도 저 아이들은 머릿속에서 영상을 보고 있으니까."

"영상?"

"꿈… 이라고 하면 이해하기 쉬울까?"

데커는 어깨를 으쓱이며 말했다.

"자네 말대로 세뇌 중이네. 초신수에 대한 증오를 키우기 위해 끊임없이 같은 꿈을 꾸게 하고 있지."

"진짜 끔찍하네. 당신들 모두 제정신이 아니야."

마그나스가 한마디 끼어들며 고개를 저었다. 데커는 계속해서 마그나스를 힐끔거리며 말했다.

"자네 말이 맞네. 어쩌면 우리 모두 이미 미쳐 있는지도 모르지."

"미쳐도 단단히 미친 거지. 그런데 데커 씨, 왜 아까부터 자꾸 날 흘겨보는 거야?"

마그나스는 불쾌한 표정으로 물었다. 데커는 잠시 머뭇거리다 이내 한숨을 내쉬었다.

"별거 아니네. 그저 나인제로 몬스터즈의 마그나스 그람벨이 이런 모습을 하고 있을 줄은……."

"이런 모습이 어때서? 여장한 남자 처음 봐?"

마그나스는 한쪽 허리에 손을 짚고 당당하게 골반을 내밀었다. 데커는 대단히 부담스러운 표정으로 고개를 저으며 말했다.

"아니… 처음 보는 게 아니라서 그렇지."

"응? 뭐라고?"

"내가 살던… 그러니까 자네들이 고대라고 부르는 천 년 전의 세상에는 자네처럼 이상한 꼴을 하고 다니는 인간이 아주 많았네."

"오, 그건 좀 재밌겠는데?"

"사회적으로 성의 문란과 정체성의 혼란이 극에 달하던 시기였네. 물론 모든 게 개인의 자유이긴 하네만 개인적으로는 그런 것들이 싫었네. 아주 못마땅했지. 어쩌면 그런 꼴을 보기 싫어서 실험실에 처박혀 살았는지도 모르겠네. 자네 같은 인간들이 지금의 날 만들었다고 해도 과언이 아니지."

"과연… 인간을 만들어 세뇌하는 사람다운 말이네. 대단히 감동적이야."

마그나스는 빈정거리듯 박수를 쳤다. 데커는 눈살을 찌푸리며 고개를 저었다.

"아무리 동성연애가 선천적인 요인이 강하다는 것으로 밝혀졌다 해도… 난 자네 같은 사람들에게 혐오감을 느끼네. 가급적 가까이 오지 말아줬으면 좋겠군."

"이봐! 무슨 헛소리야! 난 여자를 좋아한다구!"

마그나스가 발끈하며 소리쳤다. 데커는 이해할 수 없다는 표정으로 말했다.

"뭐라고? 그런데 왜 그런 꼴을 하고 있는 거지?"

"이건 그냥 내가 좋아서 하는 거야! 정확히는 아버지에 대한 반항과 아름다움에 대한 동경이 결합된 결과일 뿐이라고! 예전부터 여장을 하는 건 영웅 아니면 변태라고 정해져 있다는 거 몰라?"

"그러니까… 변태라는 건가?"

"정확히 봤어."

마그나스는 웃으며 고개를 끄덕였다. 데커는 즉시 한 발 더 물러나며 제온을 향해 고개를 돌렸다.

"자네 친구는 머리 쪽에 좀 문제가 있는 것 같군. 정말로 괜찮은 건가?"

"쓸데없는 걱정이다. 당신보다는 훨씬 정상이니까."

제온은 분위기에 휩쓸리지 않고 데커를 노려보았다.

"부작용이란 건 인간을 뱀파이어로 만드는 데서 오는 부작용을 말하는 건가?"

"그러네. 우리에겐 불리스 합중국의 언데드 기술도 남아 있으니까."

"뱀파이어의 피라도 남아 있는 건가?"

"우린 그런 식으로 하지 않네. 물론 바깥 세상에 살아남은 뱀파이어들은 자신의 피를 통해 동족을 늘리는 것 같네만……."

"아무래도 상관없어. 그런데 어째서 세타를 뱀파이어로 만든 거지?"

"그야 안정적으로 강력한 마력을 가질 수 있기 때문이네."

데커는 실험체들이 들어 있는 유리관을 향해 다가가며 말했다.

"뱀파이어는 기본적으로 마력에 대해 높은 반응성을 가지고 있네. 자네도 직접 상대해 봤을 테니 잘 알고 있겠지. 비록 속성이 한정되는 문제점이 있네만… 아무튼 양산이 가능해진다면 무엇보다 강력한 군대가 될 거라고 생각하네."

"물론 강하겠지."

제온은 자신과 지긋지긋한 악연으로 묶인 뱀파이어의 여

왕을 떠올렸다. 그리고는 자신의 소매를 꼭 붙잡고 있는 마이를 내려다보았다.

"괜찮아, 마이? 안색이 나빠 보이는데."

"마이는… 괜찮아."

마이는 고개를 저으며 말했다.

"그보다 마이는 제온이 걱정돼."

"나? 왜?"

"아까부터 표정이 굳어 있어. 혹시 제온은……."

마이는 검은 액체가 부글거리는 유리관에 손바닥을 대며 말했다.

"이 아이들을 죽이고 싶은 거 아냐?"

"그런……."

"마이는 제온이 안 그랬으면 좋겠어."

"난 이 아이들의 도움 없이도 아프레온을 잡을 수 있어."

"아니, 그런 게 아니야."

마이는 눈을 깜빡이며 고개를 저었다.

"이 아이들을 죽이면 제온은 나중에 다시 괴로워할 거야. 알바스의 실험실을 떠났을 때도 그랬어. 며칠 동안이나 잠도 제대로 못 자고 겨우 잠들어도 악몽에 시달렸잖아. 마이는 그런 건 좋지 않다고 생각해. 그러니까 마이는 제온이 저 아이들을 죽이지 않았으면 좋겠어."

"마이……."

제온은 몸을 숙여 마이와 눈높이를 맞췄다. 그녀의 마음속에는 자신을 걱정하는 마음만이 가득 들어 있을 뿐이다.

"걱정 마. 안 죽여."

제온은 마이의 머리를 쓰다듬으며 말했다. 그리고는 다시 몸을 일으켜 데커를 돌아보았다.

"지금부터 묻는 말에 사실대로 대답해라."

"난 언제나 사실만 말해왔네."

"이 아이들, 세타는 아직 조정 중이라고 했지?"

"그러네."

"그럼 지금이라도 세뇌를 멈추고 원래대로 돌릴 수 있나?"

"……."

데커는 한참 동안 고민하다 겨우 대답했다.

"…어느 정도는 가능하네."

"어느 정도라는 게 정확히 어디까지를 말하는 거지?"

"자네가 말하는 세뇌라는 것 자체는 풀 수 있네. 다만… 후유증은 남을 거야."

"후유증?"

"머릿속에 강력한 의지가 심어져 있는데 정작 그 대상이 사라져 텅 비게 되는 셈이니까. 무의식중으로 무언가를 증오하거나 강한 파괴 충동에 시달릴 가능성이 있네."

"…그래도 좋아."

제온은 바닥을 내려다보며 말했다.

"나도 그랬으니까. 하지만 참을 수 있었어."

"하지만 저 아이들은… 자네처럼 인간이 아니네."

"뱀파이어라도 마찬가지야. 만약 저 아이들이 뱀파이어로서 살고 싶다면… 내가 그들의 세계로 데려다 주도록 하지."

"하지만 그래선 무슨 소용인가?"

"아무 소용없지. 하지만 상관없어."

제온은 눈을 들어 데커를 노려보며 말했다.

"당신이 한 가지를 약속한다면 나도 한 가지를 약속하겠다. 저 아이들의 세뇌를 풀고 다시는 인간을 만들지 마라."

"…그러면?"

"그러면 내가 초신수를 죽이도록 하지. 아프레온뿐만 아니라 모든 초신수를 말이야."

—여기까지야. 클로시아. 난 그만 돌아갈게.

—하지만 블랙빈…….

—둘 다 죽을 필요는 없어. 넌 어떻게든 이 사실을 알려.

—알리라니, 누구한테?

—글쎄? 네가 좋아하던 그 영웅들이라든가?

—그게 대체 무슨…….

—어떻게든 잘해봐. 그 사람들이라면 잘못된 걸 바로잡아

줄 수도 있겠지.

"블랙빈……."

클로시아는 블랙빈과의 마지막 대화를 떠올리며 입술을 깨물었다.

그와 헤어진 것도 벌써 열흘 전의 일이다. 블랙빈은 클로시아를 최대한 먼 곳으로 데려다 준 다음 다시 그 악몽 같은 연구실로 돌아가 버렸다.

대체 어디서부터 잘못된 걸까.

클로시아는 멀리 보이는 마을을 향해 힘겨운 걸음을 옮겼다. 제스터 섬에서의 대패로부터 지금까지 벌어진 모든 일은 도무지 믿을 수 없는 악몽의 연속이었다.

클로시아는 렘파를 도와 생존자를 수습해 가까스로 육지로 돌아왔다. 육지에서 그들을 기다리고 있는 것은 추기경 다리우스의 호출이었다. 아직 토벌단의 패전을 알리지도 않은 상황에서 다리우스는 토벌단에 속한 모든 집행관에게 자신이 있는 곳으로 집결할 것을 명령한 것이다.

살아남은 집행관들은 모두 끔찍한 패전의 충격에서 허우적거리고 있었다. 특히 대집행관인 체리오트는 라시드의 눈을 탈취당했다는 충격에 정신이 반쯤 나간 상태였다,

렘파는 패전의 책임을 뒤집어쓸 각오로 집행관들을 통솔해 다리우스가 있는 곳을 향했다. 그러나 그들이 향한 곳은

교황청이 아니었다. 집행관들은 다리우스가 보낸 전령을 따라 서쪽의 알바스 산맥을 향해 날아가야 했다.

레비테이션 마법을 쓰지 못하는 클로시아는 블랙빈의 도움을 받아 먼 거리를 이동했다. 모두들 정신적으로 궁지에 몰려 시키는 대로 따라갈 뿐이었다. 하지만 클로시아만큼은 어째서 다리우스가 알바스 산맥에 있는지, 그리고 어째서 자신들을 그곳으로 오라 하는지에 대해 고민했다.

하지만 아무리 생각해도 답은 나오지 않았다. 알바스 산맥은 아무것도 없는 곳이었다. 과거 아프레온이 몇 차례 나타났다는 목격담이 있어 신수교단의 성지처럼 여겨지고 있지만, 실제로는 확인되지 않은 불분명한 소문일 뿐이었다.

알바스 산맥에 도착한 전령은 집행관들을 정체불명의 지하 통로로 안내했다. 모두들 이런 고원에 이런 거대한 구조물이 있다는 사실에 놀랐지만, 정신적으로 힘겨운 상태라 별다른 반응을 보이지 않았다.

오직 클로시아만이 마음속으로 몇 가지 사실을 떠올리며 연결시켰다. 아프레온이 레스톤 왕국에 출현해 초신수의 축복을 일으킨 이후 아내를 잃은 제온이 바로 이 알바스 산맥 근처에서 목격되었다는 기억을 떠올린 것이다.

'이 장소는 제온님과 관련이 있는 걸까? 혹시 나인제로 몬스터즈들만 알고 있는 비밀기지라든가……'

그러나 클로시아가 생각을 정리하기도 전에 상황이 급박

하게 돌아갔다. 집행관들이 거대한 돔 모양의 공간에 도착하자 미리 그곳에서 기다리고 있던 다리우스가 정신을 차릴 새도 없이 집행관들을 협박하기 시작했다.

─너희들이 이단자를 제거하지 못하고 오히려 대패를 당했다는 사실은 이미 알고 있다.
─이는 신수교단의 명예를 더럽힌 돌이킬 수 없는 사건이다.
─대체 이 망신스러운 일을 어떻게 감당할 것인가?

그러자 렌파가 앞으로 나서 자신이 모든 책임을 지겠다고 했다. 클로시아는 눈을 질끈 감았다. 이제 와서 렌파의 결심을 뒤로 무를 수는 없었다.
집행관에서 강등되어 일개 전투신관이 될 것인가?
혹은 죄인을 가두는 교황청의 지하 감옥에 유폐될 것인가?
아니면 모두를 대신해 죽음으로?
오만가지 상상이 클로시아의 머릿속을 어지럽혔다. 그러나 다리우스가 내민 조건은 뜻밖의 것이었다.

─물론 당연히 책임을 져야 한다.
─그러나 너희들은 앞으로도 계속 싸워야 한다. 이단자가 살아 있는 이상.

─그러므로 난 너희들에게 새로운 힘을 주려고 한다.

─단, 이 새로운 힘에는 강한 부작용이 따른다.

렌파는 부작용 같은 것은 아무래도 상관없다고 말했다. 다리우스는 쾌활하게 웃으며 돔 모양의 방에 수도 없이 늘어서 있는 속박구에 렌파를 묶었다.

그리고 천장에서부터 길게 이어진 쇠사슬 두 개를 양손으로 잡았다. 쇠사슬 끝에는 바늘이 달려 있었고, 다리우스는 그 바늘을 렌파의 양팔에 가차없이 꽂았다.

그리고 비명이 이어졌다.

시작은 렌파의 비명이었다.

바늘이 꽂힌 렌파의 양팔 혈관과 근육이 부풀어 오르기 시작했다. 렌파는 눈을 뒤집으며 경련을 일으켰다. 하지만 바늘과 그의 몸은 마력으로 연결되어 절대 떨어지지 않았다.

이윽고 징그러운 부작용은 렌파의 양팔을 타고 올라 온몸으로 퍼지기 시작했다. 그것이 얼굴까지 뒤덮었을 때, 클로시아가 비명을 지르며 앞으로 달려갔다.

그러자 두 명의 남자가 번개같이 달려와 클로시아를 붙잡았다. 클로시아는 자신을 잡은 남자들의 모습을 보고 다시 비명을 질렀다. 그들 역시 지금의 렌파와 마찬가지로 온몸이 흉하게 부풀어 올라 있었다.

그것은 더 이상 인간이라 부를 수 없는 괴물이었다.

클로시아는 몸부림치며 계속 비명을 질렀다. 그러자 블랙빈이 자신의 성법기인 크래시 해머를 뽑아 들고 괴물의 머리를 후려쳤다.

동시에 몇 명의 집행관이 블랙빈을 도와 괴물을 공격했다. 그러자 다리우스가 분노한 얼굴로 소리쳤다.

—너희들! 모두 이단으로 떨어지고 싶은 거냐!

동시에 안쪽으로부터 또 다른 괴물들이 몰려나왔다. 평범한 인간도 더러 있었지만 모두 신관이 아니라 다리우스의 개인적인 친위대였다.

적들은 순식간에 집행관들을 포위했다. 두 명의 집행관이 양손을 들고 항복의 뜻을 전했고, 나머지는 전력을 다해 괴물과 전투를 시작했다.

당연히 전투는 중과부적이었다. 괴물로 변한 인간들은 하나같이 강력했다. 높은 마력은 물론이고 체력과 내구력까지 인간의 한계를 초월한 상태였다.

가까스로 빈틈을 만든 블랙빈이 클로시아를 껴안고 그곳을 탈출했다. 추격자가 따라붙으며 공격 마법을 쏟아부었지만, 클로시아가 만든 역장에 모두 막히며 무사히 따돌릴 수 있었다.

하지만 이켈 지방의 어느 폐가에 도착했을 때, 블랙빈은 클로시아를 내려놓고 다시 뒤로 돌아갔다.

렌파를 구하거나, 아니면 돌이킬 수 없게 된 그의 숨을 끊어주기 위해서.

하지만 진실은 추적자를 막고 시간을 벌기 위함이었다. 클로시아는 홀로 서쪽으로 날아가는 블랙빈을 막을 수 없었다. 그녀에게 남은 것은 계속해서 도망치는 것뿐이었다.

클로시아는 남쪽을 향해 하염없이 걸었다.

그렇게 8일이 지났다.

그리고 지금 그녀의 눈에 보이는 것은 매직 아카데미의 자치구였다. 외부인의 출입이 제한된 아카데미가 학생들을 찾아오는 가족들을 위해 만든 마을이었고, 대부분의 건물이 여관과 식당으로 이루어져 있었다.

"도착했다……."

클로시아는 비틀거리는 걸음으로 마을을 향해 계속 걸었다. 나인제로 몬스터즈의 추종자인 그녀에게 있어 이 마을은 일종의 성지와도 같은 장소였다. 매직 아카데미에 재학하던 당시, 다섯 명의 소년소녀가 이 마을로 빠져나와 벌인 다양한 사건 사고들의 이야기를 생생하게 들을 수 있었기 때문이다.

"여긴가? 아니, 여긴 아니고……."

마을에 도착한 클로시아는 가물거리는 눈으로 여관을 찾

기 시작했다. 수많은 건물 중에 그녀가 찾는 것은 단 하나의 특별한 여관이었다.

검은 골렘 여관.

이름부터 범상치 않은 그 여관은 마을에서도 골목 사이사이로 깊숙이 들어간 은밀한 위치에 자리 잡고 있었다. 거리로 따지면 높은 담벼락에 둘러싸인 매직 아카데미와 상당히 가까운 곳이었다.

"……."

마침 골목 근처에 사람들이 지나가는 바람에 클로시아는 뒤집어쓰고 있던 망토로 얼굴을 가렸다. 물론 신수교단의 정보력을 생각하면 결국 그녀의 행적이 밝혀질 것은 뻔했다. 그녀로서는 그저 조금이라도 사람들 눈에 덜 띄기 위해 노력하는 수밖에 없었다.

"어서 오십시오, 손님. 방이 필요하십니까?"

40살쯤 되어 보이는 검은 수염의 남자가 카운터에서 인사를 건넸다. 클로시아는 당장에라도 쓰러져 기절할 것 같은 몸으로 힘겹게 카운터를 향해 걸어갔다.

"네, 방 하나… 주세요."

"선불로 은화 세 개입니다. 기본이 일박이고, 하루씩 추가로 계실 때마다 은화 두 개를 더 내셔야 합니다."

클로시아는 품속에서 동전이 들어 있는 주머니를 꺼내 들었다. 그것은 알바스 산맥으로 떠나기 전에 렌파가 그녀에게 맡긴 주머니였다. 안쪽에는 족히 1년은 도망 다닐 수 있는 거금이 들어 있었다.

말하자면 렌파가 남긴 마지막 유품인 셈이다. 클로시아는 떨리는 손으로 금화 하나를 꺼내 내밀며 더듬거렸다.

"수, 숙박비는 이걸로……."

"금화요? 이건 좀 곤란한데……."

금화 한 개는 은화 백 개의 가치가 있었다. 거스름돈을 주는 것만으로도 한 세월이고, 거기에 진짜 금화인지를 가려내기 위해 확인해야 하는 절차도 대단히 귀찮은 일이었다.

"그건 진짜 금화… 입니다. 신수교단이 보장하는… 아, 아니, 신수교단이 아니라……."

클로시아는 너무 섣불리 신수교단의 이름을 들먹였다는 생각에 긴장했다. 하지만 지금은 그런 것보다도 그녀의 의식이 빠르게 흐려지고 있다는 것이 문제였다.

"그러니까… 아무튼 확실해요. 그보다도… 여기가 검은 골렘 여관… 그런 이야기를 많이 들었어요. 그러니까 비밀이긴 한데… 아니, 물론 비밀이겠지만 그래도 지금은 너무 급한 상황이라……."

클로시아는 힘겨운 눈으로 여관 주인을 바라보며 횡설수설했다. 눈이 자꾸 감겨서 당장 여관 주인이 어떤 표정을 짓고 있는지조차 정확히 구분할 수 없었다.

"전에 들었어요. 총장님… 그러니까 샤리님… 여기가 종종

이용하는 데라고… 아니, 샤리님께 직접 들은 이야기는 아니고… 그러니까요… 그게… 여러 가지로 제가 따로 모은 정보긴 한데… 그런데 전에 샤리님과 이야기했을 때도 비슷한 이야기를 하셨고……."

"저… 손님?"

"죄송해요. 정말 중요한 일이라… 꼭 좀 전해주세요. 제가 만나봐야 한다고… 물론 여기가 아니라면… 제가 무슨 이야기하는지도 모르시겠지만… 그래도 아마 맞을 테니까……."

클로시아는 거기까지 말하고는 카운터를 부여잡고 축 늘어졌다. 여관 주인은 바닥으로 미끄러지듯 쓰러지는 클로시아를 보며 깜짝 놀라 카운터 너머로 뛰어나왔다.

"손님! 괜찮으십니까? 손님?"

여관 주인은 클로시아의 몸을 부축하고 흔들었다. 그러나 그녀는 지난 9일 동안 제대로 먹지도 자지도 못한 채 거친 길을 뚫고 이곳까지 걸어온 상태였다. 한번 끊어진 의식을 곧바로 회복하는 것은 불가능한 일이었다.

"이거 답답한데……."

여관 주인은 곤란하다는 얼굴로 뒷머리를 긁었다. 어쨌든 기절한 여자를 이대로 놔둘 수는 없는 노릇이기에 일단 카운터 안쪽 방에 있는 아내를 불러 클로시아를 방 안으로 옮기기 시작했다.

"으……."

클로시아는 타는 듯한 갈증을 느끼며 정신을 차렸다. 가장 먼저 보인 것은 의자에 앉아 있는 단발머리의 여자였다.

"정신이 드셨군요."

여자는 곧바로 의자에서 일어나 침대에 누워 있는 클로시아에게 다가왔다. 클로시아는 여자의 이름을 말하려 했지만, 목이 꽉 막힌 것처럼 아프고 간지러워 기침만 나왔다.

"콜록콜록! 으……."

"진정하세요. 몸이 많이 약해졌으니까."

여자는 클로시아를 부축해 허리를 일으키게 한 다음, 침대 옆의 테이블에 놓인 물컵을 들어 내밀었다.

"우선 따뜻한 물부터 드세요. 자, 여기……."

클로시아는 작게 고개를 끄덕인 다음 물컵을 받았다. 그녀는 너무 목이 말랐기 때문에 내용물을 확인할 것도 없이 입으로 가져가 마시기 시작했다.

"후우……."

전부 마시자 긴 한숨이 새어 나왔다. 여자는 나무로 된 주전자를 들어 클로시아의 빈 잔을 다시 채우며 말했다.

"진정 작용이 있는 약초를 끓인 물이에요. 맛이 좀 쓰지만 꿀을 섞어서 괜찮을 거예요."

"감사… 합니다."

클로시아는 겨우 목이 풀리는 것을 느끼며 여자를 바라보았다. 그녀는 바로 자신이 애타게 찾던 인물, 바로 매직 아카데미의 학장인 샤리였다.

"다시 뵙게 되어… 영광입니다, 학장님."

클로시아는 샤리를 향해 고개를 숙이며 말했다. 그러자 샤리도 빙긋 웃으며 공손하게 고개를 숙여 보였다.

"저도 반갑습니다, 클로시아 신관님. 우리 몇 년 전에 아카데미에서 만난 적이 있죠?"

"네, 기억하고 계셨군요."

클로시아는 감격한 얼굴로 고개를 끄덕였다. 샤리는 클로시아의 목소리가 많이 갈라진 것을 느끼며 그녀에게 다가가말했다.

"물론 기억하고 있습니다. 지금까지 만난 신관 중에서 당신처럼 호의적인 분은 없었으니까요. 그런데 잠시만 입을 벌려주시지 않겠어요?"

"네? 입이요? 콜록⋯⋯."

클로시아는 기침이 나와 고개를 돌렸다. 샤리는 고개를 끄덕이며 말했다,

"잠시 목 상태를 확인하고 싶어서요. 가능한 한 크게 벌려주시면 좋겠네요."

"아, 네."

클로시아는 순순히 입을 벌렸다. 샤리는 손가락 끝에 작은

불꽃을 만들어 빛을 비추며 샤리의 목 상태를 확인했다.

"음, 염증이 좀 심하네요. 그래도 잘 먹고 푹 쉬면 금방 괜찮아질 거에요."

"염려해 주셔서 감사합니다. 그런데 지금은 푹 쉴 때가… 콜록콜록!"

갑자기 흥분해서 그런지 강한 기침이 연속으로 몰려왔다. 샤리는 몸을 숙인 채 기침을 하는 클로시아의 등을 쓰다듬어 주며 말했다.

"괜찮으니까 천천히 말씀하세요. 신관님이 무언가 중요한 문제가 있어서 절 찾아왔다는 건 알고 있습니다."

"저, 정말인가요?"

"이래 봬도 매직 아카데미의 학장이니까요. 가만히 앉아 있어도 온갖 소문이 제 귀로 들어온답니다. 그러니까……."

샤리는 잠시 뜸을 들이다 물었다.

"알바스 산맥에서 무슨 일이 있었던 건지 설명해 주실 수 있나요?"

"아……."

클로시아는 겨우 고개를 들어 샤리를 바라보았다. 샤리는 말없이 손수건을 꺼내 그녀에게 내밀었다. 클로시아의 얼굴은 계속된 기침으로 눈물과 콧물에 엉망이 된 상태였다.

"죄송… 아니, 감사합니다."

클로시아는 손수건으로 얼굴을 닦은 다음 말했다.

"하지만 알바스 산맥이라니… 이미 소문이 거기까지 퍼진 건가요?"

"자세한 내막은 모릅니다. 제가 알고 있는 것은 대패를 당한 이단토벌단의 간부들이 어째서인지 알바스 산맥 쪽으로 이동했고, 며칠 후에 몇 명의 집행관에게 이단 혐의로 지명수배가 내려졌다는 것입니다."

"그런……."

"물론 그중에는 2급 집행관인 클로시아 당신의 이름도 들어 있습니다."

샤리는 허리를 바짝 세운 자세로 앉으며 물었다.

"그러니까 말씀해 주세요. 알바스 산맥에서 무슨 일이 벌어진 건가요? 그리고 신관님은 어째서 저를 찾아 여기까지 오신 건가요?"

"그러니까……."

샤리는 말을 흐리며 생각에 잠겼다. 막상 털어놓으려니 어디서부터 말해야 할지 말문이 막혔다.

"저는… 학장님을 믿어요."

클로시아는 한참 만에 침통한 얼굴로 입을 열었다.

"제가 좋아하고 존경하는 분이니까요. 물론 나인제로 몬스터즈의 모두를 그렇게 생각하지만……."

"그중에서도 제온을 특히 좋아하셨죠."

샤리는 웃으며 말했다. 클로시아는 눈을 크게 뜨며 깜빡였다.

"네, 네? 그걸 어떻게……."

"그걸 모를 리가 있나요? 전에 만나서 이야기할 때 80%는 제온에 대한 것만 물어보고 이야기했는데. 기억나지 않으세요?"

"아……."

"그런데도 토벌단에 뽑혀서 제온과 싸워야 했으니 정말 힘드셨겠네요. 무사히 돌아오셔서 다행입니다."

"가, 감사합니다."

클로시아는 고개를 숙이며 빨갛게 된 얼굴을 감췄다. 하지만 지금은 그런 데 신경 쓸 때가 아니었기 때문에 그녀는 이내 숨을 크게 들이마시며 고개를 들었다.

"아무튼 제가 믿을 수 있는 분은, 이런 말씀을 드릴 수 있는 분은 학장님뿐이었어요. 그래서 여기로 달려온 거예요."

"절 믿어주셔서 감사합니다. 지금 이곳은 안전하니 차분하게 설명해 주세요."

"추기경님이……."

클로시아는 눈을 질끈 감으며 괴로운 표정을 지었다.

"…추기경이 미쳤어요."

"네?"

샤리는 순간 당황한 얼굴로 물었다.

"추기경이라면… 다리우스 추기경을 말하는 거겠죠?"

클로시아는 고개를 끄덕였다. 그리고 알바스 산맥에 있는 정체불명의 시설에서 벌어진 일을 모두 설명했다.

"과연… 그렇게 된 거였군요."

설명을 모두 들은 샤리는 납득한 얼굴로 고개를 끄덕였다. 물론 샤리는 그녀가 말한 정체불명의 시설이 무엇을 말하는지 정확히 알고 있었다. 다리우스는 알파에게 마력을 주입하기 위해, 그리고 제온의 공격으로 쑥밭이 되지 않았다면 베타에게도 사용되었을 마력 주입기를 자신의 부하들에게 사용하기 시작한 것이다.

'데커 아저씨도 뒤처리가 영 깔끔하지 않아. 연구실을 폐쇄할 거라면 거기 있는 서류뿐만 아니라 실험구도 같이 파괴했어야지.'

샤리는 자신의 긴 장갑 안에 감춰진 보기 흉한 피부를 떠올렸다. 그것은 알파나 베타처럼 특수 처리된 클론이 아닌, 평범한 인간이 강제로 마력 주입을 당하면 생기는 부작용이었다.

그녀는 약 5초 만에 멈췄는데도 그 지경이 되었다. 만약 마력 주입을 끝까지 한다면 클로시아의 말대로 인간이 괴물로 바뀌는 것도 전혀 이상하지 않은 일이었다.

'하지만 변이가 뇌까지 오면 정상적으로 활동하기 힘들지 않을까? 네프카가 보낸 밀서에 의하면 그렇게 만들어진 괴물이 다리우스의 명령에 충실히 따랐다고 하는데… 큰일이야. 나도 어떻게 된 건지 모르겠어. 어떻게든 빨리 데커 아저씨한 테 연락을 해야…….'

"저, 학장님?"

클로시아는 걱정스런 얼굴로 샤리를 보았다. 한참 동안 생각에 빠져 있던 샤리는 가볍게 헛기침을 한 다음 클로시아의 손을 붙잡았다.

"아무튼 힘든 일을 겪으셨네요, 클로시아 신관님."

"아… 네."

"신관님이 가장 먼저 저를 찾아 달려와 주신 게 얼마나 다행스러운 일인지 모릅니다. 사실 저도 지금 여러 가지로 복잡한 상황에 놓여 있었거든요."

"복잡한 상황이라뇨?"

"신관님은 지난 열흘 동안 사람의 눈을 피해 도망 다니셨을 테니 사흘 전에 교황청에서 무슨 일이 벌어졌는지 모르고 계시겠죠."

클로시아는 불안한 얼굴로 고개를 끄덕였다. 샤리는 심각한 표정으로 설명했다.

"바로 사흘 전에 폐슈마르 왕국의 국왕이신 네프카 폐하께서 직접 교황청을 찾으셨어요. 비공식적인 방문으로, 목적은 신수교단이 개발한 '태양의 망토' 라는 성법기를 전달 받기 위해서였습니다. 하지만 태양의 망토는 가짜였고, 함정에 빠진 폐하께서는 심각한 부상을 입고 가까스로 본국으로 몸을 피해 돌아가셨습니다."

"아……."

"하지만 신수교단은 전혀 다른 사실을 전 대륙에 공표했습니다. 태양의 망토를 건네주기 위해 가벼운 교섭을 진행하던 중에 교섭이 잘 안 풀린 폐하께서 흥분을 참지 못하고 신관들을 공격하기 시작했고, 심지어 병환 중이신 교황 예하를 공격해 살해했다고 말이죠."

"…네?"

클로시아는 떡 벌어진 입을 다물지 못했다.

"예하께서… 돌아가셨다고요?"

샤리는 길게 한숨을 내쉬며 고개를 끄덕였다.

"그렇습니다. 물론 네프카 폐하께서 그런 짓을 저지를 일은 만의 하나도 없기 때문에 신수교단이 함정을 파고 모든 죄를 폐하께 뒤집어씌운 거라고 볼 수 있죠."

"그런……."

클로시아는 어이없는 표정으로 고개를 숙였다. 교황은 신수교단에 속한 모두의 정신적인 지주였다. 비록 그녀가 신관에 걸맞은 신앙을 가지고 있지 않다 해도 교황에 대한 존경만큼은 다른 누구와 비교해도 결코 약하지 않았다.

"그분은… 예하께서는 정말 좋은 분이셨어요. 비록 오랫동안 병환에 누워 계셨지만……."

"저 역시 그랜트 3세 예하의 서거에 깊은 슬픔을 느끼고 있습니다. 하지만 지금은 보다 현실적인 문제에 눈을 돌려야 합니다."

"현실적인 문제라니……."

"지금 전 대륙은 미증유의 대전을 목전에 두고 있습니다."

샤리는 심각한 얼굴로 말했다.

"알타 왕국과 타로스 왕국은 이미 페슈마르 왕국에 전쟁을 선포했습니다. 레스톤 왕국 역시 경고장을 보내 네프카 폐하께서 공식석상에 출두해 진실을 밝히고 죗값을 치르지 않는다면 전쟁도 불사하겠다는 뜻을 밝혔고요."

"그런……."

"저희 아카데미는 기본적으로 중립이라 이 사건에 끼어들 수 없습니다만, 저는 개인적으로 친구로서 폐하께서 절대로 그런 짓을 저지르지 않을 사람이라는 것을 확신하고 있습니다. 무엇보다 그분은 페슈마르 왕국의 전 국민의 안녕을 어깨 위에 짊어지고 계시니까요. 더욱이 당장 며칠 후면 신수 파이파와의 대결이 기다리고 있는 상황입니다. 신관님께서는 그런 상황에서 폐하께서 그런 일을 저지를 수 있을 거라고 생각하시나요?"

"아, 아니요."

클로시아는 당황한 얼굴로 고개를 저었다.

"그럴 리가 없어요. 네프카님… 아니, 페슈마르의 국왕 폐하께서는 이 세상에 있는 그 어떤 인간보다 신중하신 분이니까요. 그분은 자신의 행도에 결코 사심을 섞지 않는 분이세요."

"말씀대로입니다. 정확히 알고 계시네요."

샤리는 희미하게 웃으며 말했다.

"이건 필시 다리우스 추기경의 계략입니다. 폐하께 받은 밀서에 따르면 추기경은 자신이 직접 신이 되기 위해서 수백만의 인간을 죽이려 하고 있는 것 같습니다."

"네? 아, 아니, 잠시만요."

클로시아는 어이없다는 표정으로 물었다.

"어떻게 하면 수백만 명의 인간을 죽이는 게 추기경이 신으로 되는 일과 연결되는 건가요?"

"저도 거기까지는 모르겠습니다. 워낙 다급한 상황이었는지 폐하께서 보낸 밀서에는 거기까지는 설명되어 있지 않았으니까요."

"대체 무슨 일이 벌어지고 있는 건지……."

"대단히 심각한 일이 벌어지고 있다는 것만큼은 확실합니다. 마족의 공격을 받기 시작한 이래로 인간은 서로 전쟁을 벌이지 않았습니다만……."

샤리는 힘없이 웃으며 말했다.

"이번만큼은 그냥 넘어가기 힘들지도 모르겠네요."

"하지만 말씀하신 대로 마족이 있는데… 우리끼리 싸우기

시작하면 금방 다시 침략을 시작할 게 뻔하지 않나요? 아무리 제3차 마도대전에서 대패를 당했다 해도…….'

"어쩔 수 없습니다. 명분이 너무 강력하니까요."

샤리는 한숨을 내쉬었다. 클로시아는 그런 샤리를 잠시 바라보다 물었다.

"샤리님은… 어떻게 할 생각이신가요?"

"저야 물론 전쟁을 멈추기 위해 노력할 생각입니다만, 지금은 무턱대고 멈추는 것보다 최소한의 피해로 전쟁을 끝내는 방법을 궁리하는 편이 좋을 것 같습니다."

"전쟁을 끝내는 방법이라니…….'

"아직 결정된 건 아무것도 없습니다. 물론 시간이 없기 때문에 빠른 시일 내에 결정을 내려야겠지요. 그런데 신관님이야말로 앞으로 어떻게 할 생각이신가요?"

"저는…….'

클로시아는 고개를 숙이며 착잡한 표정을 지었다. 그녀의 목표는 오직 다리우스가 폭주하고 있다는 사실을 샤리에게 알리는 것뿐이었다.

그리그 그 목표를 달성한 지금 그녀는 성취감과 허탈감을 동시에 느끼고 있었다. 사실상 그녀의 고생은 헛수고나 다름없었다. 다리우스는 이미 자신의 목적을 위해 전 대륙을 전쟁의 소용돌이로 몰아넣었다. 그런 거대한 재앙 앞에서 집행관들을 괴물로 만든 것 정도는 이미 사소한 문제에 지나지 않은 것이다.

"모르겠어요. 이미 제가 뭘 할 수 있는 상황도 아닌 것 같고, 어이없이 괴물이 된 렌파님이나… 다른 집행관들의 복수 같은 건 더 아무 의미도 없는 것 같아요."

그러자 샤리가 클로시아의 손을 붙잡으며 말했다.

"세상에 의미 없는 일 따위는 아무것도 없습니다."

"총장님……."

"샤리라고 부르세요. 신관님이 진심으로 복수를 원한다면 그것은 어떤 형태로든 간에 반드시 결실을 맺어야 합니다. 물론 제온처럼 너무 심각하게 민폐를 끼치는 방식은 좀 피하는 게 좋겠지만요."

"확실히 그분은… 주위에 어마어마한 민폐를 끼치고 계시긴 해요."

클로시아는 마요르와 제스터 섬에서 벌어진 전투를 떠올리며 쓴웃음을 지었다. 그러나 제온에 대한 자신의 동경을 고려하지 않더라도 지금에 와서는 그의 파멸적인 행동이 오히려 다리우스의 음모를 저지하고 있는 게 아닐까 하는 생각이 들었다.

클로시아는 인간을 초월한 듯한 제온의 모습을 떠올리며 물었다.

"제온님이라면 이 모든 문제를 해결하실 수 있을까요?"

"무리예요. 그 녀석은 지금 머릿속에 복수밖에 없는 것 같아요."

샤리는 어깨를 으쓱이며 말했다.

"하지만 지금 제온이 필요한 것도 사실이에요. 제가 생각하는 것을 현실로 이루기 위해서는……."

"혹시 지금 제온님이 어디 계신지 아시나요?"

"몰라요. 하지만 아마도 사막을 향하고 있을 것 같네요."

"사막이요?"

샤리는 말없이 고개를 끄덕였다. 제온이 알바스 연구소에 있는 문서를 모조리 읽었다면 살바스 수도회의 본거지가 어디에 있는지 충분히 유추할 수 있을 것이다.

'사실은 마지막 세대의 마지막 연구소지만 아무튼 큰일이야. 연구소의 전력으로는 제온을 막을 수 없어. 급하게 만든 고무 골렘 따위로는 시간 끄는 것조차 못할 거야. 전에는 연구소의 아저씨들이 제온에게 당해도 싸다고 생각했지만 지금은…….'

다리우스의 예기치 못한 폭주에 대항하기 위해서는 라바인 사막의 연구소 전력이 반드시 필요했다. 특히 마력 주입기의 부작용이 만들어낸 괴물에 대한 정보와 대처법을 알고 있는 것은 오직 데커뿐이었다.

"…일단 사람을 보내놓긴 했으니까, 잘하면 파국을 막을 수 있을지도 모르겠군요."

"네? 무슨 말씀이죠?"

"제온과 관련된 이야기입니다. 가능한 그보다 먼저 도착하면 좋겠네요."

샤리는 가볍게 웃으며 말했다. 물론 제온은 마이의 도움으로 이미 라바인 사막의 연구소에 도착한 상태였지만, 제아무리 샤리라도 그런 상황까지 미리 예측할 수는 없었다.

똑똑.

그때 누군가 방문을 두드렸다. 클로시아는 깜짝 놀라며 몸을 움츠렸지만, 샤리는 태연한 얼굴로 몸을 일으켜 방문 쪽으로 걸어갔다.

"…총장님."

이내 방문이 열리고 얼굴조차 드러내지 않은 누군가가 작게 열린 방문 너머로 작은 소리를 속삭였다. 샤리는 가만히 듣고는 고개를 끄덕이며 다시 방문을 닫았다.

클로시아가 긴장한 얼굴로 물었다.

"방금 누구였나요?"

"걱정하지 않으셔도 됩니다. 마을에서 활동 중인 아카데미의 정보원이니까요."

"정보원이요?"

"절 위해서 여러 가지 일을 해주시는 분들이죠. 그건 그렇고, 신관님."

"아, 저도 클로시아라고 불러주세요."

"그럼 클로시아, 가능한 그 자리에서 푹 쉬라고 하고 싶지만, 지금은 조금 무리를 해서라도 자리를 옮겨야 할 것 같네요. 좀 전에 신수교단의 추격자들로 보이는 한 무리의 사람이 마을로 들어왔다고 합니다."

"정말인가요?"

클로시아는 깜짝 놀라며 급히 침대에서 몸을 일으켰다. 샤리는 비틀거리는 클로시아를 부축하며 불이 꺼져 있는 벽난로 쪽으로 움직였다.

"여기는 비밀리에 아카데미가 운용하는 여관입니다만, 그래도 유사시에 당신을 지킬 정도로 안전하지는 않아서요. 지금은 아카데미로 돌아가는 게 좋을 것 같습니다."

"역시 이 검은 골렘 여관에 비밀 통로가……."

"네, 바로 여기 있지요."

샤리는 벽난로 옆의 벽면을 순서대로 누르기 시작했다. 그러자 끼익 하는 소리와 함께 바로 옆의 벽이 비스듬하게 열리기 시작했다.

"여기가 바로 아카데미와 연결된 비밀 통로……."

클로시아는 감격한 눈으로 그 캄캄한 통로를 바라보았다. 샤리는 그녀를 부축한 채 통로 안쪽으로 몸을 집어넣으며 말했다.

"그런데 클로시아, 한 가지만 확실히 대답해 줬으면 좋겠어요."

"말씀하세요."

"지금도 제온은 당신의 적인가요?"

샤리의 얼굴은 지금까지 클로시아가 본 그녀의 모든 얼굴 중에서 가장 진지했다. 클로시아가 아랫입술을 살짝 깨물자, 샤리는 그녀의 등을 가볍게 쓰다듬으며 말했다.

"어렵겠지만 지금 여기서 결정해 줬으면 좋겠어요. 물론 어떤 결정을 하더라도 전 당신을 보호할 거예요. 하지만 단순히 보호로 그칠 건지, 아니면 우리가 서로 협력할 수 있을지는 당신의 결정에 달려 있어요."

그것은 신수교단의 신관으로서 그녀의 신앙에 대한 문제였다. 그러나 처음부터 그녀에게 신앙은 없었다. 그녀를 묶고 있는 것은 자신의 동료들, 그중에서도 렌파와 블랙빈 정도에 불과했다.

클로시아는 숨을 크게 들이마셨다. 그리고 말했다.

"처음부터 제온님은 제 적이 아니었어요. 물론 그럴 일은 없겠지만… 만약 그 어떤 절호의 기회가 찾아온다 해도 제 손으로 제온님을 공격하는 일은 영원히 없을 겁니다."

"만약 모든 일이 잘 풀린다면 다시 신수교단으로 돌아가실 건가요?"

"아니요. 신관은 이제 그만할래요."

클로시아는 고개를 저었다. 샤리는 빙긋 웃으며 고개를 끄덕였다.

"그 말을 듣고 싶었어요. 그럼 함께 아카데미로 가도록 하죠."

"페라노바와 아프레온의 힘을 수치로 비교한다면?"

—단순한 수치의 비교는 유효하지 않고, 그 어떤 절대성을 부여할 수도 없다.

"상관없어."

—불의 초신수 페라노바의 출력을 100이라고 한다면 물의 초신수 아프레온의 출력은 78이다.

"확실히 아프레온이 약하군. 그런데 어째서 기준을 페라노바로 잡은 거지? 처음부터 가장 강한 녀석을 잡는 건 불합리하지 않나?"

—말했듯이 출력의 수치만으로 단순 비교하는 것은 유효하지 않다. 케인이 페라노바를 첫 번째 목표로 지정한 것은 케인의 저장 장치에 페라노바에 대한 정보가 가장 많이 입력되어 있기 때문이다.

"어째서 페라노바에 대한 정보가 가장 많이 입력되어 있지? 가장 먼저 만들어진 건 아프레온 아니었나?"

—그것은 페라노바가 인류에 끼친 피해가 가장 심각했기 때문이다. 다양한 연구기관에서 우선적으로 페라노바를 제거하기 위해 다양한 연구와 조사를 실행했다.

"그런가? 그럼 아프레온에 대해서는 어느 정도 알고 있지?"

—아프레온에 대한 개별 검색 데이터는 총 17만 4,820건이 검색된다.

"17만… 그걸 일일이 듣고 있을 시간은 없어. 요점만 말해 봐."

—질문에 대한 범위를 특정할 수 없다. 아프레온의 출력, 아프레온이 인류 사회에 끼친 해악, 아프레온의 능력이 가진 특징, 아프레온을 제거하기 위해 필요한 출력 연구 현황 등의 주요 카테고리만 해도 90개가 넘는다.

"이거 미치겠군."

제온은 답답한 얼굴로 한숨을 내쉬었다. 지금 그와 대화를 나누고 있는 것은 연구실의 한쪽 벽면을 가득 채우고 있는 강철로 된 거대한 기계 장치였다.

이것이 바로 마이가 이야기한 '정보를 입력하면 답을 알려 주는 성법기' 케인이었다. 제온은 케인의 목소리가 나오는 그물망 모양의 장치를 노려보며 말했다.

"그럼 내가 당장 아프레온과 싸우면 어떻게 되는지를 말해 줘."

—케인에 입력된 제온 스태틱의 데이터와 초신수 아프레온의 데이터를 토대로 약 256억 회 반복한 시뮬레이션에 의하면 제온 스태틱이 초신수 아프레온을 제거할 확률은 약 9.2퍼센트로 계산된다.

"10퍼센트도 안 되는 건가? 전에 들은 걸로는 마이… 그러

니까 베타들이 좀 도와주고, 내가 라이트닝 캐논을 세 번 연속으로 맞추면 죽일 수 있다고 하지 않았어?'

—최근 5년간 초신수를 제거하기 위한 변수에 제온 스태틱을 입력한 290번의 데이터에 의거해 추정하면 방금 제온 스태틱의 발언은 225번째 데이터의 결과로 여겨진다.

"뭐?'

—초신수에 마력을 공급하는 총 2,150명의 신관 중에 1,075명 이상이 사망한다. 20명의 베타가 동시에 역장을 만들어 페라노바의 플레임 월드를 방어한다. 또 다른 20명의 베타가 안티 배리어(Anti barrier)로 페라노바의 역장에 2.5초의 틈을 만든다. 이상의 가정이 현실로 이뤄졌을 경우, 제온 스태틱이 9등급의 마법을 연속해서 3회 명중시킬 경우 페라노바의 죽음이 80퍼센트 이상의 확률로 계산된다. 그것이 225번째 데이터의 결과물이다. 물론 대상은 아프레온이 아니라 페라노바에 한정된다.

케인은 거침없이 설명했다. 제온은 총 40명의 베타가 자신과 함께 초신수를 상대로 전투를 벌이는 장면을 상상했고, 이내 눈을 질끈 감으며 고개를 저었다.

"하지만 그건 불가능해. 더 이상 베타는… 없어."

—베타가 더 이상 존재하지 않는다는 정보를 공식적으로 케인에게 입력하기 위해서는 2등급 이상의 권한을 가진 연구원의 동의가 필요하다. 현재 2등급 이상의 권한을 가진 연구

원은 데커, 사가론, 파비아스……

"필요 없어. 어차피 나도 라이트닝 캐논을 2.5초 동안 세 번 연속으로 쓰는 건 불가능하니까."

제온은 기계를 노려보며 입술을 깨물었다. 그러자 멀리 뒤에서 지켜보고 있던 데커가 천천히 걸어오며 말했다.

"케인, 지금부터 제온 스태틱이 제공하는 정보에 관해서는 보조 자료로서 즉시 업데이트할 것을 허가한다."

―성문 인식 완료. 지금부터 제온 스태틱이 제공하는 정보는 보조 자료로서 인정된다.

"필요 없다니까."

제온은 눈살을 찌푸리며 데커를 돌아보았다.

"어차피 이 성법기는 아무런 도움이 안 돼. 상상도 못할 기술력으로 만들어졌다는 건 인정하지만, 그게 전부일 뿐이다."

"너무 지레짐작하지 말게. 원래 익숙하지 않은 도구를 쓰는 건 스트레스를 받는 일이니까. 시간이 지나면 자네가 생각하는 이상을 얻어낼 수 있을 거야. 그보다도 배가 고프지 않나? 자네 친구들은 이미 식당에서 식사를 하고 있네만."

"밥이라면… 나중에 먹겠어."

제온은 데커를 노려보며 말했다.

"설마 이상한 걸 먹이는 건 아니겠지?"

"무슨 소리. 자네들이 밖에서 먹는 것과 똑같은 거라네. 매직 아카데미 측에서 몇 달마다 식량과 생필품을 공급해 주지."

"매직 아카데미? 샤리가 보내주는 건가?"

"물론 지금은 그녀가 아카데미의 책임자네만, 그녀 말고도 몇 명의 교수가 우리와 연결되어 있네."

"…지금 내가 여기 있다는 걸 아카데미도 알고 있나?"

"모르네. 하지만 얼마 전에 내가 직접 아카데미를 찾아가서 이야기한 적이 있으니 예측은 하고 있을 걸세. 자네가 이 연구소를 노리고 찾아올지도 모르니까 방어를 위해서 골렘을 지원해 달라고 요청했지."

"그래서 얻어낸 게 그 고무로 덧씌운 녀석인가?"

"샤리도 그 골렘 따위로는 자네를 막을 수 없다는 걸 알고 있었네. 그냥 시간이라도 끌어보려고 받아왔지. 처음에는 골렘이 시간을 끄는 동안 우리가 탈출해 볼까도 생각했네만……."

데커는 어깨를 으쓱이며 웃어 보였다.

"소용없는 짓이란 걸 알고 포기했네. 자네가 이해해 줘서 다행이었지."

"너무 마음 놓지 않는 게 좋을 거야. 초신수를 잡고 나면 그다음에 어떻게 될지 모르니까."

"그다음이라면 아무래도 좋네. 자네가 손을 더럽히기 싫다면 자결이라도 하도록 하지."

데커는 엄지손가락으로 자신의 목을 긋는 시늉을 냈다. 제온은 힘 빠진 웃음을 지으며 고개를 저었다.

"쓸데없는 이야기였군. 그런데 이 케인이라는 녀석은 무엇을 동력으로 움직이는 거지?"

"물론 마력이네. 겉모습은 이래도 자네가 알고 있는 성법기와 작동 구조는 동일하니까."

"그 마력은 어디서 공급하는 거지?"

"이 연구소의 지하에, 아니, 여긴 모두 지하니까 최하단부라고 하는 게 좋겠군. 가장 아래층에 신수들을 모아놓은 공간이 있네. 신수들이 이 사막의 마력을 끌어모으고, 우리는 그 신수로부터 마력을 뽑아내서 동력으로 사용하고 있지."

"그렇게 마음먹은 대로 신수를 조종할 수 있는 건가?"

"조종할 수 없다면 애당초 왜 만들었겠나? 초신수만 예외일 뿐이네."

"그렇다면……."

제온은 문득 자신의 친구이자 페슈마르 왕국의 국왕인 네프카를 떠올리며 말했다.

"이미 자연에 풀려 있는 신수도 조종할 수 있나? A급 신수도?"

"A급 신수라면 신수의 왕인데… 그 녀석들은 어렵지."

"어째서?"

"어째서냐 하면……."

데커는 잠시 고민하다 대답했다.

"좀 복잡한 이야기네만, 우리가 신수를 조종할 수 있는 건 녀석들의 머릿속에 칩을 이식했기 때문이네."

"칩?"

"대단히 복잡한 회로가 집약되어 있는 조그만 기계 장치라고 생각하면 될까? 아무튼 그걸 통해 원격으로 간단한 신호와 명령을 내릴 수 있네."

"설마 내 몸속에도 들어 있는 건 아니겠지?"

"안타깝게도 인간용 컨트롤 칩은 개발하지 않았네. 아, 물론 안타깝다는 건 농담이니까 그런 눈으로 노려보지 않았으면 좋겠군."

데커는 제온의 시선을 피하며 말을 이었다.

"천 년 전이었다면 모를까, 지금은 그런 걸 새로 개발할 수 없네. 지금 쓰고 있는 신수용 컨트롤 칩도 모두 예전에 개발한 것을 수리해서 쓰고 있을 뿐이니까. 아무튼 우리가 가진 건 범용 칩이라 A급 신수를 컨트롤하는 건 어렵네."

"…그러니까, A급 신수용 컨트롤 칩은 따로 있는데, 지금 이 연구소에는 그게 없다는 말인가?"

"바로 그렇다네. 사실 있다고 해도 녀석들을 산 채로 기절시켜 머릿속에 칩을 이식하는 것 자체가 불가능에 가까운 일이지."

"칩이라면 어쩔 수 없지만, 산 채로 기절시키는 거라면 매년 그 일을 실제로 실행에 옮기고 있는 사람도 있지."

"페슈마르 왕국의 국왕 말이군."

데커는 그 말이 나올 줄 알고 있었다는 듯 의미심장한 미소를 지으며 말했다.

"네프카에 대한 이야기라면 샤리에게 많이 들었네. 사실 그녀도 자네와 똑같은 의견을 냈지. 어떻게든 파이파를 조종해서 매년 결투를 벌이지 않고도 화산을 떠나지 않게 할 수 없느냐고 말이야."

"샤리가……."

"A급 신수는 기본적으로 높은 지능을 가지고 있기 때문에 인간과 대화가 가능하네. 방법이 있다면 파이파와의 대화를 통해 계약 내용을 변경하는 수밖에 없겠지."

"그런 게 가능했다면 네프카의 선조들이 몇백 년 동안 그 짓을 반복하지 않았겠지."

"그럼 달리 방법은 없네."

"하지만 애초에 그 컨트롤 칩이라는 걸 녀석들의 머릿속에 집어넣지 않았나? 그걸 사용할 수는 없는 거야?"

"신수는 마력이 있으면 무한히 사네만, 기계는 사람과 마찬가지로 수명이란 게 있다네. 작동을 시작한 칩의 수명은 약 100년 정도라네."

"참, 당신들도 정말 대책 없는 것들을 만들어냈군."

"동감이네. 그래도 변명을 하자면, 원래는 컨트롤 칩의 수

명이 끝나기 전에 신수들을 소집해서 칩을 교환하거나 파기할 계획이었네. 문제는 초신수의 반란으로 인류의 문명이 끝장나 버렸다는 것이지."

제온은 한숨을 내쉬며 고개를 저었다. 하지만 초신수를 만들어낸 것도, 그런 초신수를 잡을 단서를 가진 것도 오직 이들뿐이었다.

제온은 거대한 케인의 몸체를 발끝으로 가볍게 두드리며 물었다.

"아무튼 이 깡통은 아무리 물어봐도 절망적인 대답만 하던데, 당신의 의견은 어떻지? 초신수를 잡을 모종의 계획이 있나?"

"세타 프로젝트를 제외하고?"

제온은 고개를 끄덕였다. 데커는 제온의 옆으로 다가와 서며 말했다.

"계획이야 많이 세웠네. 한 가지에 목을 매는 건 연구자의 올바른 자세가 아니니까."

"그럼 말해봐. 가능한 쓸 만한 것부터."

"그렇다면……."

데커는 케인의 본체에 있는 몇 개의 버튼을 빠르게 누르며 말했다.

"제온 스태틱과 관련된 광신 사냥 프로젝트 중에 매직 탱크(Magic tank)와 관련된 자료를 검색해라."

―총 네 건이 검색되었다.

"다 비슷한 내용이지. 첫 번째 것만 설명해라."

그러자 케인의 본체에 붙어 있던 스크린이 밝아지며 은회색의 금속관 두 개가 붙어 있는 정체불명의 도구가 모습을 나타냈다.

―매직 탱크. 기본 개념은 마력을 저장하는 도구이다. 기록에 따르면 4천 암페어까지 저장 가능한 매직 탱크가 개발되었음. 다만 현재 연구소에 남아 있는 매직 탱크는 5백 암페어의 용량을 가진 매직 탱크 8기가 전부. 이는 과거 리엔탈사가 개발한 시작품이며……

"앞쪽은 됐으니까, 초신수와의 전투부터 설명해라."

데커가 말했다. 케인은 곧바로 다음 설명으로 넘어갔다.

―초신수와의 전투. 기본 개념은 제온 스태틱이 매직 탱크를 착용하고 보다 향상된 마력을 확보한다. 충전이 끝난 4천 암페어의 매직 탱크를 사용한다면 제온 스태틱의 마력이 약 두 배 상승된 효과를 가질 수 있음.

"그럼 내 마력이 수치로 4천 암페어라는 건가……"

제온이 화면의 금속관을 노려보며 중얼거렸다. 케인은 화면에 띄운 금속관을 보다 작은 여덟 개의 금속관으로 분할해 띄우며 말했다.

―제온 스태틱이 매직 탱크를 효과적으로 사용할 경우, 페라노바와의 전투에서 약 28퍼센트의 승산을 기대할 수 있음.

다양한 변수에 의거해 오차는 마이너스 13퍼센트에서 플러스 3퍼센트까지 변동이 가능함.

"그럼… 15퍼센트에서 31퍼센트 사이의 승률이라는 건가?"

제온은 눈살을 찌푸리며 데커를 향해 말했다.

"이건 최고로 잡아도 3할이 안 되잖아? 너무 승산이 희박한 작전 아닌가?"

"하지만 이건 변수에 매직 탱크 하나만을 입력했을 때의 결과지. 자네가 우리가 계획한 다양한 작전을 수행할 수 있게 된다면 그만큼 승산도 올라가게 될 거라네."

"그런가……."

제온은 납득한 얼굴로 고개를 끄덕였다. 변수를 더할 수 있다는 데커의 말은 확실히 희망적이었다.

"다만 현재까지 매직 탱크는 여러 가지로 개선이 필요하네."

"개선?"

"우리가 보유한 매직 탱크는 5백 암페어짜리 여덟 개뿐이네. 여덟 개를 모두 사용해야 4천 암페어가 되는데… 이건 좀 어렵지 않을까 싶네."

"어렵다고? 어째서?"

"이거 하나가 자네 몸통만 하니까. 여덟 개 모두를 몸에 착용하는 건 무리야."

제온은 순식간에 희망이 날아가 버리는 기분을 느꼈다. 데커는 허탈해하는 제온의 얼굴을 보며 쓴웃음을 지어 보였다.

"그래도 여러 가지로 개선 중이니까 좌절하진 말게. 최근에는 외주 작업도 빠르게 진행되고 있으니까."

"외주 작업?"

"실은 매직 아카데미 말고도 외부와 연결된 라인이 있다네. 그나마 현존하는 왕국 중에서 금속 기술이 가장 발달한 나라인데, 비밀리에 기술을 전수해서 보다 발전된 매직 탱크를 개발시키고 있지."

"잠깐만."

제온은 순간 당황한 표정을 지우며 물었다.

"설마 그 왕국이란 게 타로스 왕국은 아니겠지?"

"왜 아니겠나? 타로스 왕국 맞네. 바로 그 기술을 응용해서 '크롬 나이트'라는, 현 세대에서는 매우 새로운 군사 전력을 개발하고 있다고 하더군."

"아……."

제온은 입술을 꽉 깨물며 한심하다는 얼굴로 데커를 노려보았다.

"나야말로 녀석들에게 당할 뻔했다는 거 알아? 그 크롬 나이트가 좀 더 발전했다면 말이야."

"아, 이미 싸워봤나? 그렇다면 이야기가 빠르겠군."

"빠르긴 뭐가 빨라! 그보다 그런 식으로 기술을 유출시켜도 되는 거야? 신수를 만들었을 때처럼 뒷감당을 못하게 되면 어쩌려고?"

"물론 그렇게 될 가능성이 없다고 할 수는 없네. 하지만 매직 탱크는 적어도 인간이 다뤄야 하는 기술이지. 적어도 같은 인간에게 지배받는 편이 낫지 않겠나? 초신수가 만든 모형 정원에서 사육당하는 것보다는 말이네."

"둘 다 맘에 안 들어."

제온은 벌레 씹은 얼굴로 고개를 저었다.

"무엇보다 타로스 왕국은 신수교단에 우호적인 왕국이다. 그 녀석들이 발전시키는 기술을 다시 회수할 방법은 있나?"

"걱정 말게. 자네 생각보다는 긴밀하게 연결되어 있으니까. 그리고 어차피 핵심 기술은 우리 쪽에서 보낸 기술자만 가지고 있네. 탱크에 충전된 마력을 다시 꺼내 사용하는 기술이지. 그게 없으면 아무리 개량된 매직 탱크를 만들어내도 무용지물이네. 타로스 왕국에서 완성품을 우리 쪽 공방에 보내면 우리가 거기에 최종적으로 마무리를 하는 방식이네."

데커는 자신 있는 얼굴로 설명했다. 제온은 잠시 생각하다 물었다.

"공방은 타로스 왕국에 있나?"

"그렇지."

"만약 타로스 왕국에서 공방을 습격해서 기술자들을 납치한다면? 고문이라도 하면 결국 토해내지 않을 수 없을 텐데?"

'나와 같은 '최후의 세대'의 인간들이 고문 정도에 굴복할 것 같나? 그리고 어차피 알려주고 싶어도 알려줄 수가 없네. 서로가 가진 기술의 차이가 너무 심하니까."

데커는 금속으로 만들어진 케인의 몸체를 손등으로 두드리며 말했다.

"자네라면 이걸 만들 수 있을 것 같나? 우리가 제작 설계도를 넘겨준다고?"

"그야 힘들겠지."

"같은 이야기네."

"그럼… 나도 그런 두꺼운 갑옷을 입고 싸워야 한다는 건가?"

"최종적으로 어떤 형태가 만들어질지는 모르겠네. 당장은 실전에서 쓸 수 있는 갑옷형 매직 탱크의 개발에 열중하고 있는 것 같네만… 이쪽에서 좀 더 높은 마력을 저장할 수 있는 걸 요구하고 있으니 조만간 자네에게 유용한 물건이 만들어질 거라고 생각하네."

"그랬으면 좋겠군."

"그럼 다음으로 넘어가서……."

데커는 다시 케인의 복잡한 버튼을 조작하며 말했다.

"제온 스태틱과 관련된 광신 사냥 프로젝트 중에서 초신수의 성법기와 관련된 내용을 검색해라."

─총 아홉 건이 검색되었다.

"기본적인 개요부터 설명해라."

—초신수의 성법기, 이는 신수교단으로 불리는 현 세대의 종교 집단이 초신수와의 긴밀한 연결에 의해 만들어진 물건이다.

동시에 스크린에 두 개의 반지가 나타나 확대되기 시작했다.

—갱신된 기록에 따르면 약 240년 전에 초신수 아프레온이 최초로 신수교단과 직접적인 접촉을 가졌다. 그 과정에서 아프레온은 신수교단에 신수핵을 넘겨주었고, 신수교단은 그것으로 일명 '아프레온의 눈' 이라 불리는 성법기를 만들었다.

"잠깐만."

제온은 케인의 말을 끊으며 데커에게 물었다.

"여기서 초신수의 성법기가 왜 나오는 거지? 그게 무슨 도움이 된다고?"

"도움이 될 수 있네. 일단은 차분하게 케인의 설명을……."

"이런 쇳덩어리가 하는 말은 됐어."

제온은 데커를 노려보며 말했다.

"당신이 직접 설명해. 내가 초신수와 싸우는데 초신수의 성법기가 무슨 소용이지?"

"이런, 어쩔 수 없지. 케인, 설명을 멈춰라. 스크린의 영상은 그대로 놔두고."

데커는 어깨를 으쓱이며 제온을 향해 고개를 돌렸다.

"자네도 알고 있으리라고 생각하지만, 성법기는 신수핵을 기본으로 만들어지네. 아마도 아프레온이 직접 신수교단과 접촉해서 성법기의 제작 기술을 전수하지 않았을까 추정하네만, 추기경까지 올랐던 살바스조차도 과거에 정확히 무슨 일이 있었는지는 알아내지 못했네."

"그래서?"

"확실한 건 아프레온이 신수교단에 자신의 신수핵을 넘겼다는 사실이네. 그러니까 그걸 가지고 신수교단이 초신수의 성법기를 만들었겠지."

"아프레온의 눈이라면 드러난 정보가 거의 없어. 소문에는 교황만이 쓸 수 있다고 하던데."

"소문이 맞네. 초신수의 성법기는 인정받은 자만이 쓸 수 있도록 만들어졌지."

"하지만 그걸 어떻게 구분하지?"

"물론 계약에 의해서지."

"계약?"

"교황이 된 추기경은 자신이 교황이 된다는 서약서를 쓰네. 그것이 계약이 되어 아프레온의 눈을 쓸 수 있는 조건이 되는 거지. 신관들이 계약에 의해 자신들도 모르는 사이에 초신수에게 마력을 공급하고 있듯이 말이네."

"…그렇군."

제온은 잠시 생각하다 말했다.

"그렇다면 아프레온의 눈은 현재 무용지물인 셈이군. 교황은 벌써 십 년 이상 병석에 누워 있으니 말이야."

"현재의 교황이 죽어야 아프레온의 눈도 다시 사용될 수 있겠지. 하지만 그렇게 되기 전에 움직여야 하네."

"움직인다고?"

"그렇다네."

데커는 고개를 끄덕였다. 그리고 심각한 표정으로 말했다.

"교황청을 습격해서 아프레온의 눈을 탈취해야 하네."

"뭐라고?"

"어려울 게 뭐 있겠나? 어차피 자네는 이단자로 찍힌 몸이니 뒤가 켕길 것도 없지 않나?"

데커는 어깨를 으쓱였다. 제온은 어이없다는 얼굴로 말했다.

"아니, 뒤가 켕기는 게 문제가 아니라……."

"자네가 제스터 섬에서 대규모의 토벌단을 물리친 건 알고 있네. 그러니까 교황청의 경비도 약할 거야. 병석에 누워 있는 노인을 공격하는 건 안타까운 일이네만, 자네도 그 정도 연민은 버려야 대업을 이룰 수 있다는 것에 동의할 거라 믿네."

"아니, 좀 기다려 봐."

제온은 눈살을 찌푸리며 고개를 저었다.

"교황청을 공격하는 것도, 죽어가는 교황의 숨통을 끊는 것도 아무래도 상관없어. 그런데 그렇게 아프레온의 눈을 탈취해서 어쩌자는 거지? 설마 나보고 신수교단의 새로운 교황이 되라는 건 아니겠지?"

"물론 아니네. 교황은 네 명의 추기경이 만장일치로 뽑는 거니까. 하지만 일단 아프레온의 눈을 확보하면 우리 연구실에서 그걸 개조할 수 있을 거라고 생각하네."

"개조한다고?"

"신수교단의 교황만이 쓸 수 있는 게 아니라, 일단 반지를 낀 사람이라면 누구나 쓸 수 있도록 제약을 푸는 개조지."

"아……."

충격적인 이야기에 제온은 잠시 동안 말문을 잇지 못했다. 데커는 제온이 느끼는 충격을 다른 의미로 해석하며 고개를 끄덕였다.

"물론 알고 있네. 자네가 무슨 생각을 하는지 말이야. 아무리 제약을 푼다고 해도 아프레온의 성법기로 아프레온과 싸우는 게 말이 되느냐는 거지?"

"아니……."

"하지만 이론상 가능하네. 신수핵은 신수 마력의 결정체이기 때문에 정작 신수의 의사와는 상관없이 그 힘을 뽑아 쓸 수 있어. 내 말을 믿게. 누가 뭐래도 그걸 만든 게 우리니까. 초신수의 경우엔 신수핵이 모두 네 개가 사용되었기 때문에 일단 확보만 하면 무조건 아프레온의 마력 25퍼센트를 쓸 수 있는 셈이네. 물론 성법기의 특성에 따라 유효한 공격을 하지 못할 수도 있네만……."

"좀 기다려 봐."

제온은 데커의 말을 끊으며 말했다.

"자세한 이야기는 나중에 해도 되니까. 중요한 건 아무튼 아프레온의 눈을 확보하면 그걸 내가 쓸 수 있도록 만들어준다는 거지?"

"요약하자면… 그렇다네."

"그럼 라시드의 눈은?"

제온은 스크린에 떠 있는 두 번째 반지를 가리켰다. 그것은 흑진주 같은 검은 보석이 박혀 있는 단순한 디자인의 반지로, 동시에 제온에게 있어 대단히 익숙한 물건이기도 했다.

데커는 스크린을 보며 고개를 끄덕였다.

"물론 라시드의 눈도 마찬가지네. 하지만 이쪽은 누가 가지고 있는지 정보가 부족해서 말이지. 확실한 건 교황이나, 혹은 교황이 지목한 추기경이 인정한 집행관이 쓸 수 있다고 하더군. 하지만 집행관의 숫자가 워낙 많지 않은가? 그러니 당장은 소유자가 확실한 아프레온의 눈을 노리는 게……."

"…있어."

"뭐라고?"

"있다고. 라시드의 눈."

제온은 품속의 가죽 주머니에 넣어두었던 라시드의 눈을 꺼내며 말했다.

"대집행관인 체리오트가 주인이었지. 제스터 섬에서 쓰러뜨린 다음 뺏었어. 다시는 못 쓰게 하려고 말이야."

"이럴 수가⋯⋯."

데커는 믿을 수 없다는 눈으로 제온의 손바닥에 놓인 반지를 노려보았다.

"정말로 라시드의 눈인가? 예전에 살바스가 그림으로 그려준 것밖에 보지 못해서⋯⋯."

"진짜 맞아. 직접 몸으로 확인했으니까."

"오오, 이렇게 쉽게 초신수의 성법기를 확보하다니⋯⋯."

데커는 감격한 듯 눈물까지 글썽였다. 제온은 눈을 가늘게 뜨며 고개를 저었다.

"미안하지만 안 쉬웠어."

제온은 주먹을 쥐며 데커의 눈으로부터 반지를 감췄다.

"하마터면 죽을 뻔했다고. 그보다도 이걸 정말 내가 쓸 수 있도록 만들 수 있어?"

"물론⋯ 해봐야겠지만 충분히 가능할 거라고 생각하네. 애초에 불가능할 거였으면 이런 계획을 구상하지도 않았지 않겠나?"

"그렇겠지. 그런데 혹시 다른 생각이 있는 건 아니겠지?"

"다른 생각?"

"내가 아니라 당신이 쓸 수 있게 만든다든가."

"그럴 리가 있겠나!"

데커는 눈을 크게 뜨고 호들갑을 떨었다.

"대체 내가 그걸 써서 뭘 하겠나. 절대로 그럴 일은 없으니 안심하게. 무엇보다 내가 개조하는 건 특정한 누군가가 쓸 수 있게 만드는 게 아니라 모두가 쓸 수 있도록 만드는 거라네."

"모두라면 당신도 포함되지."

"왜 그런 걱정을 하나? 개조가 끝나면 반드시 자네에게 돌려주겠네. 내가 자네를 제쳐놓고 그걸로 초신수에게 덤비기라도 할 것 같은가?"

데커는 이해할 수 없다는 표정이었다. 하지만 제온은 신중하지 않을 수 없었다. 라시드의 눈이 뿜어내는 광선은 최강의 방어력을 가진 자신의 역장조차 종잇장처럼 관통해 버리는 것이다.

만약 데커가 다른 마음을 먹는다면 불시에 자신을 공격해 목숨을 빼앗는 것도 가능할 것이다.

제온은 눈을 감고 한참 동안 고민했다.

물론 데커가 그런 짓을 할 리는 없었다. 그의 숙원은 초신수를 제거하는 것이고, 그것을 위해서 자신의 존재는 반드시 필요할 테니까.

문제는 믿음이었다. 제온은 여전히 데커를 불신했다. 그가 못 믿을 인간이라서가 아니라, 그를 믿는다는 것 자체가 스스로에 대한 배신처럼 느껴졌기 때문이다.

자신과 자신의 손으로 죽여야 했던 자신과 똑같이 생긴 수많은 아이, 그리고 마이와 똑같이 생겼던 수많은 아이…….

제온은 한참 만에 눈을 떴다. 그리고 데커에게 반지를 내밀며 짧게 말했다.

"부탁하지."

"맡겨두게. 이건 지금까지의 모든 데이터를 다시 고쳐야 할 정도로 커다란 도움이 될 거야."

데커는 신이 난 얼굴로 반지를 받아 들었다. 그리고는 곧바로 자신의 연구실이 있는 방향으로 달리기 시작했다. 제온은 그런 데커의 뒷모습을 바라보며 마음속으로 용서를 구했다.

'모두 미안하다. 하지만 난… 어떻게 해서라도 아프레온을 죽여야겠어.'

데커는 초신수를 모두 죽이면 자신을 죽여도 상관없다고 했다. 하지만 정말로 죽어야 하는 건 자신이 아닐까? 제온은 무표정한 얼굴로 자신의 몸을 물들인 죄업을 생각했다.

아마도, 아니, 분명히 한 번 죽어서는 다 갚을 수 없을 것이다.

페슈마르 왕국의 국왕인 네프카가 심각한 화상을 입은 채 가까스로 귀환한 지도 일주일이 지났다.

그사이 네프카의 몸은 심각한 위험 상태를 겨우 벗어난 상태였다. 하지만 여전히 절대적인 안정이 필요했다. 온몸을 덮은 붕대를 하루에 다섯 번은 갈아줘야 했고, 그러는 동안 네프카가 느끼는 고통은 인간의 인내심을 한계까지 시험하는 것이었다.

그러나 치료를 하는 왕의 침소에는 때때로 나지막한 신음 소리가 들릴 뿐이었다. 네프카를 괴롭히는 것은 육체의 통증이 아니라 정신적인 압박이었다. 레기스크 화산을 봉인하고 있는 아이스 피닉스, 파이파와의 전투가 일주일 앞으로 다가왔기 때문이다.

"폐하, 몸은 좀 어떠십니까?"

문안 인사를 하는 바란은 흡사 자신의 몸이 불타는 듯한 착각을 느꼈다. 침상에 누워 있는 네프카의 모습은 참혹했다. 온몸을 감싼 붕대는 끊임없이 배어나오는 진물과 피로 적황색으로 물들어 있고, 온몸이 격렬한 통증으로 인해 간헐적인 경련을 일으키는 상태였다.

"어제보다는 낫다, 바란 경."

네프카는 차분한 목소리로 대답했다. 그러나 오랫동안 왕을 접해온 바란은 알 수 있었다. 그의 목소리가 미세하게 떨리고 있다는 것을.

'그 강한 폐하께서…….'

바란은 속 입술을 깨물며 눈물이 나오려는 것을 참았다. 그가 페슈마르 왕국의 국무대신을 맡은 동안 네프카의 목소리가 떨리는 것은 들은 것은 손에 꼽을 정도로 드물었다.

생각해 보면 드문 정도가 아니라 딱 한 번뿐이었다. 바란은 작년에 있었던 일을 떠올렸다. 레스톤 왕국의 정보원으로부터 프로나의 죽음을 알리는 서신을 읽었을 때, 네프카는 떨리는 목소리로 신음하며 긴 한숨을 내쉬었다.

"…너무 걱정할 필요는 없다. 이렇게 보여도 몸은 회복하고 있으니까."

네프카는 굳은 표정으로 머리가 하얗게 센 늙은 대신의 얼굴을 바라보았다. 올해로 70살이 되는 바란은 지금까지 세 명의 국왕을 모시며 국가의 요직을 맡아온 페슈마르 왕국의 충신이었다. 네프카는 부왕이 신뢰하던 그를 국무대신의 자리에 앉혀 왕국의 중요한 업무들을 계속 처리할 수 있도록 만들었다.

"네, 폐하. 강인한 폐하시니 곧 쾌차하실 수 있으실 겁니다."

바란은 힘겹게 웃는 표정을 지으며 고개를 끄덕였다.

그러나 원래대로라면 지금쯤 이미 일어나 걸을 수 있을 정도로 회복이 되어야 했다. 치유 마법을 쓰는 신관들의 집중적인 치료가 병행되었다면 말이다.

하지만 네프카의 교황 암살 소식이 전해진 이후, 페슈마르 왕국에 거주하고 있던 대부분의 신관들이 네프카의 치료를 거부했다. 그나마 밤이 되면 생각이 있는 몇 명의 신관이 비밀리에 왕궁을 찾아 네프카의 몸에 치유 마법을 사용했지만, 그들의 힘은 네프카의 몸이 더 악화되는 것을 겨우 막을 정도에 불과했다.

정말로 실력이 있는 치유신관들은 자신들의 의지와 상관없이 신수교단의 감시에 의해 움직이지 못하는 상태였다. 페슈마르 왕국에서 오랫동안 살아온 신관들은 페슈마르 왕국의 국왕이 그렇게 경솔한 행동을 저지를 리 없다며 반신반의했지만, 실제로 교황이 서거한 상황에서 위에서 내려온 명령에 따르지 않을 도리가 없었다.

"그런데 내 안부를 물으러 여기까지 온 건 아니겠지. 국무대신이 직접 보고해야 할 정도로 심각한 일이 있는 건가?"

바란은 천천히 숨을 들이마시며 고개를 끄덕였다.

"안타깝지만 그렇습니다, 폐하."

"말해봐라. 타로스 왕국이 군대를 일으키기라도 했나?"

"그렇습니다. 현재 동쪽 국경 지방에 하루면 닿을 거리에 주둔 중입니다."

"군대의 규모는 어느 정도인가?"

"대략 3만입니다. 그쪽의 유력한 마법부대는 대부분 포함시키고 있는 것 같습니다만……."

"그래 봤자 타로스의 마법부대일 뿐이지. 경계해야 할 것은 오히려 기사단이다. 안티매직 기술을 적용한 기사들의 숫자를 정확히 파악하는 게 중요하다."

네프카의 표정은 과거의 어느 때와 마찬가지로 냉정하고 침착했다. 바란은 그가 얼굴에 화상을 입지 않았다는 사실에 다시 한 번 감사했다. 분명 완치가 되어도 온몸에 심각한 화상 자국이 남겠지만, 그래도 왕국의 상징인 국왕의 얼굴이 멀쩡하다는 것은 수많은 불행 중에 유일하게 다행스러운 일이었다.

"음……."

네프카는 경련이 일어나는 자신의 오른팔을 물끄러미 바라보았다.

"우리의 대처 상황은 어떤가?"

"라시크 요새에 1만의 병력과 세 개 마법사단, 그리고 샐러맨더 킬러 2번 대가 대기 중입니다."

"그런가. 병력이 좀 적은 것 같군."

"피치 못할 상황입니다. 알타 왕국과 레스톤 왕국도 경계해야 합니다."

"레스톤 왕국은 쉽게 움직이지 못한다. 반란군을 아직 처리하지 못했으니까."

네프카는 장담했다. 레스톤 왕국은 '피의 고리단'으로 불리는 도적단에 의해 일종의 내전 상태에 빠진 상태이다. 페슈마르 왕국에 경고문을 보낸 상태지만, 실제로 자신의 코가 석 자라 페슈마르 왕국에 전쟁을 걸 가능성은 극히 낮다고 할 수 있었다.

"하지만 알타 왕국은 다르지. 그들은 이익에 따라 움직인다. 만약 신수교단이 거부할 수 없는 제안을 한다면⋯⋯."

네프카는 통증으로 눈을 찌푸렸다. 바란은 재빨리 왕의 말을 받으며 말했다.

"두고 볼 것도 없이 공격을 시작하겠죠. 지금은 국내에 군대를 모으고 있는 정도이긴 합니다만."

"으음⋯ 외국과의 교역 상황은?"

"아직까지 우리와의 교역을 노골적으로 막는 일은 없습니다. 다만 앞으로 어떻게 될지는 불투명한 상태입니다. 그런데 폐하⋯⋯."

바란은 차마 말을 잇지 못하고 국왕의 시선을 피했다. 네프카는 늙은 대신의 표정으로부터 진짜 심각한 문제는 아직 말도 꺼내지 않았다는 것을 느꼈다.

"⋯파이파에 대한 이야기인가?"

바란은 침통한 얼굴로 고개를 끄덕였다.

"이제 일주일 남았습니다, 폐하. 대체 이 일을 어찌하면⋯⋯."

'아이스 피닉스'. 파이파와의 대결이 코앞에 다가온 상태이다. 그것은 폐슈마르 왕국의 국왕이 나라의 운명을 걸고 매년 한 번씩 치러야 하는 혼자만의 전쟁이다.

그러나 아무리 최강의 아크메이지인 네프카라 해도 이런

몸으로 신수와 대결하는 것은 자살행위였다. 네프카는 천장을 바라보며 나지막한 목소리로 말했다.

"어떻게든 시간에 맞추는 수밖에."

"폐하, 폐하는 아직 걷는 것조차 하실 수 없는 몸입니다."

"알고 있다. 쉽지 않다는 건."

천장을 노려보는 네프카의 눈이 칼날처럼 가늘어졌다. 지난 일주일 동안 그의 머릿속을 꽉 채우고 있는 것도 바로 그 문제였다.

노골적으로 말하자면 다리우스의 흉계도, 신수교단을 추종하는 수많은 세력과의 전쟁조차도 별다른 문젯거리가 아니었다.

네프카는 설사 전 대륙을 상대로 전쟁을 벌인다 해도 승리할 자신이 있었다.

페슈마르 왕국의 국력은 대륙 최강이었다. 군사력은 대륙 최대의 군사국가로 불리는 타로스 왕국에 밀리지 않았고, 경제력은 해상교역으로 막대한 부를 쌓고 있는 알타 왕국에 비해도 결코 떨어지지 않는 수준이었다.

오래 쌓인 화산재가 만들어내는 비옥한 토지는 막대한 식량을 생산했다. 막대한 식량은 막대한 인구를 부양할 수 있었다. 페슈마르 왕국의 인구가 대륙에서 가장 많은 것은 너무도 당연한 일이었다.

거기에 지금 시대의 가장 큰 전력이라 볼 수 있는 마법사는 두말할 것 없이 대륙 최강이었다. 그것은 오래전부터 혼자서 왕국을 지탱하는 국왕을 수호하기 위해 대륙 각지에서 모여든 마법사들이 가문을 이뤄 페슈마르 왕국의 뒤를 떠받쳐 왔기 때문이다.

"의사의 말로는 나흘쯤 지나면 걸을 수 있을 거라고 하더군.

"폐하, 겨우 걷는 게 가능하실 뿐입니다. 그 몸으로 축제는 불가능합니다."

언제부턴가 국왕이 파이파와 벌이는 숙명의 대결은 '축제'로 불리기 시작했다. 그것은 대결이 끝난 다음 실제로 축제가 벌어지기 때문이기도 했고, 동시에 국왕에 대한 철벽같은 믿음에 대한 직접적인 표현이기도 했다.

우리의 국왕은 단 한 번도 패하지 않았다.

그러니 올해도 당연히 승리하신다.

즉, 이것은 우리 백성들에게 있어 감사하고 즐겨야 할 축제이다.

페슈마르 왕국의 백성이라면 누구나 그렇게 생각하며 축제를 기다렸다. 그러나 그것은 국왕의 고생을 당연한 권리로 받아들이는 나태함과는 또 다른 분위기였다. 만의 하나 있을지 모르는 '종말'에 대한 공포를 이겨내기 위한 적극적인 방어책에 가깝다고 할 수 있었다.

'만의 하나라……'

네프카는 고통을 참으며 눈을 감았다.

그는 매년 전투를 치르며 탈진 상태가 되어 돌아온 부왕의 모습을 지켜봤다. 그리고 실제로 국왕이 되어 파이파와의 전투도 몇 차례나 치렀다.

그런 그이기에 단언할 수 있었다. 파이파와의 전투는 언제나 살얼음판을 걷는 일이라는 것을.

지난 300여 년 동안 단 한 번의 패배도 없었던 것은 말 그대로 기적이었다. 인간의 재능에 불굴의 신념이 더해지면 어떤 기적이 벌어질 수 있는지 보여주는 하나의 예일 뿐이었다.

하지만 이대로라면 그 모든 기적이 끝난다.

네프카는 다시 눈을 떴다.

그에겐 몇 개의 선택지가 있었다. 페슈마르 왕국의 영토는 건국 당시와는 비교할 수 없을 정도로 넓다. 지금 당장 레기스크 화산에 인접한 모든 도시와 마을을 소개(疏開)하고, 왕국의 중추를 영토의 외곽으로 옮기는 것도 충분히 고려할 만한 선택이었다.

그와 관련된 매뉴얼도 이미 몇 대 전부터 완벽하게 만들어져 있었다. 네프카는 단지 명령을 내리면 그만이었다.

"폐하……."

바란은 차마 네프카의 얼굴을 보지 못했다.

그 역시 국왕이 명령을 내려주기를 기다리고 있었다. 비참하고 부끄럽고 침통함에도 불구하고 그것은 네프카가 반드시 내려야 할 명령이었다.

"그대가 무엇을 기다리고 있는지 알고 있지."

네프카는 흘기듯이 눈동자만 돌려 바란을 보았다. 바란은
움찔하고 몸을 떨며 고개를 숙였다.

"폐하……."

"하지만 난 그것을 명하지 않을 것이다. 페슈마르 왕국의
300년 역사를 내 손으로 짓밟을 수는 없다."

"하지만 폐하, 잃는 건 영토만으로 족합니다. 거기에 폐하
까지 잃을 수는 없습니다."

"나는 부왕이 가지지 못한 것을 가지고 있다. 아니, 역대의
모든 국왕이 가지지 못한 것을 가지고 있지."

"물론 폐하께서는 페슈마르의 역사상 가장 강력한 국왕으
로 칭송받고 계십니다만……."

"내 힘을 말하는 게 아니다."

네프카는 천천히, 아주 천천히 고개를 저으며 말했다.

"나에겐 친구가 있다. 바로 이런 순간에 의지할 수 있는 그
런 친구 말이다."

"친구라니, 대체 무슨 말씀을……."

"모르겠는가? 지금 대륙 최강의 마도사가 누구인지?"

"그야 물론 폐하께서……."

순간 바란의 눈이 커졌다.

"서, 설마… 아카데미의 친우분들을 말씀하시는 겁니까?"

"물론 친구는 여럿 있다. 그러나 이런 상황에서 대업을 맡길 수 있는 사람은 오직 한 명뿐이다."

이름을 말할 필요도 없었다. 바란은 말문이 막힌 얼굴로 한참 동안 네프카를 바라보았다.

"진심… 이십니까?"

"물론 진심이다."

"그러나 폐하, 그분은… 스태틱 경은……."

바란은 차마 말을 잇지 못했다. 그러자 이번에는 네프카가 노신의 말을 이어받았다.

"이단으로 몰려 방랑 중이지. 하지만 상관없다. 제온을 이단으로 본 자들은 신수교단이다. 그리고 신수교단은 나와 나의 왕국을 함정에 빠뜨렸다."

"물론 그렇습니다만, 그러니까, 그러니까……."

바란은 하고 싶은 말이 머릿속에서 정리가 안 되는 듯 한참 동안 입을 뻐끔거리다 말했다.

"…우선 그분께서 어디 계신지도 모르지 않습니까?"

"하지만 알고 있을 만한 사람을 안다. 그 역시 나의 친구지."

"아카데미의 총장님을 말씀하시는 겁니까?"

네프카는 천천히 고개를 끄덕였다.

"지금 당장 통신구를 비롯한 통신실의 장비 일체를 나의 방으로 옮겨라. 내가 직접 샤리와 이야기를 해야겠다."

"…명에 따르겠습니다."

바란은 더 이상 토를 달지 않고 고개를 숙였다. 국왕은 이미 결심을 굳힌 상태였다. 그렇게 된 이상 자신을 비롯한 왕국의 모든 신하는 국왕의 뜻에 따를 수밖에 없었다.

페슈마르 왕국에 있어 국왕의 뜻은 신의 뜻과 같았다. 비록 파이파와의 전투를 위해 국정의 대부분을 신하에게 맡기긴 하지만, 바로 그것이 왕이 가진 권력을 절대적인 것으로 만들었다.

페슈마르의 왕은 일을 벌이지 못하는 게 아니었다. 그저 자신의 수련과 몸 관리에 방해받지 않기 위해 일을 벌이지 않는 것뿐.

하지만 만약 정말로 하고 싶은 일이 생긴다면 페슈마르의 모든 신하와 백성들은 왕의 명령에 따를 정신적인 무장이 되어 있었다. 그것이 바로 왕에 의해 300년간 이어진 페슈마르인의 자부심이었다.

만약 왕이 대륙을 점령하기 위해 전 국민 동원령을 내린다 해도 백성들은 기꺼이 창과 방패를 들고 전선으로 떠날 것이다.

네프카의 선택 또한 그와 다르지 않았다. 사실상 신수교단의 영향력에 놓인 전 세계에 전쟁을 선포한 것이나 다름없는 일이었다.

페슈마르 왕국과 매직 아카데미 사이에 통신이 연결되어 있다는 것은 극히 소수의 인원만이 알고 있는 국가 기밀이었다.

그것은 샤리가 네프카가 왕위에 오른 것을 기념하며 준 선물이었다. 비록 샤리가 최근에 만든 초소형 통신구처럼 휴대가 가능하고 즉석에서 연결되지도 않았지만, 대신 수백 키로가 넘는 페슈마르 왕국과 아카데미를 연결할 수 있는 강력한 성능을 자랑했다.

다만 통신이 연결되기까지의 과정이 오래 걸렸다. 일단 한쪽에서 거대한 호박만 한 크기의 통신구에 마력을 흘려 넣는다. 그러면 총 네 곳에 걸쳐 비밀리에 만들어진 중계 지점에 있는 통신구가 차례대로 반응한 다음, 최종적으로 반대편에 있는 통신구에 연결되는 구조였다.

이 과정만으로도 약 한 시간이 소요됐다. 그러나 일단 연결되면 서로 같은 방에 있는 것처럼 실시간으로 통신을 할 수 있기 때문에 대단히 유용했다.

"여기서부터는 내가 조작할 테니 모두 나가 있어라."

네프카는 자신의 침대 바로 옆에 설치된 통신구를 바라보며 명령했다. 통신실을 담당하고 있는 네 명의 마법사와 시종들이 절을 한 다음 즉시 밖으로 나갔고, 네프카는 괴로운 얼굴로 통신구에 손을 뻗어 마력을 흘려 넣기 시작했다.

"연결은 이미 된 것 같은데……."

그러자 낮은 잡음과 함께 통신구에서 여자의 목소리가 흘러나오기 시작했다.

―치직, 치익, 아카데미의… 샤리입니다. 페슈마르 왕국의 통신실… 입니까?

"연결됐군. 네프카다."

―폐하? 직접 말씀하시는 겁니까?

샤리의 놀란 목소리가 들렸다. 네프카는 언제나 단정한 복장에 어깨까지 올라오는 하얀 장갑을 끼고 있는 샤리의 모습을 떠올리며 말했다.

"나 혼자야. 편하게 말해도 돼."

―에… 정말? 통신실에 혼자 온 거야?

"몸이 불편해서 통신실 장비를 내 방으로 옮겼어."

―그 무거운 것들을? 고생 많았겠네.

"고생은 시종들이 했지. 그런데 알다시피 내가 지금 상태가 안 좋아. 그러니까 본론부터 말할게."

네프카는 통신구에 뻗은 오른팔이 경련을 일으키는 것을 노려보았다.

"지금 당장 제온과 연락을 해야 해. 제온이 어디 있는지 알아?"

―그야 대충 어디 있는지 알지만… 나도 접촉하려고 사람을 보내놓은 상태야.

"시간이 없어. 제온과 연락해서 당장 페슈마르 왕국으로 불러와야 해. 윽……."

네프카는 강렬한 통증을 느꼈다. 화상을 치료하는 과정에서 억지로 몸을 움직이니 피할 수 없는 결과였다.

─네가 신음 소리를 다 내다니… 정말 주변에 아무도 없긴 없나 보네.

샤리는 혀를 내둘렀다. 네프카가 드물게 약한 모습을 보이는 것은 오직 나인제로 몬스터즈의 친구들과 함께 있을 때뿐이었다.

─아무튼 상황이 급한 건 알겠어. 하지만 네프카, 먼저 확실히 해둘 게 있어.

"말해."

─제온을 부른다는 건 정말로 신수교단을 적으로 돌리는 일이야.

"이미 적이니까 상관없어. 물론 신수교단에 휘둘리는 왕국들이 문제지만, 지금은 그보다 중요한 문제가 많아."

─그럼 전쟁에 도와달라고 부르는 건 아니겠네. 결국 제온에게 파이파를 맡기려고?

"오직 그에게밖에 맡길 수 없는 일이야. 같은 아크메이지인 너한테는 미안한 말이지만……."

─미안하긴 뭘. 지금 이 세상에서 A급 신수를 일대일로 상대할 수 있는 게 너희들뿐이라는 건 세상이 다 알아. 난 격이 다르다고.

하지만 목소리는 심통이 난 듯했다. 네프카는 최대한 배려하는 목소리로 말했다.

"하지만 우리는 죽었다 깨어나도 이런 마도구를 만들 수 없지. 혼자서 연구를 해본 적도 있는데 도저히 모르겠더라."

—급하다면서 맘에도 없는 칭찬을.

샤리는 그래도 싫지는 않다는 목소리로 물었다.

—그보다 축제가 정확히 8일 남았지? 만약 시간 안에 못 가면 어떻게 할 거야?

"그러면 페슈마르 왕국이 망하는 거야. 반드시 찾아서 불러와야 해."

—힉, 이거 책임이 막중하네? 가능한 한 얼마 동안은 얼굴을 보고 싶지 않았지만… 어쩔 수 없지.

"직접 움직여 주겠어?"

—그래야지 어쩌겠어. 제온은 아마 라바인 사막 어딘가에 있을 거야.

"라바인 사막? 거긴 왜?"

—설명하기 복잡한 이유가 있어. 그래도 내가 아저씨한테 방법을 알려준 게 있으니까…….

"아저씨?"

—아, 데커라고 내가 아는 아저씨가 있어. 나중에 기회가 되면 설명할게. 아무튼 계획대로 일이 잘 풀렸다면 다들 무사히 있을 거야. 기억하지? 프로나가 제온에게 항상 가르치던

게 있잖아.

"프로나? 무슨 소리지?"

—걔가 제온을 인간답게 가르치면서 항상 하던 말이 '인간은 대화를 통해서 인간다워진다' 였어. 그러니까 우선 사정을 설명하고 대화를 하면 통할 거야. 일 년이나 지났으니 그 녀석도 좀 주위가 보이기 시작했을 테고.

"무슨 소리인지 통 모르겠는데."

—아, 물론 넌 모르는 이야기야. 그걸 다 설명하자면 한 시간도 모자라니까. 아무튼 당장 채비해서 직접 찾으러 갈게. 내 이동 마법이 마그나스 정도는 아니지만, 그래도 이틀 정도면 도착해서 찾을 수 있을 거야.

샤리의 말이라면 믿을 수 있었다. 네프카는 안도의 한숨을 내쉬며 말했다.

"부탁해. 그리고 가능하면 페슈마르까지 빠르게 데려왔으면 좋겠어. 제온은 다른 건 몰라도 이동 마법이 약하니까."

—약한 건 아닌데 느리지.

"그게 그거 아닌가?"

—속도를 최선으로 한다면……. 난 높이도 중요하다고 생각하거든. 아무튼 알겠어. 그리고 내 생각이 맞는다면 마그나스가 있을 테니까 빨리 올 수 있을 거야.

"그 녀석이 제온과 같이 있어?"

네프카는 눈을 크게 떴다. 마그나스에게 비밀리에 연락을 넣어 제온과 합류하게 부탁한 것이 바로 네프카였다. 샤리는 잠시 생각하는 듯 뜸을 들이다가 대답했다.

—지금까지 들어온 정보로는 그런 것 같아. 갑자기 잔잔한 바다에 폭풍이 몰아쳐서 배들을 침몰시켰다면 거의 그 녀석의 소행이 맞는다고 봐야 해.

"그런가? 아무튼 다행이군."

네프카는 안도했다. 페슈마르의 국왕이라는 입장상 직접적으로 제온을 도울 수 없다는 것이 언제나 안타까웠다. 그나마 마그나스가 옆에 붙어 있다는 것을 알게 되자 한결 마음이 놓였다.

"그럼 부탁해, 샤리. 페슈마르 왕국의 미래가 네 손에 달렸어."

—알았으니까 몸조리나 잘해. 그리고 이건 최신 정보인데…….

"최신 정보?"

—타로스 왕국은 곧 싸움을 걸 거야. 다른 데 눈치 안 보고. 왜냐하면 야심차게 만든 신병기가 제온의 손에 박살이 나버렸거든. 어떻게든 실전 테스트를 늘려서 개발에 박차를 가하려는 속셈이야.

"테스트를 위한 전쟁인가? 신병기라면 소문이 자자한 그걸 말하는 거겠지?"

—맞아. 크롬 나이트. 전선의 병사들에게 주의하라고 하는

게 좋을 거야.

"알겠어. 그리고 고마워."

—나중에 한턱 쏘는 거 잊지 마. 아기 낳으면 보러 구경 갈 테니까. 알았지? 후후.

샤리는 기대된다는 듯 웃으며 통신을 끊었다. 네프카 역시 통신구에 대고 있던 팔을 침대 위로 늘어뜨리며 길게 한숨을 내쉬었다.

"후우, 아기라……."

네프카는 극심한 피로를 느끼며 눈을 감았다. 현재 그에겐 네 명의 측실이 있었고, 그중 두 명이 임신 중으로 산달을 앞두고 있었다.

많은 측실을 두고 많은 아이를 낳는 것. 그것은 페슈마르 왕국의 국왕에게 있어 파이파와의 대결 다음으로 중요한 것이었다. 자식을 많이 남겨야 그중에 다음 대를 이을 강력한 마법사가 태어날 가능성이 높아지기 때문이다.

하지만 아무리 국왕의 임무라 해도 네프카 역시 한 사람의 인간으로 곧 태어날 자식들에게 큰 기대를 품고 있었다. 그것은 그들의 재능에 대한 기대가 아닌, 자신이 아버지가 된다는 사실에 대한 기대였다.

"걱정 말고 무사히 태어나라. 너희들이 적어도 서른 살이 넘을 때까지는 내가 왕위를 지킬 테니까."

네프카는 입가에 미소를 지으며 중얼거렸다. 그리고는 다시 눈을 번쩍 뜨며 소리쳤다.

"밖에 누구 없나! 지금 당장 라시크 요새로 전령을 보내야 한다!"

타로스 왕국의 군대를 이끌고 있는 것은 아베론 후작이었다.

그는 타로스 왕국의 총사령관이자 왕제(王弟)로서 국왕인 형을 제쳐놓고 실질적인 왕국의 실권자임을 자부하고 있었다. 마음만 먹으면 왕위를 찬탈할 수 있는 힘을 가지고 있으면서도 그렇게 하지 않는 이유는 그에게 권력보다 중요한 목표가 있기 때문이었다.

"왕제 전하, 저희 군은 이미 페슈마르 왕국의 국경을 넘었습니다."

부관의 기계적인 목소리에 말에 타고 있던 아베론은 퍼뜩 정신을 차리며 옆을 돌아보았다.

"라시크 요새까지는 얼마나 남았지?"

"앞으로 반시간 후면 사정거리에 도착합니다. 명령하신 대로 도착 즉시 전투를 수행할 수 있도록 만반의 준비를 갖춰놓았습니다."

아베론은 고개를 끄덕였다. 그가 이끌고 있는 것은 타로스 왕국의 정예군 3만이었지만, 지금은 페슈마르 왕국과 전면전을 펼쳐 항복을 얻어내는 게 목적이 아니었다.

아베론은 자신의 바로 뒤를 따라오는 수십 대의 마차를 바라보며 말했다.

"지금 바로 케이오스와 아세린을 불러라."

"알겠습니다."

부관은 즉시 답하며 뒤쪽으로 말을 달렸다. 잠시 후 원정군 사령관인 케이오스 장군이 말을 몰아 아베론의 왼편으로 달려왔다.

"왕제 전하, 부르셨습니까?"

40대의 장군이자 미들 위저드 급의 마법사이기도 한 케이오스가 가슴에 주먹을 붙이며 아베론을 바라보았다. 아베론은 고개를 끄덕이며 말했다.

"전투 직전에 호출해서 미안하네, 장군."

"아닙니다. 왕제 전하의 명이시라면 전장의 한복판이라 해도 달려올 것입니다."

그것은 아부가 아닌 충성과 믿음의 증거였다. 아베론은 군사적인 높은 식견과 정치적인 배려를 통해 타로스 왕국의 군부에게 절대적인 신뢰를 얻고 있었다. 그를 통해 잡병의 숫자만 많았던 타로스 왕국의 군대는 진정한 군사 강국으로 다시 태어나게 된 것이다.

아베론은 냉정한 눈으로 케이오스를 보며 말했다.

"이번 전투의 목적은 어디까지나 전투 그 자체라는 것을 명심하게. 승리도 좋고 패배도 상관없어. 하지만 반드시 두

가지의 조건을 만족해야 하네."

"크롬 나이트에게 실전을 치르게 하는 것까지는 알고 있습니다만……."

케이오스는 아베론의 오른쪽으로 접근하는 크롬 나이트의 마차를 바라보았다. 마침 마차의 창문이 열리며 두꺼운 갑옷을 입은 크롬 나이트의 단장 아셰린이 얼굴을 드러냈다.

아셰린은 황송한 듯한 얼굴로 고개를 숙이며 말했다.

"무례를 용서하시기 바랍니다. 완전무장 중이라 마차에서 내릴 수가 없었습니다."

"신경 쓰지 말게, 아셰린 경."

아베론은 다시 케이오스를 보며 말했다.

"크롬 나이트뿐만이 아니야. 우리 군 전체가 강력한 마력을 보유한 페슈마르의 군대와 실전을 치르는 것 자체가 중요하네."

"그렇다면… 군 전체가 충분한 실전을 치르게 하라는 말씀이시군요."

케이오스는 납득한 듯 고개를 끄덕였다. 보통 전쟁은 실전을 담당한 최전방의 부대에 의해 승패가 갈리며, 후방에 있는 예비대는 보조적인 역할을 맡게 되는 게 일반적이다. 하지만 아베론은 가능한 한 모든 병사에게 실전을 경험할 수 있게 하라는 주문을 내린 것이다.

"그것이 첫 번째 조건이네. 장군이라면 군대를 효율적으로

운용할 수 있을 거라고 믿고 있네."

"맡겨주십시오. 왕제 전하의 믿음에 부응하도록 전력을 다하겠습니다."

케이오스는 주먹으로 자신의 가슴을 두드리며 묵직한 소리를 울렸다. 아베론은 입가에 미소를 지으며 말했다.

"맡기겠네. 그리고 두 번째 조건은 그렇게 싸우면서도 피해를 최소한으로 줄여야 한다는 거야."

"이를 말씀이십니까?"

"아니, 당연한 것 같지만 중요한 문제라네. 기껏 실전 경험을 해놓고 전력의 대부분을 잃어버리면 아무 소용이 없어. 처음부터 다시 시작해야 하는 셈이니 차라리 안 하니만 못하네."

아베론은 진중한 얼굴로 아셰린을 돌아보며 말했다.

"그런 의미에서 크롬 나이트는 이번에 더더욱 신중을 기울여야 한다. 알겠나, 아셰린 경?"

"가슴에 새기겠습니다, 전하. 한 달 전의 실책을 다시는 반복하지 않을 것입니다."

아셰린은 무거운 얼굴로 고개를 숙였다. 한 달 전의 실책이란 제스터 섬에서 벌어진 이단토벌단의 전투를 말하는 것이었다.

토벌단과 함께 싸운 아셰린의 크롬 나이트 30기 중에 살아서 본국으로 귀환한 것은 고작 다섯 기에 불과했다. 아베론은 진중한 표정을 풀며 가볍게 웃으며 고개를 저었다.

"그 일을 나무라는 것이 아니야. 난 오히려 자네가 살아 돌아왔다는 것에 얼마나 안도했는지 모르네. 그때는 상대가 너무 안 좋았을 뿐이지. 하지만 이번엔 다르네. 페슈마르의 마법사들이 대륙 최강이라고 하지만 결국 그냥 마법사일 뿐이야. 아크메이지만 없다면 이쪽이 괴멸당할 일은 없다고 봐도 되네."

아베론이 말하는 아크메이지란 물론 국왕인 네프카를 말하는 것이다. 네프카가 극심한 부상을 입고 병석에 누워 있다는 소문은 이미 대륙 전체에 공공연하게 퍼져 있는 상태였다.

"페슈마르 역시 우리와의 전투에 전력을 기울일 수는 없어. 레스톤 왕국과 알타 왕국을 견제해야 하니까. 거기에 새롭게 편성된 신수교단의 이단토벌단도 움직이고 있다고 하고. 그러니 서전은 무난하게 우리가 승리를 차지할 수 있을 것이네."

아베론은 확신하듯 말했다. 그리고 그것을 증명하기라도 하듯 국경을 통과하며 지금까지 저항다운 저항은 한 번도 없었다.

"그러나 만약 적들이 전멸도 불사하고 온 힘을 다해 싸울 기미가 보인다면 그때는 이쪽이 병력을 물려야 하네. 무슨 말인지 알겠나? 우린 영토를 얻기 위해서나 적의 항복을 얻기 위해서 싸우는 게 아니야. 하물며 신수교단의 복수를 위해 싸우는 것도 아니지. 물론 덕분에 아주 훌륭한 대의명분을 얻게 되었지만 말이네. 그럼 이제 내 뜻을 알겠는가?"

"명심하겠습니다!"

케이오스와 아셰린이 동시에 대답했다. 아베론은 만족한 듯 고개를 끄덕이며 손을 휘둘렀다.

"그럼 물러가게. 전투 준비를 해야지."

두 사람은 즉시 인사를 건네며 자신의 자리로 돌아갔다. 아베론은 날카로운 눈으로 멀리 보이는 페슈마르 왕국의 요새를 노려보며 중얼거렸다.

"페슈마르 왕국, 너희들의 그 잘난 콧대를 꺾어줄 날도 이제 멀지 않았다."

최강의 마도사인 국왕을 비롯해 페슈마르가 대륙에서 가장 강력한 마법사를 보유하고 있다는 칭송을 들을 때마다 아베론은 속이 뒤틀리는 것을 참아야 했다.

그것은 자신이 마법에 재능을 가지지 못하고 태어난 것에 대한 콤플렉스였다. 혼자서 수십 명의 병사를 상대하고, 자유롭게 하늘을 날아다니는 마법사들을 볼 때마다 아베론은 세상의 불공평함에 이를 갈며 다짐했다.

─마법사 없이도 전장을 휘어잡을 수 있는 강력한 군대를 만들 것이다! 언젠가 반드시!

그것을 위한 첫걸음이 바로 자신이 심혈을 기울이고 있는 크롬 나이트였다. 그들에게 적용한 안티매직 기술이 점점 더 발전하고 개량을 거듭한다면 언젠가 군대의 모든 병사들이 쏟아지는 마법을 뚫고 적진으로 돌격하는 날이 찾아올 것이다.

그것이 바로 아베론이 권력보다 중요하게 여기는 목표였다. 물론 목표를 달성하기 위해서 강한 권력이 필요한 건 마찬가지였다. 그러나 국왕이라는 자리는 군사력뿐만 아니라 국정의 모든 분야를 신경 써야 한다. 아베론에게 있어서는 직접 군대를 움직여 실전을 치르거나, 크롬 나이트의 육성에만 전념을 기울일 수 없게 만드는 짐짝이나 다름없는 자리였다.

"타로스 왕국군이 국경을 넘어 계속 전진! 약 30분 후면 요새에 도착합니다!"

성벽 위로 날아온 마법사 한 명이 다급한 얼굴로 보고했다. 이그니스는 길게 내려온 붉은 앞머리를 쓸어 넘기며 불쾌한 표정을 지었다.

"지금부터 적군이라고 부른다. 알겠나?"

"네, 알겠습니다!"

마법사는 빠릿빠릿한 자세로 대답했다. 이그니스의 성격이 불같다는 건 페슈마르 왕국에 소속된 마법사라면 누구나 알고 있는 사실이다. 신경을 거슬렀다가 크게 데인 사람이 한두 명이 아니라 페슈마르 왕국에서는 소위 '미친개'로 불렸다.

"이 비열한 놈들이 하필 이럴 때를 노리다니······."

이그니스는 동쪽 평야를 노려보며 이를 갈았다. 국왕이 중상으로 병상에 누워 있을 때를, 그것도 축제가 며칠 남지 않을 때를 노려 페슈마르 왕국을 공격하는 적의 행태에 울분을 토하지 않을 수 없었다.

온 대륙을 떠돌며 제멋대로 살아온 그가 페슈마르 왕국에 정착해 샐러맨더 킬러가 된 것은 다름 아닌 국왕인 네프카에 대한 동경과 충성 때문이었다. 3차 마도대전 당시, 소속 없이 전쟁에 참전한 이그니스는 자신보다 네 살 어린 네프카와 친구들이 전장을 휘어잡는 것에 진심으로 감탄했다.

특히 그의 마음을 사로잡은 것은 전장을 잿더미로 바꾸는 네프카의 모습이었다. 약간의 결벽증이 있는 이그니스의 미학으로는 적의 시체조차 남기지 않는 네프카의 전투가 가장 아름답고 완벽하게 보인 것이다.

그렇다고 전쟁 동안 구경만 하고 다닌 것은 아니었다. 이그니스 또한 하이 위저드 등급의 마법사였다. 물론 소위 말하는 '나인제로 몬스터즈' 급의 활약은 아니라 해도, 그 역시 수많은 전장을 누비며 인간들의 승리에 큰 기여를 했다는 사실엔 변함이 없었다.

전쟁이 끝난 이후, 전 세계의 왕국과 집단들이 소속 없는 이그니스를 향해 러브콜을 보냈다. 자유를 추구하는 이그니스는 대부분의 제의를 열어보지도 않고 걷어찼지만, 그중에 페슈마르 왕국의 문장이 적혀 있는 편지만큼은 도저히 거부할 수가 없었다.

편지는 국왕이 된 네프카가 직접 쓴 친서였다. 내용은 시도 때도 없이 샐러맨더가 출몰하는 페슈마르 왕국의 상황에 대한 설명과, 덕분에 강력한 빙결술사인 이그니스가 자신에게 얼마나 필요한지에 대한 이야기였다.

이그니스는 편지를 다 읽자마자 곧장 페슈마르 왕국으로 날아가 네프카의 앞에 무릎을 꿇었다. 그는 자존심 강하고 자유로운 성격의 이그니스가 섬길 수 있는 유일한 왕이었다.

네프카는 이그니스에게 곧바로 샐러맨더 킬러의 1번 부대의 자리를 내줬다. 그것은 강력한 마법사로 이름 높은 페슈마르 왕국에서도 정점에 섰다는 명예를 의미했다.

물론 이그니스는 세속적인 명예에는 관심이 없었다. 오직 네프카가 자신을 인정하고 있다는 사실 자체에 만족할 뿐이었다.

그렇기 때문에 네프카를 함정에 빠뜨리고 그것도 모자라 전쟁을 걸어온 모든 적에게 지옥 같은 죽음을 선사하고 싶었다. 당장에라도 적진으로 날아가 자신의 특기인 블리자드(Blizzard)를 퍼부어야 속이 시원해질 것 같았다.

그러나 그럴 수가 없었다. 정찰을 하고 돌아온 마법사가 불안한 얼굴로 이그니스를 바라보며 말했다.

"이그니스님, 아무리 화가 나셔도 폐하께서 내리신 명령이……."

"사령관이라고 불러!"

이그니스는 마법사를 노려보며 버럭 소리쳤다.

"폐하께서 내게 라시크 요새의 군대를 맡기셨다! 내가 동부군의 사령관이야!"

"넷, 사령관님. 알고 있습니다."

마법사는 기가 죽은 얼굴로 고개를 끄덕였다. 최강의 마법사가 모여 있는 샐러맨더 킬러 1번 부대는 국왕의 명령에 따라 임시로 군사령관이 될 수 있는 권한이 주어져 있었다.

그러나 실제로 그런 명령을 내리는 일이 드물었기 때문에 이그니스는 이것을 네프카가 자신에게 보여주는 특별한 믿음이라고 생각했다. 그리고 그런 생각이 이그니스를 마음대로 날뛰지 못하게 하는 강력한 족쇄로 작용했다.

"…폐하의 명령은 절대적이다. 나도 알고 있어."

이그니스는 눈을 질끈 감으며 화를 삭였다. 바로 몇 시간 전에 왕궁으로부터 네프카의 명령이 떨어진 것이다.

—타로스 왕국군이 국경을 넘어 공격해 온다면 전면전을 피하라. 라시크 요새를 포기하고 주둔군을 후방으로 퇴각시

키는 것이 첫 번째 목적이다. 적들이 요새를 점령한 이후에도 곧바로 추격해 올 경우에 한해 영격(迎擊)을 허락한다. 그렇지 않을 경우 절대 먼저 공격하지 마라. 에슈빌에 군대를 주둔하고 적의 움직임에 대비하라.

네프카의 명령은 교전이 아니라 회피였다. 이그니스는 국왕이 어째서 그런 명령을 내린 건지 이해할 수 있었지만, 그래도 속에서 열불이 터지는 것은 어쩔 수가 없었다.

"전군을 에슈빌까지 퇴각시킨다! 지금 당장 움직여!"

이그니스는 뒤쪽에 대기 중인 전령에게 소리쳤다. 사실 라시크 요새의 군대는 이미 퇴각 준비를 마친 상태라 신속한 이동이 가능했다. 단지 이그니스의 자존심이 아슬아슬한 순간까지 퇴각 명령을 내리는 걸 막고 있었을 뿐이다.

"이 울분은 이자까지 몇 배로 쳐서 갚아주겠어."

이그니스는 이를 뿌득 갈며 공중으로 날아올랐다. 그는 내심 적들이 자신들을 추격해 오기를 기대했다. 라시크 요새는 민간인이 거주하지 않는 군사요새라 간단히 포기할 수 있었지만, 에슈빌은 십만이 넘는 인구를 자랑하는 대도시였기 때문에 절대로 포기할 수 없는 요충지였다.

'그래, 쫓아만 와라, 이놈들아. 샐러맨더 킬러의 실력을 유감없이 보여줄 테니…….'

제온은 이틀 만에 살바스 수도회의 비밀기지, 정확히는 초신수를 제거하기 위해 천 년의 시간을 건너온 '마지막 세대'의 연구소에서 빠져나왔다.

목적은 새롭게 만들어진 병기의 테스트였다. 제온은 처음 들어갔던 유사의 입구가 아닌, 한참 떨어진 유적지의 비밀 문으로 안전히 나올 수 있었다.

"그래도 근처에 있겠지."

제온은 나지막하게 중얼거리며 주변의 사막을 비행했다. 그러자 얼마 지나지 않아 근처의 모래가 들썩이며 제온을 따라 빠르게 접근했다.

"역시 있었군."

제온은 웃으며 지면을 바라보았다. 그 순간 들썩이던 모래 속에서 거대한 바실리스크 한 마리가 몸을 솟구쳐 제온을 향해 날아올랐다.

파직!

제온은 역장으로 바실리스크의 돌진을 막아냈다. 머리통으로 역장을 들이받은 바실리스크는 공중에서 몸부림을 치며 다시 모래 위로 추락하기 시작했다.

푸확!

머리부터 추락한 바실리스크는 그대로 모래 속으로 파고들며 모습을 감췄다. 하지만 도망친 건 아니었다. 제온은 녀석이 모래 속에서 이리저리 움직이며 묘한 파동을 주위로 쏘

아대는 걸 감지할 수 있었다.

'동료를 부르는 건가? 좋아, 그럼 슬슬 시작해도 되겠군.'

제온은 왼손 중지에 낀 반지를 가볍게 쓰다듬었다. 그것은 바로 초신수의 성법기인 '라시드의 눈'으로, 모든 사람이 사용할 수 있도록 데커가 개조한 물건이었다.

─기본적인 테스트는 끝났네. 다만 익숙해지려면 실전이 필요할 거야. 충전도 끝났고 하니 밖에 나가서 테스트해 보고 결과를 알려주게. 케인의 자료를 업데이트해야 하니까 말이야.

데커는 개조가 끝난 반지를 스스럼없이 건네주었다. 제온은 마치 자신이 최후의 세대의 일원이 된 것 같은 기분을 느꼈다.

그것은 매우 불쾌한 기분이었다. 마치 아프레온에게 복수하기 위해서 영혼을 판 것 같았지만, 이제 와서 최후의 세대를 모조리 죽이고 혼자서 초신수를 상대할 수도 없는 노릇이었다.

"와라."

제온은 태양빛을 반사하는 하얀 모래사막을 노려보았다. 그러자 한동안 모래 속을 유영하며 기운을 차린 바실리스크가 지면을 향해 빠르게 올라오는 것이 느껴졌다.

푸확!

모래를 뚫고 솟아오른 바실리스크는 흡사 먹이를 낚아채기 위해 수면 위로 뛰어오른 물뱀 같았다. 제온은 쩍 벌린 바실리스크의 입안을 향해 반지를 조준했다.

검은색이던 반지는 어느새 하얗게 변해 빛을 뿜고 있었다. 그 빛은 사막의 강력한 태양광 눌려 잘 보이지 않았지만, 바실리스크가 솟아오름과 동시에 한 점으로 모여 집중되었다.

치익.

소리는 거의 들리지 않았다.

초고온으로 압축된 열선은 순간적으로 바실리스크의 몸을 수직으로 관통했다.

순간적으로 바실리스크의 몸이 벼락이라도 맞은 것처럼 경직되었고,

콰아아아아아아악!

동시에 괴성을 지르며 고개를 지면 쪽으로 꺾어 추락했다. 몸을 마음대로 움직일 수 없는지 이번에는 모래 속으로 파고들지 못하고 몸 전체로 사막 위에 떨어져 처절하게 몸부림치기 시작했다.

콰악! 콰아아아악!

바실리스크는 마치 구멍 뚫린 호스에서 물이 새어 나오듯 사방으로 붉은 피를 뿌려댔다. 한편 제온은 냉정한 눈으로 녀

석의 모습을 관찰했다. 어디에 어떻게 관통당했는지는 모르지만, 아무튼 즉사하지 않은 걸로 봐서 심장 같은 중요한 장기의 손상은 피한 모양이었다.

'모든 걸 관통할 수 있지만, 문제는 그게 작은 점이라는 거군.'

제온은 오른팔에 입은 상처를 떠올렸다. 열선이 관통한 구멍의 굵기는 새끼손까락이 쏙 들어갈 정도이다.

인간이라면 몸통의 어디에 맞아도 위험할 것이다. 다만 생명력이 강한 신수라면 급소를 노리지 않고서는 일격에 숨통을 끊을 수 없었다.

'머리를 한 번에 관통한다면……'

제온은 라기아 시티에서 본 아프레온의 모습을 떠올렸다. 수십 미터에 달하는 거대한 몸에 비해 상대적으로 머리가 작아 보였지만, 정확히 맞출 수만 있다면 일격에 숨통을 끊을 수 있을 것도 같았다.

초신수는 결코 신이 아니었다. 오히려 어리석은 인간들이 만든 자멸의 상징이었고, 신이 되고 싶어한 인간이 만든 욕망의 결정체였다.

다만 신수가 가지고 있는 특유의 회복력에는 주의를 기울여야 했다. 제온은 관통상을 입은 바실리스크가 어느새 몸을 추스르고 모래 속으로 파고들어 가는 것을 지켜보았다. 아무리 치명상이 아니라 해도 저런 상처를 입고 금방 운동능력을 회복하는 모습은 경이로웠다.

"대단한데? 저러고도 살아서 도망치는 거야?"

언제 따라 나왔는지 제온의 뒤에 도착한 마그나스가 혀를 내두르며 말했다. 제온은 마지막 남은 꼬리가 파닥거리다 모래 속으로 사라지는 것을 보며 고개를 끄덕였다.

"신수는 생명력이 강해. 인간에 비할 바가 아니야."

"분명 초신수는 더 강하겠지? 그걸로 싸울 거면 머리나 심장을 노리는 게 좋을 거야."

"초신수라면 심장에 구멍을 뚫어도 장담 못해. 역시 머리를 노려야 할 것 같은데……."

제온은 마그나스를 돌아보았다. 마그나스는 오랜만에 여장을 풀고 수수한 모습으로 돌아와 있었다.

"…순간 누군가 했다. 이제 여장은 안 하는 거야?"

"왜? 안 하니까 아쉽냐?"

"그럴 리가. 잃었던 친구를 다시 찾은 기분이야."

제온은 웃으며 어깨를 으쓱였다. 마그나스는 얼굴 근육을 이리저리 움직이며 표정을 풀기 시작했다.

"가끔씩은 원래대로 돌아가야 안 잊어버리지. 화장품이 부족하기도 하고. 무엇보다 그 아저씨가 너무 미친놈 취급하는 것 같아서 불편해."

"데커 말이지?"

"그 사람은 문명이 엄청 발전된 시대에서 왔다면서 왜 그

렇게 보수적인지 모르겠다니까? 나만큼 어울리는 사람이 여
장을 하면 그 자체로 예술이라는 걸 좀 이해해 줬으면 좋겠
어."

"마이는 이해해 주는 것 같던데."

"뭐, 그 애는 여자애니까."

마그나스는 웃으며 말했다.

"보기보다 화장이나 몸단장에 관심이 있어. 아무리 인형처
럼 굴어도 분명히 사람이야. 다만 나 같은 거 말고 진짜 여자
한테 좀 배웠으면 하는데 말이지."

"동감이야. 아침부터 거기 붙어 있던데, 지금도 그래?"

"응. 지금도 거기 붙어 있어."

두 사람이 말하는 거기란 마지막 실험체인 세타가 들어 있
는 실험관이었다. 데커는 더 이상 클론을 만들지 않기로 했지
만, 이미 완성이 가까워진 세타들은 계속해서 육성하는 수밖
에 없었다.

제온과의 거래로 세타에 대한 세뇌 작업도 멈췄고, 기존에
걸려 있던 세뇌 역시 천천히 풀며 회복시키는 치료가 이어지
고 있었다. 물론 실제로 무슨 짓이 벌어지고 있는지는 데커밖
에 모른다. 다만 제온은 그가 쓸데없이 허튼짓은 하지 않을
거라고 생각했다. 당장 6개월 후에 세타가 실험관에서 나오
게 될 때를 생각한다면 말이다.

"아무래도 동생처럼 생각되는 게 아닐까? 자신에겐 혈육이

없으니까 말이야."

마그나스가 말했다. 제온은 실험관 속에 있는 네 명의 남자아이를 떠올렸다.

"…그렇다면 다행이지. 이제는 그 아이도 다른 것에 흥미를 가져야 돼."

"시간이 지나면 점점 더 좋아질 거야. 다만 너도 변해야해."

"나?"

"그래, 너. 네가 맹목적으로 한 가지에만 몰두하면 마이도 너처럼 하나에만 몰두할 수밖에 없어. 물론 복수를 위해 집중하는 걸 뭐라고 할 생각은 없지만, 그래도 인간적인 모습을 보여줘야 그 아이도 제대로 된 인간이 될 수 있을 거야."

옳은 말이었다. 제온은 멍한 눈으로 실험관을 바라보고 있는 마이의 모습을 떠올렸다.

마이가 자신에게 집착하는 것은 그렇게 세뇌되었기 때문이다. 하지만 데커의 말대로라면 인간의 뇌는 주위의 환경에 맞게 끊임없이 변한다고 한다. 보다 넓은 세상에서 다양한 자극을 받고 정상적인 인생을 산다면 그녀의 세뇌도 자연스럽게 약해지며 정상에 가깝게 돌아올 수 있을 것이다.

제온은 들썩거리는 사막을 바라보며 한참 동안 생각했다. 두 마리의 바실리스크가 추가로 모래 속에 나타났지만, 어째서인지 바로 뛰쳐나오지 않고 이리저리 헤엄만 칠 뿐이다.

제온은 한참 만에 입을 열었다.

"세 가지를 생각하고 있어."

"뭐를?"

"마이 말이야. 신수교단을 적으로 돌린 이상 정상적으로 살긴 힘들어. 하지만 사정을 말할 수 없는 곳에 함부로 맡길 수도 없고. 후보지는 매직 아카데미, 페슈마르 왕국, 그리고 베이라 군도야."

베이라 군도는 수인들이 모여 사는 섬으로, 나인제로 몬스터즈의 친구인 밍우이의 고향이기도 하다. 마그나스는 잠시 고민하다 물었다.

"그건 지금 당장을 말하는 거야, 아니면 복수를 끝낸 다음?"

"가능하면 지금."

"쉽지 않을 것 같은데. 떨어지려고 하겠어?"

"어떻게든 설득해야지. 초신수와 싸울 때 옆에 있으면 내가 제대로 싸울 수 없다고 말이야."

"실제로 그렇기도 하니까. 누군가를 지켜주면서 할 수 있는 싸움은 아니지."

"완전히 헤어지는 게 아니라 몇 달마다 한 번씩 반드시 돌아가서 만나주겠다고 약속할 거야."

"정말로 약속하는 거야? 아니면 일단 떨어뜨려 놓기 위한 입발림?"

"정말이야. 그 애한테 거짓말은 안 해."

"그렇다면야 상관없지만……."

마그나스는 제온의 얼굴을 바라보았다. 사막을 바라보는 제온의 표정은 여러 가지로 복잡해 보였지만, 그것은 적어도 나쁜 징조는 아니었다. 복수 이외에는 아무것도 생각하지 않던 그에게 함부로 저버릴 수 없는 소중한 것이 돌아오고 있다는 증거이기 때문이다.

"그렇다면 페슈마르가 나을 거야."

마그나스는 팔짱을 끼며 말했다.

"아카데미가 아무리 치외법권이라도 한계가 있어. 작기도 하고."

"오히려 숨어 지내기엔 딱 좋지 않을까?"

"그렇긴 하지만 정말로 숨어 지내야만 한다면 불쌍하잖아? 아카데미에서 할 수 있는 건 도서관에서 책 보는 것뿐이야. 몰래 마을에 나와도 식당이랑 여관밖에 없고. 하지만 페슈마르라면 다르지. 누가 뭐래도 대륙 최고의 강대국이니까 다양한 경험을 할 수 있어."

"페슈마르 왕국이라……."

"신수교단은 아직 마이의 존재를 모르니까. 그 애 한 명이라면 네프카도 별 부담 없이 맡아줄 수 있을 거야. 사람들의 눈이 신경 쓰인다면 나 혼자 마이를 데리고 다녀와도 돼. 사실 널 찾으라고 부탁한 것도 그 녀석이었으니까."

마그나스는 별것 아니라는 듯 웃으며 말했다. 그리고 그 순간,

푸확!

모래 속을 헤엄치던 두 마리의 바실리스크가 동시에 두 사람을 향해 솟구쳐 올랐다. 미리 준비하고 있던 제온은 양손을 뻗으며 각기 다른 바실리스크를 조준했다.

푸욱!

먼저 라시드의 눈에서 광선이 집중되며 왼쪽에 솟아오른 바실리스크의 몸을 관통했고, 동시에 오른손으로 뿌린 체인 라이트닝이 오른쪽에 솟아오른 바실리스크의 몸을 휘감았다.

파지지지직!

작렬하는 뇌전은 광선에 꿰뚫린 다른 바실리스크의 몸으로 옮겨가 연쇄적으로 감전을 일으켰다. 녀석은 완전히 치명상을 입은 듯 몸부림치며 추락하는 다른 녀석과 달리 전신이 굳어버린 채 하릴없이 지면으로 떨어졌다.

"휘유, 저 녀석은 아주 간 것 같은데?"

마그나스가 휘파람을 불었다. 체인 라이트닝에 맞은 녀석은 모래 위에서 잠시 경련을 일으키다 즉시 정신을 차리며 모래 속으로 파고들었지만, 다른 녀석은 꼼짝도 하지 않고 축

늘어져 있다.

"이번엔 머리를 노렸으니까."

제온은 자신의 머리를 손가락으로 두드렸다. 광선에 뇌가 관통당한 채 체인 라이트닝의 여파에 휘말리고도 살아 있다면 그건 더 이상 생물이라고 부를 수 없을 것이다.

"역시 강해. 그런데 그 반지, 무한정 쓸 수 있는 거야?"

마그나스가 물었다. 제온은 고개를 저으며 대답했다.

"그럴 리가. 여섯 번이 한계야."

"여섯 번 쓰면 마력이 다 떨어진다는 건가?"

"그런 건 아니야. 이건 다른 성법기와는 달리 미리 마력을 충전할 수 있어."

제온은 데커에게 들은 이야기를 그대로 설명했다. 라시드의 눈이 가진 메커니즘은 크게 3단계였다.

A. 반지 자체에 충전된 마력.

B. 반지를 발동시키기 위해 사용자가 소모하는 마력.

C. 반지가 발동되면 반지와 연결된 라시드의 몸에서 소모되는 마력

라시드의 눈은 이 세 종류의 마력이 동시에 소모되며 작동하는 것이었다. 문제는 소모되는 마력의 양을 100이라고 본다면, 적어도 A와 B의 합이 50이 되어야 한다는 점이다.

"충전된 마력과 내 마력으로 어떻게든 절반은 충당해야 해. 그러니까 체리오트처럼 마력이 별로 강하지 않은 녀석도 이걸 쓸 수 있는 거야. 대부분 반지에 미리 충전되어 있는 마력을 사용한 거지."

"그렇군. 충전은 다른 사람이 대신 해줄 수도 있고?"

"응. 당장 이것도 연구실 지하에 있는 신수들에게서 뽑아낸 마력으로 충전되어 있지."

제온은 고개를 끄덕였다. 하지만 반지가 미리 충전되어 있어야 능력을 쓸 수 있던 체리오트와는 달리 제온은 반지의 마력이 텅 비어 있어도 자신의 마력만으로 그것을 작동시킬 수 있었다.

"반지가 제대로 주인을 만났네. 그런데 신수교단이 어떻게든 탈환하려고 하지 않을까?"

"얼마든지 오라고 해. 초신수의 성법기에 죽으면 그 녀석들도 영광이라고 생각하겠지."

제온은 가만히 웃으며 교황청이 있는 서쪽을 향해 반지를 겨눴다. 그런데 문득 아지랑이가 올라오는 사막의 서쪽 하늘 저편으로 작은 점 하나가 찍혀 있는 것이 보였다.

"…저게 뭐지?"

"뭐가?"

제온은 손가락으로 점을 가리켰다. 마그나스는 눈을 가늘게 뜨고 그것을 노려보다 깜짝 놀라며 소리쳤다.

"사람이잖아!"

"…신수교단의 정찰병인가?"

제온은 즉시 반지를 낀 왼손을 내렸다. 아직은 적들에게 반지에 대한 정보를 노출시킬 필요가 없었다.

"지금은 일단 뇌전으로 떨어뜨려야겠군. 한 명뿐이라면 아무래도 상관없지만……."

"아니. 잠깐 기다려."

마그나스는 제온의 오른팔을 붙잡으며 말했다.

"공격하지 마. 저건 신수교단이 아니야."

"정말이야?"

"그래. 적이 아니야."

"그럼 누군데?"

"누구냐 하면……."

마그나스는 어깨를 으쓱이며 웃어보였다.

"직접 확인해. 누구인지."

"직접 확인하라니……."

제온은 인상을 찌푸리며 조금 앞으로 이동했다. 그러자 두꺼운 모포 같은 옷으로 온몸을 덮고 있는 사람의 형체가 점점 더 선명하게 보이기 시작했다.

"저건……."

제온의 눈이 순간적으로 커졌다. 날아오는 사람은 젊은 여자였다. 그것도 제온이 아주 잘 알고 있는 여자였다.

"야! 너희들! 너희들이지?"

아직도 백 미터쯤 떨어져 있었지만, 여자가 갑자기 머리에 쓴 모자를 벗으며 소리쳤다. 그녀는 바로 매직 아카데미의 학장이자 나인제로 몬스터즈의 일원인 샤리였다.

『광신사냥꾼』 4권에 계속…

Explosive Dragon King
Bahamut

폭룡왕
바하무트

GAME FANTASY STORY

몽연 게임 판타지 소설

가상현실 게임 포가튼 사가 랭킹 1위!
대륙십강 전체를 아우르는 폭룡왕 바하무트.

폭룡왕이라는 칭호를 「진짜」로 만들어라!

방법은 한 가지.
400레벨 이상의 라그나뢰크급 노룡
칠대용왕(七大龍王)이 되는 것.

어디에도 소속되지 않은 채 유유히 전장을 누빈다.
바하무트 앞에 펼쳐지는 새로운 게임 세계!

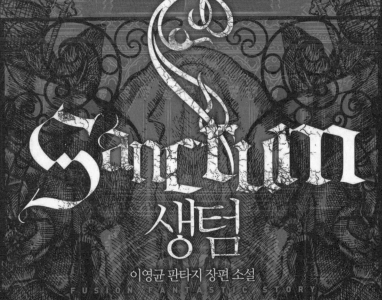

Sanctum
생텀

이영균 판타지 장편 소설
FUSION FANTASTIC STORY

취재 현장에서 맞닥뜨린 녹색 괴물.
그리고 무혁은 한 번 죽었다.

죽음에서 깨어난 무혁에게 다가온 것은
숨겨졌던 이세계, 생텀의 존재였다!

현대에 스며든 악신 투르칸의 잔인한 손길.
생텀에서 온 성녀 후보 로미와 도멜 남작을 도우며
무혁의 삶은 점차 비일상에 접어드는데……

이계와의 통로는 과연 우연인 것인가?
생텀(Sanctum)의
진정한 의미를 찾아라!

Book Publishing CHUNGEORAM

유행이 아닌 자유추구 -
WWW. chungeoram.com

HERO 2300

FUSION FANTASTIC STORY

영웅2300

말리브 장편 소설

「도시의 주인」 말리브 작가의
특급 영웅이 온다!

『영웅2300』

돈 없는 찌질한 인생 이오열,
잠재 능력 테스트에서 높은 레벨을 받았지만

"젠장, 망했어! 되는 일이 하나도 없어!"

하필이면 최악의 망캐 연금술사가 될 줄이야!

그러나 포기란 없다.
최악에서 최고가 되기 위한
오열의 이야기가 시작된다!

Book Publishing CHUNGEORAM

유행이 아닌 자유추구 -
WWW. chungeoram.com

말년병장,
이등병
이등병되다!!

에바트리체 장편 소설
FUSION FANTASTIC STORY

대한민국 남자라면 알고 있을 바로 그 이야기!

『말년병장, 이등병 되다!』

전역을 코앞에 둔 말년병장, 이도훈.
꼬장의 신이라 불리던 그가 갑자기 훈련병이 되었다?!

"…이런 X같은 곳이 다 있나!"

전우애 넘치는 군인들의
좌충우돌 리얼 군대 이야기!

Book Publishing CHUNGEORAM

유행이 아닌 자유추구 -
WWW.chungeoram.com

LORD

FANTASY FRONTIER SPIRIT

RAY SHADE
영주 레이샤드

한승현 판타지 장편소설

저주받은 영지 아베론의 영주 레이샤드.
열다섯 번째 생일날,
정체불명의 열쇠가 그의 운명을 바꾸었다!

『영주 레이샤드』

시험의 궁을 여는 자, 원하는 것을 얻으리니!
시련을 극복하고 새로운 땅의 주인이 되어라!

레이샤드의 일대기가 시작된다!

Book Publishing CHUNGEORAM

유행이 아닌 자유추구 -
WWW.chungeoram.com

FANATICISM HUNTER

광신사냥꾼

류승현 판타지 장편 소설
FANTASY FRONTIER SPIRIT

『블레이드 마스터』의 류승현 작가가 펼쳐내는
판타지의 새로운 신화!

마도대전을 승리로 이끈 유리언 대륙의 영웅,
최강의 아크 메이지 제온!

그러나 '세상의 섭리'에 아내와 아이를 빼앗기는데…….

『광신사냥꾼』

만약 그것이 정말로 세상의 섭리라면,
그마저도 무너뜨리고 말리라!

복수를 위한 제온의 위대한 여정이 시작된다!

Book Publishing CHUNGEORAM

유행이 아닌 자유추구-
WWW.chungeoram.com